—  **Ne t'excuse pas. C'est moi qui suis désolé de t'avoir réveillé, dit Chris en décidant de remettre la conversation au lendemain matin, quand il aurait au moins une moitié de cerveau en état de marche pour le soutenir dans cette entreprise.**

— Je suis soulagé que tout aille bien pour toi, dit Jesse avec un sourire forcé.

Il fit mine de s'éloigner, puis hésita. Il semblait sur le point d'ajouter quelque chose, mais finit par faire un geste qui laissa Chris stupéfait : il lui caressa la joue.

Chris resta interdit, ne sachant comment réagir. Son sexe, en revanche, n'eut aucun doute sur la question – comme toujours.

Ça alors.

Jesse se pencha vers lui et s'arrêta si près de son visage que Chris retint sa respiration de peur que l'instant magique ne s'évapore. L'éclairage était faible, mais suffisant pour ne laisser aucun doute sur la protubérance qui déformait le bas du pyjama de Jesse.

Ça alors…

Les lèvres de Jesse vinrent toucher celles de Chris, qui l'enlaça. Il ne rêvait pas.

# Shira Anthony

# MARIAGE À TOUT PRIX

PUBLISHED BY

Publié par
DREAMSPINNER PRESS

5032 Capital Circle SW, Suite 2, PMB# 279,
Tallahassee, FL 32305-7886 USA
www.dreamspinnerpress.com

Mariage à tout prix
Copyright de l'édition française © 2016 Dreamspinner Press.
Titre original : First Comes Marriage
© 2016 Shira Anthony.
Première édition : janvier 2016
Traduit de l'anglais par Pauline Tardieu-Collinet.

Illustration de la couverture :
© 2016 Paul Richmond.
http://www.paulrichmondstudio.com
Les éléments de la couverture ne sont utilisés qu'à des fins d'illustration et toute personne qui y est représentée est un modèle

Édition e-book en français : 978-1-63477-871-8
Édition imprimée en français : 978-1-63477-870-1
Première édition française : août 2016
v 1.0

Édité aux Etats-Unis d'Amérique.

**SHIRA ANTHONY** était chanteuse d'opéra professionnelle dans une autre vie. Elle a interprété des rôles dans Tosca, Pagliacci, La Traviata et bien d'autres. Elle a renoncé à la télévision pour passer ses soirées en compagnie de son ordinateur portable, et ne va nulle part sans une provision de romances M/M sur son Kindle.

À Martin Brodour. Ta gentillesse, ton humour, ton talent et ton amitié me manquent au quotidien. Ton conte de fées s'est arrêté bien trop tôt, mais continuera pour toujours à m'inspirer dans mon travail d'écriture. Tu resteras à jamais dans mon cœur, et en moi.

## Remerciements

Merci Poppy, de m'avoir encouragée à sauter le pas et à écrire cette histoire. Tu avais raison, ma belle, c'était l'éclate !

## *Chapitre Un*

**CHRIS** Valentine respira un grand coup en entendant la foule applaudir sa seconde lecture. Il ne restait plus une seule place libre, et une dizaine de personnes au moins étaient debout au fond de la salle pendant qu'il lisait, tout comme les deux autres auteurs présents, des passages de son livre. Maintenant que le trac qui lui nouait l'estomac s'était envolé, il se mit à penser non plus à la façon dont s'était déroulé l'événement, mais à la faim incroyable qui le tenaillait.

Chris ne comptait plus le nombre de fois où il avait ainsi lu au Café Littéraire de Baker des extraits de sa trilogie à mi-chemin entre science-fiction et fantasy, mais cette fois-ci, il s'était senti terriblement nerveux. Le roman sur lequel il travaillait, *À l'abordage du passé*, ne ressemblait en rien à ses œuvres précédentes. Il n'en avait même encore rien dévoilé à Val, sa colocataire. Et il était incapable d'expliquer pourquoi, sur un coup de tête, il avait décidé d'en lire un court extrait ce soir-là. Il n'avait jamais été du genre à prendre des risques.

— J'ai adoré, lui lança la jeune femme qui était assise au premier rang en lui tendant la main. Je m'appelle Rhonda Wexler.

Ses boucles rouge feu s'agitaient tandis qu'elle lui parlait de ses lèvres peintes en noir. Une petite foule s'était amassée derrière elle, composée d'auditeurs impatients de le féliciter. Chris distingua quelques nouveaux visages parmi les habitués du mardi soir.

Il lui serra la main en souriant, et ce contact l'aida à chasser le reste de tension qui lui nouait le corps.

— Ravi de vous rencontrer, Rhonda.

— J'ai lu le premier volume que vous avez mis en ligne. Pensez-vous publier la suite de la trilogie à votre compte, ou allez-vous tenter votre chance dans les maisons d'édition new-yorkaises ? demanda Rhonda en sautillant d'une Doc Martens sur l'autre tout en lui donnant sa carte.

— J'ai frappé à quelques portes, mais sans succès jusqu'à présent, lui répondit-il.

En effet, le premier livre n'avait pas trop mal marché sur Amazon, mais même s'il avait de plus en plus de fans, cette première publication n'avait pas eu un grand écho et les droits d'auteur qu'il avait touchés l'avaient à peine soulagé d'une infime partie de son loyer.

— Mons-Monsieur Valentine ? balbutia quelqu'un par-dessus son épaule.

Chris se retourna et tendit la main au nouveau venu.

— Je me présente, Jesse Donovan.

Après un rapide coup d'œil, Chris se demanda si cet individu était venu écouter l'un des autres auteurs ou s'il s'était trompé de café. Jesse le dépassait de quelques bons centimètres, arborait une chevelure châtain tirant sur le roux et une courte barbe, et ressemblait à un extra-terrestre dans cette mer de gothiques et de steampunk. Il portait une chemise fraîchement repassée, un blazer et un jean bien coupé, et contemplait son environnement à travers des lunettes aux montures bordeaux. Ses yeux bleus pétillants firent instantanément battre le cœur de Chris.

— Enchanté, Jesse.

Chris fut surpris de percevoir de la gêne dans le regard de son interlocuteur, mais ce sentiment sembla disparaître lorsque ce dernier lui serra la main d'une poigne assurée.

— Vous avez fait une très belle performance ce soir, lui dit-il en retirant ses lunettes, qu'il glissa dans la poche de sa veste. J'ai particulièrement apprécié votre nouvelle œuvre.

— Vous étiez peut-être le seul, lança Chris avec malice.

Il s'attendait à ce que ce nouveau roman ne suscite pas l'enthousiasme de ses lecteurs habituels, et n'avait donc pas été trop déçu par les applaudissements polis qui l'avaient accueilli. Le réalisme magique était peut-être apprécié dans les cercles littéraires, mais ce n'était pas la tasse de thé des lecteurs de fantasy.

— Ne vous méprenez pas, enchaîna Jesse avec enthousiasme. J'adore les Chroniques de Valhron, mais ce nouveau roman, continua-t-il en offrant à Chris un sourire chaleureux, est tout simplement unique. J'ai hâte de le lire lorsqu'il sera terminé.

Il était clair que Jesse avait lu ses livres, et Chris en fut d'autant plus curieux d'en découvrir davantage à son sujet.

— Merci.

Jesse hésita une fraction de seconde avant de poursuivre :

— J'aimerais vous aider à mettre votre travail entre de bonnes mains.

Il lui tendit sa carte.

— Appelez-moi. Nous pouvons nous rencontrer autour d'un café, ou ce qui est le plus pratique pour vous.

— Merci.

Jesse était donc l'agent qui, selon la rumeur, assistait à la lecture. Chris allait bien évidemment accepter son offre, ne serait-ce que pour en apprendre davantage sur la façon de percer sur la scène littéraire new-yorkaise.

Deux femmes en tenue victorienne jaillirent de la foule et vinrent percuter Jesse. Chris lui attrapa le bras juste à temps pour l'empêcher de tomber en avant, et un léger parfum de bergamote et d'agrumes vint lui chatouiller les narines lorsque le jeune homme lui saisit l'épaule afin de garder l'équilibre. Leurs regards se rencontrèrent l'espace d'une seconde, et un air de surprise passa dans les yeux de Jesse. Chris commença à espérer qu'il n'était pas agent littéraire et que son invitation n'avait rien de professionnel.

— Excuuusez-nous, lança l'une des deux femmes en pouffant.

— Pas de problème, répondit Jesse.

Il se redressa vivement et retira sa main du bras de Chris.

— Carmine était tellement impatiente de vous rencontrer, s'égosilla l'autre. Elle a poussé un peu trop fort.

Pendant ce temps, Carmine resta immobile à fixer Chris, apparemment abasourdie.

— Je vous laisse à vos fans dévoués, conclut Jesse, un petit sourire aux lèvres. Appelez-moi à l'occasion.

Et il disparut avant que Chris ait le temps de le remercier.

**DEUX** bras puissants le soulevèrent de terre à la seconde où il franchit le seuil de son appartement.

— Tu as été génial ! hurla Terry en serrant Chris si fort qu'il dut se débattre pour parvenir à respirer.

— Terry, mec, tu sais que je t'aime, mais tout de même…

— Val a adoré elle aussi, continua Terry après l'avoir libéré et en souriant à sa fiancée, occupée à disposer quelques pizzas sur la table de la cuisine.

Val sourit à Chris derrière sa frange trop longue en acquiesçant.

— C'était formidable, Chris. J'ai dû m'occuper de Terry, dit-elle en faisant mine d'être en colère, qui était dans tous ses états pendant le passage sur le magicien perdu. J'ai bien cru que c'était lui qui allait perdre la tête.

— Je n'aurais jamais dû te dire que tu m'avais inspiré pour ce personnage, dit Chris en secouant la tête, feignant la déception. Tu prends trop facilement la grosse tête.

— N'y vois rien de plus que la reconnaissance de l'incroyable colocataire que je suis, rétorqua Terry en souriant jusqu'aux oreilles.

— *Des* incroyables colocataires, rectifia Val.

— Ah oui, vous êtes les meilleurs de la terre, reconnut Chris. Surtout parce que vous ne m'avez pas encore mis à la porte.

— Il paraît qu'il y avait un agent dans la salle ce soir, dit Val en attrapant une part de pizza au peppéroni.

— En effet.

Chris sortit la carte de Jesse de sa poche et l'agita devant ses amis.

— Tu veux dire que c'était Mister Grand, Beau et Auburn ? s'étonna Val en lui prenant la carte des mains. Ce bel homme à qui tu parlais avant que les sœurs steampunk ne décident de monter le camp ?

— Exactement. Il m'a dit qu'il voulait me mettre en contact avec quelqu'un qui…

— Holà ! Doucement ! Ce type n'est pas un agent, l'interrompit Val, les yeux écarquillés et rivés sur la carte.

Chris se tourna vers Terry, qui haussa les épaules.

— Comment ça ? demanda Chris, les sourcils froncés, en prenant un morceau de pizza.

— Jesse Donovan est le PDG de Windview, déclara Val comme si ce nom était censé faire réagir ses auditeurs.

— Jamais entendu parler.

— Tu es sérieux ? Il a fait la couverture de *New York View* l'an dernier. Tu sais, le numéro annuel sur le Célibataire le Plus Couru ? Il était dans tous les kiosques.

Chris éclata de rire.

— Tu sais, ce n'est pas parce que je suis gay que je ramasse tous les magazines racoleurs avec un bel homme en couverture !

Val devint fuchsia.

— Je… Mais… Ce n'est pas ce que je voulais dire…

— Tope là, Chris ! s'écria Terry. Il est gay, Val. Ça ne veut pas dire qu'il accroche des photos de gars sexy sur les murs de sa chambre.

Puis il ajouta en souriant :

— Même si, tu sais Val, je crois me souvenir que tu avais un poster de Chris Pine au-dessus de ton lit à l'univ…

— Tais-toi, interrompit Val en poussant Terry, qui s'affala sur le canapé et se mit à rire jusqu'à en tousser.

— Admets-le, Chris, lâcha Terry en luttant pour reprendre son souffle. Ce gars, c'est tout à fait ton genre.

Terry marquait un point. Jesse correspondait parfaitement au genre d'hommes qu'aimait Chris : grand, athlétique, sûr de lui mais pas trop. Bien sûr, il ne voulait rien de plus qu'une relation d'une nuit. Le pays tout entier avait la folie du mariage, mais la palissade blanche et la ribambelle d'enfants, très peu pour lui.

— Mais il est hétéro à cent pour cent, ajouta Val en secouant la tête. Les pages people ne parlaient que de sa relation avec une héritière ces derniers temps. J'ai pas mal d'amies à l'école qui parient sur cette affaire. Tout le monde pense qu'il va l'épouser, expliqua-t-elle avec un ricanement méprisant. Mais j'ai parié 100 dollars qu'il resterait célibataire.

Terry leva les yeux au ciel, ce qui lui valut un autre regard furieux de la part de Val.

— Mais qu'est-ce que c'est, Windview ? demanda Chris, plus intéressé qu'il voulait l'admettre.

Peu lui importait la notoriété de Jesse Donovan, mais il tenait tout de même à suivre la piste.

— Ils fabriquent des yachts, répondit Val. De gigantesques yachts sur lesquels les stars de cinéma s'ébattent dans leurs minuscules bikinis.

*Sans blague.*

— Ils construisent également des hôtels, poursuivit-elle. Des complexes haut de gamme aux Caraïbes, ce genre de choses. Oh, et ils ont une filiale qui construit des pétroliers.

— Comment sais-tu tout cela ? demanda Chris.

— Je lis *People...*

Les joues de Val virèrent au rouge, et Terry lui décocha un regard interrogateur.

— Il faut bien que je m'occupe dans le métro.

— On ne peut pas dire qu'il s'agisse de la lecture typique d'une doctorante en littérature du XIXe siècle, commenta Chris.

— Vas-tu l'appeler ? demanda Terry en bâillant.

— Pourquoi pas ? Il pourrait très bien me mettre en contact avec un agent, même s'il n'en est pas un.

Chris reprit la carte des mains de Val et la retourna. Il remarqua pour la première fois le numéro écrit à la main au verso, avec la mention : *numéro personnel.*

— Tu veux une autre part ? proposa Val.

Chris secoua la tête.

— Je suis épuisé, et demain je fais l'après-midi.

Il rassembla les assiettes et se dirigea vers la cuisine.

— Tu me raconteras tout, n'est-ce pas ? lui demanda Val tandis qu'elle l'aidait à faire la vaisselle.

— Bien sûr, répondit-il en riant. C'est probablement un parfait abruti.

— C'est encore mieux, dit-elle le sourire aux lèvres. J'attends ton compte-rendu !

## *Chapitre Deux*

**TROIS** jours plus tard, Chris retrouva Jesse pour déjeuner dans un minuscule restaurant végétarien de l'East Village. Le temps s'était réchauffé après les derniers assauts de l'hiver, et les arbres semblaient commencer à sentir le printemps. Les rues de Manhattan s'animaient et se remplissaient de promeneurs qui profitaient du soleil, et l'odeur piquante des gaz d'échappement se mêlait au doux parfum prometteur des premières fleurs.

Chris trouva Jesse assis à une table à l'extérieur. Vêtu d'un costume bien coupé qui effleurait les contours de son corps athlétique, il ressemblait au parfait businessman. Comme lors de leur première rencontre, il portait des lunettes, qu'il posa sur la table lorsqu'il se leva pour tendre la main au nouvel arrivant.

— Merci d'avoir accepté de me rencontrer, dit Chris en lui serrant la main.

Les pieds de la petite table de métal raclèrent le sol et Chris cogna le genou de Jesse en s'asseyant.

— C'est ma faute, s'excusa Jesse en souriant, et une fois de plus, Chris perçut un soupçon de gêne dans son regard. J'espère que cela ne vous dérange pas de manger dehors. Nous sommes un peu à l'étroit en terrasse, mais c'est une si belle journée.

— Cela ne me dérange pas, au contraire.

Chris sentait le genou de Jesse contre le sien, et c'était une distraction bienvenue.

— Un peu d'eau ? proposa Jesse tout en remettant ses lunettes.

La monture bordeaux faisait ressortir le bleu de ses yeux.

— Oui, merci.

Jesse remplit les deux verres puis fit une pause pour regarder Chris dans les yeux en souriant. Encore un de ces magnifiques sourires, et Chris en oublierait son propre prénom. *Bien trop charmant. Et bien trop déstabilisant.*

— Je suis vraiment heureux que vous soyez venu. Vous ne manquez sans doute pas de fans qui vous proposent l'assistance de leur carnet d'adresses.

— Ce n'est pas si fréquent, répondit Chris en secouant la tête. Sans parler des quelques cosplayers qui m'ont offert des cafés en portant un masque à gaz.

— Sans rire ?

— Certains de mes fans adorent imiter mes personnages, expliqua Chris.

— Le masque à gaz, c'est Théopole Cavalli, n'est-ce pas ?

Chris le regarda, ébahi.

— Alors, vous avez vraiment lu les Chroniques de Valhron !

— Vous pensiez que je mentais ? demanda-t-il en riant, apparemment détendu. Je vais vous confier un terrible secret.

Il se pencha vers Chris avant de poursuivre.

— Je suis un véritable geek. Je me suis rendu à une convention de science-fiction quand j'étais au lycée et mon grand-père m'a presque renié.

— Lui n'en était pas fan, n'est-ce pas ?

— Il n'a pas compris pourquoi je devais lui emprunter sa veste de velours marron et sa cravate de soie.

— *Doctor Who* ? Tom Baker. Le quatrième docteur.

— Alors, ce n'est pas moi le geek ici, commenta Jesse.

— C'est celui qui le dit qui l'est. Mais vous cachez bien votre jeu.

— C'est plus simple comme cela, dit Jesse en haussant les épaules. C'est mon grand-père qui, sans le savoir, a développé cette tendance. Il m'a offert une édition originale de *Vingt mille lieues sous les mers*.

— Vous collectionnez les livres ?

— Mon grand-père me les rapportait de ses voyages. L'édition originale de Verne ? Elle vient de France.

— J'ai moi-même constitué une petite collection, admit Chris. Sans doute bien modeste comparée à la vôtre. J'adorerais la voir.

— Quand vous voulez.

Jesse se pencha de nouveau au-dessus de la petite table en métal et vint frôler Chris du genou en poursuivant d'un ton de conspirateur :

— J'ai une version originale de la collection *Trek* dont mon ancêtre ne savait rien.

Chris éclata de rire et tenta d'imaginer Jesse en quatrième docteur afin d'oublier l'adorable expression enfantine qu'il arborait.

— Êtes-vous végétarien ? demanda-t-il après qu'ils eurent commandé.

— Non, je mange de tout. J'ai beaucoup voyagé dans mon enfance, et plus la nourriture est exotique, plus elle me plaît.

— Je n'ai pas beaucoup voyagé, reconnut Chris, mais la vie à New York m'a permis d'élargir mes horizons culinaires. Nous dînons au restaurant une fois par mois avec mes colocataires. Val appelle cela *notre paisible tour du monde*. Nous avons terminé l'Europe il y a quelques mois, et nous avançons vers l'Orient.

— Val est votre petit ami ?

Jesse remonta ses lunettes sur son nez. Chris ne fut pas surpris qu'il sache qu'il était gay, car la plupart de ses lecteurs étaient au courant, mais s'il n'avait pas su que Jesse était hétéro, il aurait bien cru qu'il le draguait. *Tu rêves !*

— Val est une fille, c'est la fiancée de mon meilleur ami Terry. Terry et moi étions colocataires à l'université et maintenant, nous partageons tous les trois un appartement dans le quartier.

— Excusez-moi, dit Jesse en reversant de l'eau. Je ne voulais pas être indiscret.

— Il n'y a rien de secret là-dedans. Val et Terry ne voient pas les choses comme cela, mais je suis un terrible squatter, et fier de l'être.

Il avait quitté Boston deux ans plus tôt pour venir s'installer à Manhattan, avec le projet de décrocher un emploi dans la publicité qui lui permettrait de terminer l'écriture de sa trilogie. Au lieu de cela, il n'avait trouvé qu'une place de serveur près de l'appartement de Val et Terry, et s'était installé de façon permanente sur leur canapé.

— Je suppose que ce n'est pas évident de gagner sa vie en écrivant.

— Je m'en sors mieux que la plupart des écrivains, répondit Chris. Je vis à New York, j'arrive à payer mon loyer et à garder du temps pour écrire.

Pas autant de temps qu'il l'aurait voulu, mais certaines de ses connaissances devaient cumuler deux emplois pour joindre les deux bouts.

— Que faites-vous pour payer les factures ?

Chris se demanda en quoi cela pouvait l'intéresser, mais cela ne le dérangeait pas de répondre.

— Je suis serveur au Drip, à quelques rues d'ici.

— J'en ai entendu parler. L'anti-Starbucks.

— Que voulez-vous ? Je suis un rebelle, plaisanta Chris.

Le téléphone de Jesse se mit à sonner. Chris s'attendait à ce qu'il réponde, mais il refusa l'appel et mit son portable en mode silencieux.

— Désolé, dit-il en glissant le téléphone dans sa poche. Nous ne serons plus interrompus.

— Pas de souci. Vous devez être un homme très occupé.

Jesse haussa les épaules.

— Je suis occupé si je veux bien l'être. À l'heure qu'il est, je préfère profiter de mon déjeuner.

La serveuse leur apporta les repas. Chris mordit dans le sandwich barbeque tempeh recommandé par Jesse.

— Qu'en dites-vous ?

Chris avala une bouchée et lui lança un regard rempli de surprise.

— C'est vraiment bon.

— Si l'on oublie que c'est à base de soja fermenté ?

— Cela m'a fait hésiter, avoua Chris. Mais c'est délicieux.

Jesse rayonnait. Il se pencha et essuya le menton de Chris avec sa serviette. La stupéfaction de ce dernier dut être manifeste, puisque Jesse rougit et s'expliqua promptement :

— De la sauce barbecue.

C'était donc cela le parfait abruti… Cet homme était juste un mélange adorable et parfait de la maladresse du geek et de la courtoisie de Wall Street.

Ils continuèrent à bavarder en déjeunant. Ils en étaient déjà au café lorsque Jesse aborda le sujet qui les avait réunis.

— J'apprécie beaucoup votre compagnie, mais la raison de notre présence ici est que je veux vous aider à publier vos livres. Je meurs d'envie de lire l'intégralité des Chroniques de Valhron, et j'adorerais connaître la suite de votre nouvel ouvrage.

— Merci. J'ai finalement réussi à publier à compte d'auteur les deux derniers livres de la trilogie, mais je n'ai pas trouvé d'éditeur enthousiaste pour publier la série.

Il s'abstint de préciser que les ventes du premier livre lui avaient tout juste permis de se payer ses sorties mensuelles au restaurant.

— L'une de mes amies travaille pour un éditeur new-yorkais. Le département de Bethany ne publie pas ce genre de romans, mais elle n'hésitera pas à mettre vos livres entre de bonnes mains. Je pense même que votre nouvel ouvrage correspondra tout à fait à la ligne éditoriale de leurs publications contemporaines.

— À condition que je trouve le temps de le finir, dit Chris en soupirant. Au rythme où je travaille en ce moment, je n'atteindrai pas la moitié avant l'année prochaine.

— Alors, je vous mettrai en contact lorsque vous aurez terminé. C'est une proposition sans date d'expiration.

— Merci. Je suis flatté. Et je n'hésiterai pas à profiter de votre offre lorsque le moment sera venu.

*Espérons simplement que je ne serai pas un vieillard rabougri.* Il n'avait qu'une envie : revoir Jesse.

## Chapitre Trois

**CHRIS** lança un regard vers l'horloge au-dessus de l'entrée du café : dix-sept heures. D'habitude, le dimanche, il travaillait huit heures, mais l'un des serveurs était malade et il avait accepté à contrecœur de rester jusque dix-sept heures trente. Cela faisait douze heures qu'il était debout, et il commençait à avoir mal au dos.

*Te voilà bien parti pour écrire tes dix mille mots cette semaine.* Et c'était à l'image du mois entier. La fin du mois de mars était toujours une période intense en raison des vacances de printemps et de l'arrivée des touristes en ville. Davantage de cafés, davantage de boissons fraîches et davantage de temps de préparation pour le personnel du Drip. Les pourboires compensaient un peu tous ces désagréments, mais pendant les heures d'affluence, ils parvenaient à peine à garder le rythme. Et bien sûr, tout cela signifiait moins de temps pour écrire.

Pour ne rien arranger, il avait passé la veille six heures de son seul jour libre de la semaine à l'école PS 108 Philip J. Abinanti dans le Bronx, où il animait un atelier d'écriture à destination d'élèves à problèmes. Il avait découvert Écrivains à l'école dès son arrivée à New York, et avait rejoint la toute nouvelle association à but non lucratif dans le but de rencontrer d'autres écrivains. Cette occupation était rapidement devenue essentielle à ses yeux, mais la petite bourse qu'ils avaient reçue d'un gros sponsor s'amenuisait, et malgré la demi-douzaine de demandes qu'ils avaient faites, ils n'étaient pas parvenus à récolter suffisamment de fonds pour continuer le programme au-delà du mois de décembre.

— Un grand crème, double dose, lança le client suivant, ce qui ramena Chris à la réalité.

— Bien sûr, tout de suite. Voulez-vous essayer l'une de nos nouvelles saveurs…

Chris sursauta lorsqu'il reconnut un visage familier.

— Jesse ?

Le Jesse en question se mit à rire, ses yeux bleus pétillants de malice.

— Est-ce l'une de vos nouvelles saveurs ? demanda-t-il avec un sourire bienveillant.

— Non, mais on devrait y songer.

Chris rentra la commande sur sa tablette et tenta d'oublier à quel point le costume sur mesure que portait Jesse lui allait bien, et à quel point il lui avait manqué depuis leur déjeuner de la semaine précédente.

— Qu'est-ce qui vous amène dans le quartier ?
lui demanda-t-il. Je croyais que vos bureaux étaient à
Midtown.

— En effet. Je suis venu vous voir.

— Je n'ai pas encore eu l'occasion d'appeler
Bethany, répondit Chris. Je suis complètement débordé
en ce moment et…

— Ce n'est pas ce qui m'amène, l'interrompit
Jesse. Je suis ici pour affaires, pour vous faire une
proposition, dit-il en lui tendant un billet de dix dollars.

— Pour affaires ?

— À quelle heure terminez-vous ?

— Dans une vingtaine de minutes, dit Chris après
avoir jeté un œil à l'horloge.

— On prend un café ensuite ?

Sally déposa un grand gobelet sur le comptoir.

— Euh… d'accord, accepta Chris en rendant sa
monnaie à Jesse avant de lui donner sa boisson.

— Parfait. Je vous attends.

Chris le regarda s'installer à l'une des tables et
pianoter d'un air distrait sur son téléphone. Ce n'était
peut-être que son imagination, mais il avait l'impression
que Jesse l'observait.

— Chris ? l'appela Sally.

— Oui ?

— Je peux me débrouiller toute seule jusqu'à
l'arrivée de Karl. Pourquoi ne vas-tu pas rejoindre ton
petit ami ?

— Ce n'est pas mon… commença-t-il à protester.

— Eh bien, tu as tort.

Sally avait déjà commencé à prendre la commande
suivante. Comme Chris semblait hésiter, elle ajouta :

— Vas-y. Dépêche-toi avant de te le faire chiper
par quelqu'un d'autre.

Chris secoua la tête. Cela ne valait pas le coup d'argumenter. Qu'elle pense ce qu'elle voulait… Il pointa, retira son tablier qu'il fourra dans son sac, et passa de l'autre côté du comptoir.

Il y avait généralement peu de monde au café pour le dîner, et aucune table autour de Jesse n'était occupée.

— Je suis bien content de vous revoir, Jesse, avança-t-il sans savoir s'il devait ou non lui tendre la main.

Jesse resta imperturbable. Il lui serra la main et lui donna une tape sur le dos comme à un vieil ami.

— Puis-je vous offrir quelque chose, Chris ? demanda-t-il en lui faisant signe de s'asseoir.

— Après toute une journée passée à faire du café, j'ai plutôt envie de quelque chose de fort.

— Nous pouvons aller prendre un verre quelque part, si vous préférez ? s'empressa de proposer Jesse.

— Non, merci, ça va comme ça.

— Bon.

Jesse se laissa aller au fond de son fauteuil et plongea le regard au fond de son gobelet. Il avait souvent paru mal à l'aise, mais aujourd'hui il était carrément tendu.

— Donc, commença Chris comme le silence se prolongeait. De quoi vouliez-vous me parler ?

— J'ai… j'ai une offre à vous faire.

Il avait légèrement hésité, presque bégayé. Il semblait décidément très nerveux.

— Une offre ? Pensez-vous acquérir une maison d'édition afin de développer votre collection, plaisanta Chris.

Jesse rit en remontant ses lunettes.

— Non, mais vous risquez de trouver cela encore plus surprenant.

— Allez-y.

— Je dois me marier, lâcha Jesse comme si cette nouvelle devait tout expliquer.

— Félicitations. Je vous souhaite beaucoup de bonheur, dit Chris en essayant d'écarter de son esprit l'image de magazine de Jesse au bras d'une femme.

Il espérait juste qu'il n'allait pas lui demander de rédiger leurs vœux.

— Excusez-moi, poursuivit Jesse, manifestement embarrassé. Je sais que c'est un sujet incongru. Laissez-moi reformuler ma demande.

Il prit une profonde inspiration et déclara :

— Je voudrais que *vous* m'épousiez.

Chris était certain d'avoir mal entendu.

— Vous… pardon ?

— Je veux vous épouser, répéta-t-il sans aucune hésitation cette fois-ci.

La détermination brillait dans son regard, comme s'il était passé de geek à hyperactif.

— Elle est bien bonne ! rétorqua Chris en riant. Vous allez bientôt me dire que je suis nominé pour le Pulitzer.

Chris s'attendait à un rire franc de la part de son interlocuteur, et fut surpris de le voir blêmir.

— Je ne plaisante pas.

Il posa ses lunettes sur la table et se pencha vers Chris, donnant à ce dernier l'impression d'être entré à son insu dans une négociation menée par son interlocuteur. Chris déglutit.

— Jesse, je ne saisis pas bien. Nous ne nous connaissons que depuis deux semaines, vous êtes hétéro et vous m'annoncez que vous voulez m'épouser. Enfin… avez-vous perdu la tête ?

— Je mérite bien cette réaction, dit Jesse en pinçant les lèvres. Et oui, je suis peut-être un peu fou. Mais je ne plaisante pas.

— D'accord. Alors pourquoi ne m'expliqueriez-vous pas la situation ?

— Eh bien, c'est compliqué.

Jesse leva le menton et se redressa sur son fauteuil, comme s'il voulait empêcher le Jesse sûr de lui de filer en douce par la porte du café. Mon Dieu, cet homme était sexy même lorsqu'il était complètement paumé…

— J'imagine, répondit Chris en pouffant. Je n'y comprends plus rien.

Jesse sembla se reprendre, soutenu par une détermination et une confiance qui, Chris commençait à le comprendre, venaient tout droit de Wall Street.

— Si je reste célibataire, je perdrai mon héritage, expliqua-t-il.

— D'accord.

— Mes parents sont morts lorsque j'étais petit. C'est mon grand-père qui m'a élevé, raconta-t-il avec un sourire mélancolique tout en jouant avec les branches de ses lunettes. Je n'ai pas eu une enfance particulièrement sombre, mais mon grand-père avait une vision du monde assez traditionnelle. Il m'a appris le métier, et lorsque j'ai eu mon diplôme, j'ai travaillé pour lui jusqu'à être capable de prendre la relève à la tête de l'entreprise. À sa mort, il y a presque un an, il m'a tout laissé. À une condition : je dois me marier au plus tard un an après sa mort, ou sa femme prendra le contrôle de l'entreprise.

— Très victorien, tout ça, commenta Chris.

— Vous croyez ?

Jesse se passa une main sur la bouche.

— Il est mort le 17 avril dernier.

— Cela ne vous laisse plus que quelques semaines.

Tout cela semblait si absurde, comme sorti d'un vieux roman démodé.

— C'est exact.

— Attendez, j'ai une idée. Pas très vingt-et-unième siècle, mais bon. Pourquoi ne demandez-vous pas à votre petite amie ?

— Ce n'est pas ma…

Jesse secoua la tête.

— Honnêtement, Chris, je ne suis pas celui que vous croyez.

— Vous voulez dire le célibataire de l'année ?

Jesse eut soudain l'air d'un enfant pris la main dans la boîte à biscuits.

— Avec l'écharpe et la couronne, c'est cela ?

— Cela vous console-t-il de savoir que je ne l'ai appris que par la fiancée de mon colocataire l'autre soir ? demanda Chris en espérant réussir à cacher son envie de rire.

— Un peu, oui. Au moins, vous ne lisez pas ces magazines immondes.

— Val a parlé d'une héritière.

— Moira ? demanda Jesse en haussant les sourcils. C'est elle que vous me suggérez d'épouser ?

— C'est une question légitime, vous ne croyez pas ?

— Il n'est pas facile de traiter avec vous, M. Valentine.

Il baissa les yeux vers le fond de son gobelet et prit une rapide gorgée.

— Il n'est pas question que je le lui propose, je ne peux pas lui faire cela.

— Mais à moi, vous pouvez ?

— Je… Mon Dieu, non !

L'expression horrifiée de Jesse fit regretter à Chris de l'avoir malmené.

— Entre nous, ce ne serait qu'un arrangement. Alors que Moira... eh bien, elle verrait les choses différemment.

— J'ai du mal à voir le côté affaires dans tout cela. Se marier ne peut pas être uniquement un arrangement.

Chris s'abstint d'ajouter que gay ou pas, le mariage en tant qu'institution le rebutait, surtout depuis qu'il avait vu celui de ses parents imploser lorsqu'il était encore à l'école primaire.

— En l'occurrence, ce mariage ne serait rien d'autre qu'un arrangement. L'héritage exige que le mariage perdure pendant au moins un an, expliqua Jesse. Je vous propose une sorte de partenariat. Entièrement platonique, cela va sans dire. Épousez-moi, et je vous paierai.

— Me payer ?

— Et pourquoi pas ? Cinq cent mille dollars vous semblerait un dédommagement raisonnable ?

Chris resta bouche bée à regarder Jesse, qui ne cillait pas. Val lui avait bien dit que l'empire Donovan valait des milliards, mais tout de même...

— Cinq cent mille dollars ? Non, je veux dire...

— Un million, alors ?

— Mais non, ce n'est pas ce que je... Écoutez, il ne s'agit pas d'argent, protesta Chris.

Certes, il aurait su quoi faire de cette somme, mais il était tellement sidéré par cette conversation qu'il ne savait plus quoi penser.

— C'est juste que... En plus... reprit-il, peinant à s'exprimer avec cohérence, je suis sûr que votre grand-père n'imaginait pas que vous épouseriez un homme.

Jesse sembla se détendre un peu.

— En effet, reconnut-il. Il ne pensait certainement pas à cela. Mais rien dans le testament ne m'en empêche.

*Rien dans le testament, peut-être, sauf que vous n'êtes pas gay.*

— Écoutez, Jesse, reprit Chris en espérant ne pas se montrer trop dur, bien que convaincu qu'il devait lui parler avec franchise. Vous êtes très sympathique, vous êtes beau et votre fortune est supérieure au PIB d'un petit pays. Et oui, c'est vrai, cet argent me serait bien utile. Mais votre proposition ne m'intéresse pas. Je suis sûr que vous trouverez quelqu'un d'autre pour vous aider.

Jesse acquiesça, et Chris crut percevoir de la déception dans son regard.

— Je comprends. Je m'attendais un peu à ce que vous refusiez.

— Je suis désolé.

Pourquoi se sentait-il si mal d'avoir dit non ? Toute personne normalement constituée en aurait fait de même.

— Ne le soyez pas, dit Jesse, le visage avenant. Je vous remercie de votre sincérité.

— Il faut que j'y aille, conclut Chris. J'ai rendez-vous avec mon ordinateur.

Il se leva et ramassa son sac à dos.

— Bien sûr, dit Jesse en se levant pour aller jeter son gobelet dans une poubelle. J'espère que cela ne vous dissuadera pas de me revoir. J'ai beaucoup apprécié notre déjeuner de la semaine dernière, et j'ai hâte d'en savoir davantage sur votre nouveau livre.

Encore une surprise. Chris s'attendait à ce que cet entretien sonne le glas d'une relation que lui aussi avait espéré voir évoluer en une amitié durable.

— Non, bien sûr. Vous n'avez qu'à m'appeler quand vous aurez trouvé une solution.

— Je vous appellerai.

Chris était persuadé qu'il n'entendrait plus jamais parler de Jesse Donovan.

## Chapitre Quatre

— **AI-JE** bien entendu ? lui demanda Val, interloquée.

— Il m'a demandé en mariage.

Terry, sous le choc, s'arrêta tout à coup de taper frénétiquement sur son ordinateur portable.

— Ne te moque pas de moi, lança-t-il.

— Je ne me moque pas.

— Alors, ça explique les roses ! dit Terry en jetant un regard en direction de la table.

Un énorme vase était rempli des plus grandes roses rouges que Chris ait jamais vues. Le bouquet l'attendait sur le palier quand il était rentré des courses à l'épicerie, accompagné d'un mot : *Je vous en prie, réfléchissez bien. J.*

— Mais vous vous connaissez à peine, remarqua Val.

— Ce serait un mariage purement d'intérêt. Il doit se marier pour conserver l'héritage de son grand-père. Il m'a proposé un million de dollars pour rester marié avec lui pendant un an. J'ai refusé.

— Un million de dollars ? Et tu as *refusé* ? s'écria Terry.

— Enfin, Terry, dit Val. Il n'allait tout de même pas accepter. Il s'agit d'un mariage, ce n'est pas rien !

— Et ? demanda Terry en haussant les sourcils. Ce n'est pas comme s'il s'agissait d'une proposition sexuelle ou un truc du genre.

Val leva les yeux au ciel.

— Si je comprends bien, cela ne te poserait aucun problème que j'accepte une offre de ce genre ?

— Bien sûr que si, rétorqua-t-il.

— Tu vois, c'est ce que je disais, dit Val en soufflant, avant de glisser ses pieds sous elle sur le canapé et d'attraper en boudant une poignée de chips.

— Mais pense à tout ce que tu pourrais faire avec cet argent, insista Terry malgré tout. Et ce n'est pas comme si ça allait le ruiner. Son entreprise vaut des millions.

Val tapota Chris sur l'épaule.

— N'écoute pas mon idiot de fiancé, dit-elle en lançant un regard furieux au fiancé en question. Je pense que tu as bien fait. Il doit avoir un ego gros comme Long Island pour avoir pensé que tu accepterais.

— Ça a l'air d'être un chic type, Val, répondit Chris. Je pense qu'il est sérieusement dans le pétrin.

— Mais tu n'en es absolument pas responsable, dit-elle d'un ton indigné. Pour qui se prend-il ? Franchement…

Chris haussa les épaules. Dès le début, il s'était senti mal à l'aise de refuser. Sans compter qu'il pourrait profiter de cet argent pour quitter son travail, se consacrer à plein temps à l'écriture et faire un don à Écrivains à l'école, ce qui empêcherait l'association de sombrer. Et s'il avait vraiment fait une erreur en refusant ? Non ! Il avait assez fantasmé sur des hétéros, pas question de recommencer.

— Ça n'a pas de sens, continua Val. Un homme comme lui, que tant de femmes désirent… Pourquoi voudrait-il t'épouser, toi en particulier ?

— Tu m'avais dit que j'étais un bon parti.

— Sérieusement, tu comprends très bien ce que je veux dire, répondit Val en fronçant les sourcils. C'est bizarre. Il est plus riche que Dieu lui-même, il est beau et il a un harem de femmes à sa merci.

— Un harem, je n'irais pas jusque-là. Il me semble qu'il y en a surtout une, rectifia Chris.

Pourquoi se sentait-il le besoin de défendre Jesse ?

— Et elle ne veut pas l'épouser ? demanda Terry.

— Il n'a aucune envie de se marier. Il veut que cela reste de l'ordre d'un arrangement, rien de plus. Et s'il l'épousait, elle y verrait davantage. Il ne veut pas lui faire ça.

Val ne semblait pas convaincue.

— Quel gentleman ! Et que fais-tu des centaines de milliers de femmes qui seraient prêtes à l'épouser pour son argent ?

Elle marquait un point, Chris devait bien le reconnaître. Il ne s'était pas étendu sur la question, n'ayant pas envisagé d'accepter l'offre de Jesse.

— S'il est sympa, qu'as-tu à y perdre ? dit Terry, manifestement en train d'imaginer ce qu'il ferait s'il avait une telle somme à sa disposition.

— Laisse tomber, Terry, l'avertit Chris.

— Tu pourrais aider des gamins à écrire le prochain chef-d'œuvre de la littérature américaine si tu avais tant d'argent, insista-t-il.

— Je sais bien ce que tu penses de l'atelier d'écriture et de son efficacité, alors n'espère pas me convaincre avec ce genre d'arguments.

— C'est vrai, cela ne me paraît pas très utile, rétorqua Terry en haussant les épaules. Mais avec un million de dollars, tu peux faire absolument tout ce que tu veux.

Cette dernière remarque lui valut un nouveau regard noir de la part de Val. Et pourtant, Terry n'avait pas entièrement tort. Dix mille dollars donneraient déjà un bon coup de pouce au programme. Avec cent mille, il serait hors de danger pour des années.

*C'est ridicule. Oublie. Tu lui as dit non, et tu n'as aucune raison de changer d'avis.*

— Ce n'est même pas la peine d'y penser.

Chris retourna à son manuscrit, qui l'attendait sur l'écran de son ordinateur portable. Il devait se mettre au travail sans tarder s'il voulait atteindre la moitié de son objectif de la semaine.

## Chapitre Cinq

**LE** matin suivant, Terry et Val étaient déjà partis en cours lorsque Chris se décida à quitter le canapé pour gagner à grand-peine la cuisine en quête de caféine. Comme il ne travaillait pas avant le soir, il était resté debout la veille jusqu'aux environs de trois heures du matin pour écrire. Il était dix heures, et il avait encore l'esprit embrumé.

Un coup d'œil aux roses qui se trouvaient sur la table lui rappela Jesse. Jesse et ses yeux bleus, ses fossettes qui restaient cachées tant qu'il ne souriait pas. Il tenta d'imaginer la sensation de ses cheveux ondulés entre ses doigts...

*Stop !*

Il prit un Coca Light et une part de pizza froide dans le frigo, puis se mit à feuilleter l'exemplaire corné du *New York Times Book Review* qu'il avait récupéré dans la poubelle des recyclables du café le week-end précédent. Depuis la petite fenêtre de la cuisine, il voyait le parc en contrebas, où les feuilles des arbres commençaient à montrer le bout de leur nez. Val et Terry avaient parlé de prendre le train jusqu'à Jones Beach pour pique-niquer sur la plage, mais Chris avait prévu de travailler. Il poussa un soupir et se plongea dans un article sur un écrivain hongrois dont l'œuvre vieille de trente ans venait d'être traduite en anglais.

Son regard fut soudain attiré par une carte posée sur la table, qu'il avait retrouvée la veille en faisant une lessive. Les rumeurs concernant la présence d'un agent à la lecture publique étaient fondées. Seulement, l'agent n'était pas Jesse comme il l'avait cru tout d'abord, mais Rhonda Wexler, la femme aux Doc Martens et à la crinière de feu. Il lui avait proposé de lui envoyer sa trilogie lorsqu'elle lui avait parlé d'un éditeur indépendant qui venait tout juste d'être racheté par une maison new-yorkaise, et qui cherchait des romans de fantasy originaux.

— Envoyez-moi les manuscrits, lui avait-elle répondu, et je verrai ce que je peux faire.

Une possible publication et une demande en mariage. Pas mal pour une heure de lecture, même s'il n'avait aucune intention d'accepter la seconde offre.

Chris balaya de son esprit rêves de contrat et fantasmes sur un homme sexy aux beaux yeux bleus et aux cheveux faits pour être caressés. Il avait intérêt à cesser de rêvasser et à se mettre au travail avant de devoir partir pour le café. Il venait juste de s'installer devant son ordinateur lorsque l'on sonna à l'interphone. Chris s'avança lentement jusqu'à la porte et appuya sur le bouton.

— Oui ?

— C'est pour une livraison, déclara la voix derrière les grésillements.

Chris déverrouilla la porte du bas de l'immeuble et attendit que le livreur ait gravi les escaliers.

— M. Valentine ? demanda ce dernier en lui tendant un papier à signer.

— Lui-même, répondit Chris en signant avant de prendre le petit paquet.

— Merci.

— Attendez, dit Chris en allant chercher son portefeuille sur la table pour lui donner un pourboire.

— Ce n'est pas nécessaire, Monsieur, dit le livreur le regard brillant. C'est déjà fait.

— Bien… d'accord. Super. Merci, balbutia Chris en regardant l'homme disparaître dans la cage d'escalier avant de refermer la porte derrière lui.

Il examina le paquet. *Étrange.* Il n'attendait pas de colis. Il était consciencieusement emballé dans du papier marron, sans adresse d'expéditeur, et ne portait rien d'autre que la mention de son nom et de son adresse, écrits à la main. Il s'installa à la table et glissa précautionneusement un doigt sous le scotch pour le décoller. Un vieux livre. Et pas n'importe lequel, puisqu'il s'agissait d'une édition originale du *Hobbit* de J.R.R. Tolkien chez Allen & Unwin datant de 1937.

— C'est pas vrai, laissa-t-il échapper en déglutissant.

Il ouvrit la petite enveloppe qui était glissée entre les pages.

*Chris,*

*Acceptez ce cadeau en témoignage de mon amitié. J'espère que vous ne me croyez pas complètement fou. Quelle que soit votre réponse, j'aimerais vous considérer comme un ami.*

*Jesse.*

Chris relut le message avant de le remettre dans l'enveloppe puis dans le livre. Il caressa la couverture, puis porta le livre à son visage pour en inhaler le parfum. Terry s'était souvent moqué de lui à l'université lorsqu'il faisait cela, mais il avait compris que les livres étaient pour Chris des objets sacrés, et Val et lui avaient contribué à l'élaboration de sa collection.

Délicatement, il reposa le livre, puis sortit son téléphone portable et chercha Jesse dans ses contacts.

— Windview, bureau de M. Donovan, annonça une voix de femme.

— Chris Valentine. M. Donovan est-il disponible ?

— Bien sûr, M. Valentine. Un moment, s'il vous plaît.

Chris s'installa sur le canapé, les pieds sous les fesses.

— Chris ?

— Vous savez, je crois *vraiment* que vous êtes fou, commença Chris en riant.

— Je vois que vous avez reçu mon cadeau.

— Oui, et il est incroyable.

Chris souriait en regardant le livre.

— J'espérais qu'il vous plairait, dit Jesse d'une voix soulagée.

— Vous n'auriez pas dû, poursuivit Chris. Je veux dire, merci, c'est super, mais ce n'était pas nécessaire. Je vous ai cru fou, certes, mais juste un petit peu.

Le rire de Jesse semblait incroyablement chaleureux, même depuis le minuscule haut-parleur.

— Je suis ravi de l'entendre.

— Merci, vraiment. J'ai toujours rêvé de posséder une édition originale de Tolkien. Mais vous n'auriez pas dû dépenser autant…

— Ça me fait plaisir.

Jesse marqua une pause.

— Vous travaillez ce soir ?

— Euh… oui. Je termine à vingt et une heures.

— Ça vous dirait de dîner avec moi ?

— Dîner ? répéta Chris.

— Je connais un excellent restaurant à Chinatown qui reste ouvert tard. Je peux passer vous prendre.

— Je vous préviens, je serai en jean.

— Ça tombe bien, moi aussi.

— Très bien.

Chris fut tenté d'ajouter *C'est donc un rendez-vous amoureux*, mais heureusement, se ravisa.

— Parfait. À ce soir alors. J'ai hâte.

Chris raccrocha. Il savait bien qu'il avait eu tort d'accepter étant donné la raison pour laquelle Jesse l'invitait, mais il avait envie de le revoir, et il devait bien le remercier pour le livre…


**JESSE** remplit le verre de vin vide de Chris en lui décochant un sourire. Chris avait chaud au visage, sans bien savoir si la cause en était l'alcool ou la charmante compagnie de Jesse. Il s'efforçait de ne pas prêter attention à la façon dont les muscles des bras de son compagnon tendaient le tissu bleu de son tee-shirt col Henley, mais les trois – ou quatre ? – verres de vin qu'il avait déjà bus ne l'y aidaient pas.

Ce dîner dans un petit restaurant laotien coincé entre un marché asiatique et une boutique de souvenirs près de Canal Street s'était plus que bien déroulé.

Comme promis, l'atmosphère y était détendue, et la nourriture excellente. Jesse avait apporté deux bouteilles d'un délicieux Pouilly-Fuissé, le restaurant n'ayant pas de licence pour vendre de l'alcool.

Ils étaient les seuls clients désormais. Chris dégusta une gorgée de vin et se laissa aller au fond de sa chaise.

— Merci d'avoir accepté cette invitation, dit Jesse en remplissant son propre verre. La journée doit être longue pour vous.

— Et pas pour vous ? rétorqua Chris d'un ton malicieux.

— J'ai beaucoup apprécié ce dîner, dit Jesse en repoussant de son front une boucle rebelle.

— Moi aussi.

En réalité, Chris ne se souvenait pas avoir jamais passé une aussi bonne soirée. Val et Terry lui avaient organisé quelques rendez-vous depuis son arrivée à New York avec des hommes certes agréables, mais jamais inoubliables. Il n'était guère difficile d'oublier que Jesse voulait seulement être son ami, ou avait une idée derrière la tête. Mais peu importait à Chris la raison pour laquelle il l'avait invité à dîner. Il n'y avait rien de mal à profiter de sa compagnie, même si la soirée se terminerait au mieux par une poignée de main.

— Chris, commença Jesse après un moment de silence. Je suis désolé de vous avoir pris de court la dernière fois. Je suis heureux que vous m'ayez laissé une seconde chance.

— Je ne vous ai jamais vraiment pris pour un fou, dit Chris avec sincérité. Même si je ne suis toujours pas sûr de comprendre pourquoi vous m'avez fait cette proposition, à moi.

Jesse leva son verre et fit tournoyer son vin.

— Me croiriez-vous si je vous disais que j'apprécie les moments que nous passons ensemble ?

— Pas une seule seconde. Je pense qu'il y a autre chose que je ne saisis pas.

Jesse soupira, le visage tendu.

— Très bien, poursuivit-il avant d'avaler une grande gorgée de vin. Ce que je vais vous dire va vous paraître encore plus fou.

— Allez-y.

— J'ai peu d'amis, admit-il. Les magazines racontent n'importe quoi. L'entreprise familiale me prend tellement de temps que je ne peux pas m'engager dans une relation, encore moins dans le mariage. Et personne parmi les gens en qui j'ai confiance ne prendrait cette proposition pour une offre d'affaires.

— Et je fais partie des gens en qui vous avez confiance ? demanda Chris, incrédule.

— Eh bien, oui, répondit Jesse en haussant les épaules. Je cerne rapidement les caractères. Sans doute à force d'être à l'écart.

— Vous, à l'écart ?

— Je n'étais pas parmi les plus populaires à l'école.

Jesse prit une gorgée de vin comme pour se reprendre.

— Mais vous êtes tellement…

— Sûr de moi ? compléta Jesse.

— Oui.

Chris remplit leur verre de nouveau et s'empressa de vider le sien. La pièce commençait à tourner autour de lui, et sa résolution à flancher. La conversation paraissait moins dangereuse sous les assauts de l'alcool.

— C'est mon grand-père qui m'a appris ça, après que je me suis fait avoir une bonne dizaine de fois.

Le sourire de Jesse n'alla pas jusqu'à éclairer son regard.

— Je sais faire illusion maintenant. J'ai suivi une rééducation orthophonique pour vaincre mon bégaiement. Et puis, les gens vous passent beaucoup de choses lorsque vous avez de l'argent.

Chris fut stupéfait d'entendre Jesse se confier ainsi.

— Moira et les autres verraient dans le mariage bien plus que ce que je souhaite, continua Jesse en constatant que Chris ne répondait rien. Elles s'attendraient à un véritable engagement.

— Et ce n'est pas ce que vous voulez ?

— Pour un an, pas plus. Au bout d'un an, on divorce discrètement, et chacun reprend sa vie.

La voix de Jesse avait retrouvé un ton neutre et professionnel. Chris ne savait plus que penser. Jesse lui plaisait, et malgré la folie de ce projet, il avait envie de l'aider.

— Je ne sais pas. Qu'arrivera-t-il à la veuve de votre grand-père si vous vous mariez ?

— Elle garde son héritage de cinquante millions, et moi je garde le contrôle de l'entreprise.

Chris émit un sifflement.

— Pas mal !

— Mon grand-père savait bien que je ne voudrais pas perdre l'entreprise après avoir passé la plus grande partie de ma vie à en faire ce qu'elle est aujourd'hui. Wenda est une femme intelligente, mais préserver l'intégrité de l'affaire ne lui tient absolument pas à cœur.

— Vous voulez dire qu'elle la démantèlerait ? Est-ce possible ?

— Difficilement, reconnut Jesse. Mais elle a des amis au conseil d'administration, et je préfère ne pas prendre le risque.

— Mais il y a autre chose, n'est-ce pas ?

— Comme je vous l'ai dit, je ne suis pas prêt à me fixer.

Jesse croisa le regard de Chris sans ciller.

— Je ne vous demande qu'un an. Nous établissons un contrat avant le mariage, et vous empochez un million de dollars une fois la mission accomplie. On se serre la main et on repart chacun de notre côté.

— Dit comme ça, ça paraît simple.

— Vous aurez le temps d'écrire. Vous venez bien de me dire que vous n'aviez pas encore eu le temps de finir votre dernier roman, n'est-ce pas ?

— En effet.

— N'y a-t-il pas d'autres choses que vous aimeriez faire si vous aviez le temps et l'argent ?

Chris repensa à l'association Écrivains à l'école et se mit tout à coup à espérer que Jesse ne soit pas aussi pragmatique. Ni aussi charmant. Ni…

— Bon. C'est d'accord.

— Vraiment ?

Jesse ne le quittait plus des yeux.

— Vous acceptez ?

*Non mais, à quoi penses-tu ?!* Décidément, le vin lui était monté à la tête. Et pourtant, au lieu de s'écrier *Non, pas du tout !* Chris répondit posément :

— Oui, j'accepte.

Un an, un million de dollars. Finis les sales boulots qui l'empêchaient d'écrire. Finis les clients ronchons qui lui reprochaient de ne pas avoir mis assez d'amaretto dans leur latte. Et il pourrait enfin assurer la pérennité de l'association à PS 108, peut-être même étendre son action à d'autres écoles.

Avant que Chris ait le temps de comprendre ce qui se passait, Jesse se leva de son siège et vint l'enlacer.

— Merci, lui murmura-t-il à l'oreille.

Le souffle de Jesse sur la peau de Chris, juste sous l'oreille, fut comme une décharge électrique. Chris recula vivement, sentant qu'une vague de chaleur réveillait son sexe traître entre ses jambes. *Te voilà dans de beaux draps...*

— Ouais, bredouilla Chris, qui ne pouvait s'empêcher de sourire en lisant sur le visage de Jesse le soulagement et la satisfaction.

Après tout, qu'y avait-il de mal à sortir son ami de ce mauvais pas ?

## Chapitre Six

**LES** quarante-huit heures suivantes passèrent à toute allure. Jesse prit Chris en bas de chez lui en limousine à huit heures trente, puis ils firent la queue au bureau municipal afin d'obtenir une autorisation de mariage. Ils passèrent le reste de la matinée chez l'avocat de Jesse près de Wall Street, où ils signèrent le contrat prénuptial qui scellait leur accord, avant un rapide déjeuner de falafels. Ils prirent ensuite la direction du Barneys New York, où Chris se trouva un costume pour l'occasion. Jesse insista pour payer, en dépit des protestations de Chris. Ils terminèrent leur tournée dans une minuscule bijouterie où Jesse acheta des alliances assorties en platine brossé.

Le contrat prénuptial était plus généreux encore que Chris l'avait imaginé. Même s'il ne restait pas marié à Jesse l'année entière, ce dernier lui verserait dix mille dollars pour chaque mois passé. Et lorsque Chris l'avait interrogé sur l'utilité de leur arrangement s'il le quittait avant la fin de l'année, il avait répondu :

— Tout travail mérite salaire.

La mère de Chris était tombée de haut lorsqu'il l'avait eue au téléphone la veille de la cérémonie.

— Tu te maries ?!

— C'est une longue histoire, avait-il reconnu avant de se lancer dans l'explication sur laquelle les deux partenaires s'étaient mis d'accord. J'ai rencontré Jesse à une lecture publique il y a quelques semaines, et ce fut le coup de foudre.

— Vu mon histoire, je suis mal placée pour te faire la leçon, concéda Marjorie Valentine après un bref silence, mais es-tu sûr de vouloir te marier si rapidement ?

— Jesse est quelqu'un de bien, tu n'as pas de souci à te faire. Et si ça ne marche pas entre nous, ajouta-t-il en songeant aux difficultés financières qu'avait rencontrées sa mère après le départ de son père, nous avons fait un contrat prénuptial, Jesse a insisté. Je ne manquerai de rien.

— Oh, lança-t-elle, surprise, même si Chris savait bien qu'elle n'insisterait pas pour avoir plus de détails. Quelle est la date du mariage ?

— Demain.

— Demain ? Mais je travaille ! Je veux dire, j'aimerais beaucoup être présente mais…

— Je sais bien que je te préviens à la dernière minute, maman. Je ne m'attendais pas à ce que tu viennes.

Il regretta aussitôt ses paroles et tenta de se rattraper.

— Nous avons dû précipiter les choses, euh… à cause de certains détails.

Il lui parla brièvement du testament. Jesse et lui s'étaient mis d'accord : autant ne pas dissimuler cet élément, du moins avec les amis proches et la famille.

— Chris, es-tu vraiment certain de ne pas faire de bêtise ?

— C'est quelqu'un de bien, maman, je t'assure.

— Ça, ce sera à moi d'en décider, dit-elle sur le ton de la plaisanterie. À moins que tu ne prévoies de le garder caché.

— Non, je tiens à ce que tu le rencontres. Une fois que les choses se seront calmées, tu pourras peut-être nous rendre visite. Ou nous viendrons à Boston, si c'est plus simple.

— Je m'en souviendrai, dit-elle d'un ton peu convaincu.

— Marché conclu ! lança-t-il en souriant.

— Bon...

— À bientôt, maman.

— À bientôt, mon chéri.

Pris dans le tourbillon des événements, Chris eut à peine le temps de dire à Terry et Val qu'il avait accepté la proposition de Jesse avant de s'affaler sur le canapé, épuisé. Le matin suivant, il mit ses maigres possessions dans les valises miteuses avec lesquelles il était arrivé à New York et s'habilla à la hâte, si bien que Val dut le poursuivre dans les escaliers pour lui donner la cravate qu'il avait oubliée.

— On se retrouve là-bas, lui dit-elle en l'embrassant sur la joue. Respire et reste zen, OK ?

Il hocha la tête et la serra dans ses bras, puis sortit de l'immeuble et monta dans la limousine qui l'attendait.

Une fois dans la salle de conférence du siège de Windview, près de South Ferry à la pointe de Manhattan, l'une des alliances de platine dans la poche de son pantalon, Chris se demanda s'il allait se réveiller de ce rêve insensé. Les fenêtres qui montaient du sol au plafond donnaient sur Wall Street et l'East River, visible à travers une forêt de gratte-ciel.

— Jesse Chase Donovan, acceptez-vous de prendre pour époux Christopher James Valentine ici présent, de l'aimer fidèlement dans le bonheur et dans les épreuves, jusqu'à ce que la mort vous sépare ? demanda le juge.

— Je le veux.

Lorsque Jesse glissa l'anneau au doigt de Chris, il lui lança un regard d'une telle intensité que Chris en oublia presque que toute cette cérémonie n'était qu'une mascarade destinée à assurer à Jesse le contrôle de la société. Quelle idée d'être si séduisant ! Et si gentil… car c'était bien cela le pire. Et le détail qui avait convaincu Chris.

— Christopher James Valentine, acceptez-vous de prendre pour époux Jesse Chase Donovan ici présent, de l'aimer fidèlement dans le bonheur et dans les épreuves, jusqu'à ce que la mort vous sépare ?

Chris eut pendant quelques secondes la gorge nouée, et pria pour que son extrême nervosité ne transparaisse pas trop.

— Je le veux.

Sa main trembla lorsqu'il prit celle de Jesse pour y glisser l'anneau.

— Félicitations, Chris et Jesse, conclut le juge.

Le regard de Chris croisa celui de Val, et il s'attendit presque à ce qu'elle l'incite à embrasser Jesse. Mais ce dernier le prit de court en plaquant ses lèvres sur les siennes.

Ce fut d'abord un baiser d'une incroyable douceur, car leurs lèvres s'effleuraient à peine, mais au lieu de relâcher son compagnon, Jesse insista et introduisit sa langue dans sa bouche. Ce fut délicieux… et Chris n'hésita pas une seconde : leurs langues s'entremêlèrent et se mirent à danser l'une contre l'autre. De si près, Jesse sentait encore meilleur. Chris se rendit à peine compte qu'il faisait glisser ses mains le long du dos de Jesse, avant de s'arrêter sur ses hanches étroites. Il n'y réfléchit pas à deux fois, leurs deux corps se répondant l'un l'autre à la perfection.

Un ricanement – Chris reconnut la voix de Val – fit réagir Jesse qui s'écarta brusquement. Leurs regards se croisèrent, et Chris lut dans le bleu profond de ses yeux un mélange de surprise et de désir. Puis il n'eut que le temps de sentir Val l'agripper, tandis que son cœur qui battait la chamade ainsi que la chaleur piquante qui lui brûlait encore les lèvres l'assuraient qu'il n'avait pas rêvé.

— Oh, Chris ! s'écria Val. Ça y est, tu l'as fait !

— Ouais, fut tout ce qu'il parvint à articuler, encore obnubilé par la bouche de Jesse.

— J'avais donc tort, il n'est peut-être pas si hétéro qu'il en a l'air, poursuivit-elle d'un ton malicieux.

Chris accueillit avec soulagement l'accolade de Terry, ne sachant absolument pas comment réagir à la remarque de Val. Il n'avait pas encore décidé s'il devait ou non en vouloir à mort à Jesse, mais pour que leur plan fonctionne, il fallait que la cérémonie soit crédible. Tout de même, cela ne lui aurait pas coûté grand-chose de prévenir Chris de ses intentions.

— Félicitations, M. Valentine, commença une jeune femme qui s'était présentée plus tôt sous le nom de Carla, et qui était l'assistante administrative de

Jesse. Je suis si heureuse pour vous deux. Quand on pense qu'il vous a caché pendant tout ce temps…

— Merci, répondit-il avec tout le sang-froid qu'il était parvenu à conserver.

Après dix minutes de félicitations et de tapes sur le dos de la part de personnes qu'il voyait pour la première fois, il ressentit le besoin de prendre l'air. Il s'excusa en souriant auprès d'un homme qui lui expliquait être « à cent pour cent pour le mariage gay », et quitta la salle. Il se faufila jusqu'au bureau de Jesse avant que quiconque puisse le rattraper.

La vue depuis le bureau était encore plus saisissante que celle de la salle de conférence. En contrebas, un ferry se frayait un chemin dans le port en direction de Staten Island, tandis que des embarcations plus petites faisaient le tour de Liberty Island. Chris fut tenté de s'éclipser pour aller s'asseoir une heure ou deux dans Battery Park, là où personne ne pourrait le trouver. Mais il ne pouvait pas faire cela à Jesse. Il avait donné son accord et tiendrait ses engagements.

*Ce n'était qu'un baiser. Il fallait que cette mascarade soit crédible.* Mais alors, pourquoi ne cessait-il de se passer les doigts sur les lèvres en se remémorant la sensation de la bouche de Jesse sur la sienne ?

— Ressaisis-toi, se dit-il à voix haute.

Il prit quelques profondes inspirations et s'apprêtait à reprendre le chemin de la salle de conférence lorsque la porte du bureau s'ouvrit pour laisser apparaître la tête de Jesse.

— Ouf, laissa échapper ce dernier. J'ai cru que tu avais pris la poudre d'escampette après ma petite scène, dit-il d'un air sincèrement désolé et inquiet.

— Tu aurais pu me prévenir tout de même. J'aurais été d'accord.

Jesse souffla, le visage visiblement tendu.

— Je suis vraiment désolé. J'ai agi sans réfléchir.

Il lança à Chris un regard contrarié.

— Suis-je pardonné ?

— Bien sûr, répondit Chris en se forçant à sourire. Il n'y a pas mort d'homme ! J'aimerais juste être mis au courant la prochaine fois, d'accord ?

— Promis, dit Jesse en lui tendant la main. Bon, on lève le camp ?

Chris hésita un instant avant d'acquiescer.

— OK, mais en sauvant les apparences.

— Vous partez, M. Donovan ? demanda Carla en les croisant sur le chemin de l'ascenseur.

— Oui, répondit Jesse en hochant la tête. Pouvez-vous prévenir le chauffeur et lui demander de nous attendre en bas ?

— Mais bien sûr.

Chris prit la main de Jesse tandis que celui-ci appelait l'ascenseur. Carla avait sans doute prévenu les invités, qui commençaient à sortir de la salle de conférence pour assister au départ du jeune couple.

Ils s'engouffrèrent dans l'ascenseur dès que les portes s'ouvrirent. Leurs regards se croisèrent, et Chris, après avoir repris son souffle, se pencha vers Jesse et l'embrassa. Le son des hourras et des applaudissements s'atténua au fur et à mesure que l'ascenseur descendait, mais malgré les portes fermées, leur baiser se prolongea, et avec tout autant d'enthousiasme.

— Waouh, lâcha Jesse lorsqu'ils s'éloignèrent l'un de l'autre.

Il déglutit avec peine en portant la main à sa bouche.

— Tu es impitoyable, dis donc !

— Ce n'est que justice, rétorqua Chris le sourire aux lèvres. Nous devons jouer notre rôle jusqu'au bout, n'est-ce pas ?

Même s'il hocha la tête, Jesse semblait mal à l'aise. Ils traversèrent le hall d'entrée et passèrent devant les agents de sécurité d'un pas confiant. Jesse se débarrassa de la horde de journalistes qui les attendait devant l'immeuble en les gratifiant d'un sourire étincelant et de quelques *Plus tard, une autre fois*, puis poussa Chris dans la limousine qui n'attendait qu'eux.

## *Chapitre Sept*

LE trajet entre Manhattan et le Connecticut fut silencieux. Jesse était particulièrement calme, et Chris se demanda s'il hésitait à lui dire quelque chose. Puis au bout d'une quarantaine de minutes, il le vit prendre son téléphone et passer ses mails en revue. Chris décida de se détendre et de profiter du trajet vers le nord. L'un des deux écrans de la limousine diffusait CNN tandis que sur l'autre défilaient les cours de la Bourse, mais Jesse n'y prêtait guère attention.

Ce dernier finit par poser son téléphone.

— Hello, lança-t-il à Chris, qui commençait à sérieusement s'interroger sur son propre état mental suite à ce mariage insensé.

Il s'efforça de sourire.

— Hello.

— J'ai recommencé, n'est-ce pas ? demanda Jesse d'un air mécontent.

— Recommencé quoi ?

— J'ai encore réussi à te mettre mal à l'aise.

Jesse passa ses doigts fins dans sa chevelure ondulée, qui retomba d'un mouvement provocant sur ses yeux.

— Tu parles du baiser ?

Chris secoua la tête.

— Tu es simplement meilleur acteur que je le croyais. J'ai été surpris.

— J'aurais dû t'en parler avant. Tout est de ma faute.

— Y a-t-il autre chose dont je dois être prévenu ?

Chris préférait ne pas s'étendre sur sa propre réponse au baiser, qui quant à elle n'était pas feinte.

— Le terrain est-il miné ? demanda Jesse d'un air faussement catastrophé qui fit s'esclaffer Chris.

— Ce n'était pas si terrible.

Jesse haussa les épaules.

— Tant mieux. On m'a déjà dit que j'embrassais plutôt bien.

*Quel euphémisme...*

— Tu te débrouilles bien, bredouilla Chris.

La sensation de ce baiser lui transperçait toujours les os.

— Donc, tu allais m'annoncer les prochaines réjouissances ? reprit-il en se sentant rougir.

— En effet, dit Jesse en se redressant.

Chris avait déjà remarqué ce changement de posture, et il comprit alors que son corps tout entier prenait une apparence autre lorsqu'il entrait dans son rôle d'homme d'affaires.

— Le personnel de la maison est irréprochable. La plupart des employés étaient déjà là quand j'étais petit, et les autres, poursuivit-il d'un air sombre, ont été précautionneusement sélectionnés.

— Sélectionnés ?

Ce terme ne semblait pas des plus appropriés pour du personnel de maison.

— Je suis sérieux, reprit Jesse, apparemment déconcerté. Il est indispensable de vérifier d'où ils viennent, ainsi que leurs antécédents. La plupart d'entre eux vivent sur la propriété, dans l'ancienne remise à calèches et dans les diverses dépendances attribuées aux invités.

Chris imagina des hommes armés d'uzis patrouillant autour de la résidence, mais s'efforça de chasser cette vision de son esprit.

— Je suis ravi d'avoir passé le test, remarqua Chris avant d'ajouter, puisque Jesse ne répondait pas : l'enquête sur l'entourage et les antécédents, je veux dire.

— Haut la main, rétorqua Jesse.

Pas de doute : il s'était bien renseigné sur lui. Certes, il n'avait rien à cacher, mais il n'était pas certain d'apprécier d'avoir été ainsi *sélectionné*.

— Super.

— Il n'y a qu'une seule mine dont tu auras à te méfier, poursuivit Jesse, apparemment sans remarquer la gêne que ressentait Chris. Elle s'appelle Wenda.

— La belle-grand-mère.

Jesse acquiesça.

— Je ne lui ai encore parlé de rien.

— Au sujet du mariage ?

Chris savait que sa mâchoire était probablement au ras du sol, mais il était si surpris qu'il ne pouvait pas le cacher. La moitié des journaux de Manhattan étaient au courant, et la seule personne un tant soit peu concernée n'en savait rien !

— Il faudra bien qu'elle l'apprenne, reconnut Jesse.

— Vous n'êtes pas très proches, à ce que je vois ?

— En effet. Nos relations ont immédiatement été tendues, et cela n'a jamais changé, expliqua-t-il avec un haussement d'épaules. Mais je ne lui reproche rien. J'avais onze ans lorsqu'elle a épousé mon grand-père, et je ne lui ai pas facilité la tâche.

— Tu étais jaloux ?

— Terriblement. Et je lui ai bien fait sentir. Nous nous entendions très bien avec mon grand-père, et je n'avais aucune envie qu'une femme d'à peine quinze ans de plus que moi vienne jouer les mamans.

— C'est ce qu'elle voulait être pour toi ?

Jesse éclata de rire.

— Pas du tout. Mais c'est ce que je croyais. En fait, je crois qu'elle désirait juste rester le plus loin de moi possible.

— Cela ne devait pas être facile.

— C'est le moins que l'on puisse dire, commenta Jesse avec un sourire en coin. Je suis revenu m'installer dans la maison avant la mort de mon grand-père pour être à ses côtés, et je n'en suis plus jamais parti. J'ai un appartement en ville pour la semaine, mais c'est dans le Connecticut que je me sens chez moi.

— La maison appartient donc à Wenda ?

— Non, elle est à moi. Mais le testament l'autorise à y rester aussi longtemps qu'elle le souhaite. Nous nous croisons rarement. Elle voyage beaucoup, et puis c'est une grande maison.

La limousine ne tarda pas à quitter la route principale, puis à ralentir devant un large portail qui s'ouvrit pour les laisser entrer. Un mur de briques entourait la propriété, et la maison restait invisible.

Des chênes imposants peuplaient le terrain, et la longue allée se faufilait à travers une végétation généreuse et verdoyante, et d'épais taillis de buissons en fleurs. Au pied des arbres gigantesques, jonquilles et tulipes pointaient leur nez. Un ruisseau serpentait dans le parc avant de disparaître au cœur d'une forêt de conifères. Jesse ouvrit les vitres et une odeur vivifiante d'herbe fraîchement coupée s'engouffra dans le véhicule.

— Bienvenue à Windmere, lança-t-il avec une fierté non dissimulée. Il nous reste quelques minutes avant d'atteindre la maison, nous pouvons donc passer en revue quelques derniers points.

— Bien sûr.

— Si Wenda est là, nous devrons poursuivre notre petite comédie.

— Très bien, c'est toi qui donnes les ordres, répondit Chris malicieusement. Qu'y a-t-il au programme ?

— Reste toi-même, c'est tout. Nous devons simplement dire que nous nous sommes rencontrés lors d'une de tes lectures publiques il y a quelques mois.

— Et que faisons-nous du Célibataire du Siècle ?

— C'est un peu plus délicat, reconnut Jesse. Je viens de comprendre que je suis bisexuel.

— Que tu… comment ça ? Enfin, je croyais…

— C'est ce que nous allons lui dire, s'empressa d'ajouter Jesse.

— Ah, d'accord.

Chris fut soulagé ; si Jesse avait été partant pour davantage qu'une comédie jouée en public, la situation serait devenue ingérable pour lui.

— Je comprends. Ensuite ?

— C'est tout. J'épouse qui je veux, cela ne la regarde pas.

Chris était sur le point de lui faire remarquer que cela la concernait tout de même quelque peu, lorsque la limousine émergea de l'obscurité des bosquets et qu'apparut la maison. Même si *maison* n'était peut-être pas le terme approprié…

Immense manoir de style Tudor, Windmere était à la fois magnifique et imposant avec ses toits pentus, sa charpente en bois apparente et ses pierres blanches sous les corniches, ses fenêtres à meneaux de mille et une formes, ses interminables cheminées et, aux étages inférieurs, sa façade de briques à chevrons. Chris descendit de la limousine et s'arrêta net pour contempler l'édifice, tandis que le bruissement des feuilles de l'immense saule pleureur qui surplombait l'allée évoquait le frottement d'une main sur un instrument à cordes. La brise apportait avec elle le parfum diffus de l'océan.

— Incroyable, finit-il par s'exclamer.

— C'est mon arrière-grand-père qui l'a fait construire dans les années 1920, expliqua Jesse d'une voix chaude qui laissait transparaître tout son amour pour le domaine. Lorsque j'étais à l'école primaire, j'étais souvent gêné de la taille de ma maison comparée à celles de mes amis. Mais aujourd'hui…

Il sourit et balaya la propriété d'un geste de la main.

— Je vais te montrer la meilleure partie.

Chris acquiesça et suivit Jesse qui avait entrepris de traverser la pelouse au pas de course. Ils passèrent un coin de la maison, puis un autre, et Chris en profita pour admirer les détails du bâtiment. Il était sur le point de demander à Jesse ce qu'il voulait lui montrer lorsqu'ils atteignirent le sommet d'une basse colline. Tous deux s'arrêtèrent.

Chris savait qu'ils étaient près de l'océan, mais pas à ce point. L'autre versant de la colline semblait s'engouffrer dans l'eau, comme avalé par les flots. D'autres saules s'élevaient majestueusement au-dessus de la pelouse soigneusement tondue et entourée d'un petit mur de pierre.

— C'est sensationnel, commenta Chris en secouant la tête. Je n'en crois pas mes yeux.

— Suis-moi, dit Jesse en lui prenant la main pour le conduire jusqu'au muret.

Il avait la peau chaude, et Chris se rappela soudain les baisers qu'ils avaient échangés lors de la cérémonie et dans l'ascenseur.

— C'est l'endroit que je préfère.

Jesse sauta sur le muret et invita Chris à faire de même, puis pointa le doigt vers le bas. Au pied de la falaise abrupte, les vagues venaient cogner contre les gros rochers qui parsemaient la plage comme si on les y avait jetés. Un chemin menait depuis le mur à un petit bâtiment en bois perché sur un affleurement rocheux.

— Mon grand-père l'a fait construire pour mon septième anniversaire.

La construction rappelait l'architecture du manoir et semblait pouvoir contenir une table et quelques chaises. Pourtant, contrairement à l'édifice principal, le toit semblait avoir été intentionnellement construit de guingois, et les fenêtres étaient de tailles et de formes surprenantes. Chris crut y voir une illustration du Dr Seuss, version Tudor.

— Ça, c'est une chouette cabane.

— Elle a dû être reconstruite à deux reprises après des tempêtes, raconta Jesse. C'était terrible pour moi de la voir ainsi dévastée. Nous avons pu sauver les murs et une partie du sol. La dernière fois, j'ai demandé à un ingénieur de renforcer les fondations à l'aide de poutres en acier fixées dans la falaise.

— Puis-je voir l'intérieur ?

— Tu... tu aimerais visiter ?

— Bien sûr, j'adorerais...

Chris fut interrompu par quelqu'un qui appelait Jesse depuis le patio à l'arrière du manoir.

— J'arrive, cria ce dernier.

Il se tourna vers Chris en soupirant.

— J'ai bien peur que nous ne devions remettre notre visite à plus tard. J'ai demandé à Marcie, notre chef, de nous préparer un encas pour notre arrivée. Je ne t'ai pas vu manger à la réception, et pour ma part, la bouchée de gâteau que tu m'as fait avaler ne m'a pas rassasié.

— Je meurs de faim moi aussi. Nous aurons tout le temps de voir ta cabane un autre jour.

Ils sautèrent au bas du mur et se dirigèrent vers la maison. À mi-chemin, Jesse se retourna pour regarder l'océan. Chris crut lire du regret sur son visage, mais l'impression fut fugitive, et Jesse reprit sa route. Il lui tint la porte ouverte, une porte donnant sur une nouvelle vie – temporaire, certes, mais nouvelle tout de même.

## *Chapitre Huit*

— **MARCIE** ! s'exclama Jesse en pénétrant dans la cuisine par ce que Chris devina être l'ancienne entrée de service. Voici Chris Valentine. Chris, je te présente Marcie Mayfield.

Au lieu de lui tendre la main, la grande dame à la tresse poivre et sel l'enlaça telle une mère qui n'aurait pas vu son fils depuis de longues années.

Jesse toussota poliment.

Marcie le lâcha et se mit à parler si rapidement que Chris eut du mal à la suivre.

— Oh ! Pardonnez-moi. Je vous ai probablement effrayé, pauvre garçon. Vous parvenez à échapper aux paparazzis, et vous voilà assailli par une vieille femme. Je ne sais pas me tenir, vous devez vous demander quel genre de personnel emploie M. Donovan !

— Vous pouvez m'appeler Jesse devant Chris, lui dit-il en lui picorant la joue. C'est mon époux, après tout.

— Je suis ravi de vous rencontrer, Marcie, dit Chris.

— Marcie a été comme une mère pour moi, expliqua Jesse, ce qui fit rougir l'intéressée jusqu'aux oreilles. Elle est à mes côtés depuis toujours.

— Jesse, avertit Marcie, vous allez me faire pleurer. Déjà si grand, et vous voilà marié !

Elle se tourna vers Chris et chuchota, les yeux brillants :

— Il était adorable quand il était petit. Je ne sais pas ce qui s'est passé depuis.

— Je fais de mon mieux, rétorqua Jesse en clignant de l'œil.

Marcie agita un doigt comme pour les gronder.

— Allez, dehors, tous les deux. J'ai mis la table dans la véranda.

— Merci. Vous êtes parfaite, Marcie, répondit Chris.

— Faites comme chez vous. Il y a toujours de petites choses à grignoter dans le frigo et des biscuits dans la boîte.

— Merci.

Jesse posa la main sur l'épaule de Chris pour le conduire jusqu'à la véranda.

— Elle fait les meilleurs biscuits du monde.

— Je vais devoir me trouver un endroit où faire de la gymnastique, plaisanta Chris.

Il songeait déjà à faire son jogging dans le parc, mais il aurait peut-être besoin de s'exercer davantage avec tous ces biscuits aux alentours.

— Il y a une salle de sport au sous-sol, près de la piscine.

— La piscine ?

Jesse hocha la tête.

— Nous avons aussi une petite salle de bowling avec trois pistes, et une salle de projection.

— Ça alors ! On pourrait passer sa vie ici sans jamais en sortir !

— Sans doute.

Un muscle de la joue de Jesse se contracta discrètement, et Chris se demanda s'il avait évoqué un sujet sensible. À creuser plus tard…

LE hall d'entrée principal était aussi impressionnant que Chris se l'était imaginé. Le plafond était au niveau du toit, et des poutres en bois se croisaient à hauteur du deuxième étage. Le sol en damier était en marbre, et un gigantesque escalier montait jusqu'à l'étage, où il se séparait en deux.

— Il y a deux ailes, expliqua Jesse, ce qui confirma les impressions de Chris. J'occupe l'aile nord, et Wenda l'aile sud.

— … et jamais ils ne se rencontreront, récita Chris joyeusement.

— Tu n'es pas loin de la vérité. Et c'est plus simple ainsi.

Ils se dirigèrent vers l'arrière de la maison jusqu'à l'immense salle à manger. Au centre s'élevait une imposante cheminée en pierre ornée de volutes sculptées et dont le tour était du même bois sombre que la charpente de l'édifice. La pièce sentait la fumée de pin, bien que le feu fût éteint.

— Par ici.

Et Jesse ouvrit une porte sur la plus belle pièce que Chris ait jamais vue. Le plafond de verre se situait presque au niveau du toit d'ardoises, et trois des quatre murs étaient en verre. Des plantes exotiques et de petits arbres débordaient de pots en terre cuite, dont certains étaient plus larges que la salle de bain de Val et Terry. Le sol de marbre était différent de celui de l'entrée et arborait un motif de mosaïque dont les teintes rappelaient l'océan ; Chris n'avait vu de semblables constructions que lors du voyage en Grèce auquel il avait participé avec le lycée.

Quelques grappes de sièges en osier étaient éparpillées dans la pièce. Des tables avaient été stratégiquement placées près des grandes portes vitrées qui donnaient sur le patio de sorte que lorsque celles-ci étaient ouvertes, les invités pouvaient les contourner à leur aise. C'est la table qui se trouvait près de la plus grande composition de plantes qui avait été préparée et sur laquelle étaient disposés des assiettes en grès peint et des verres bleus assortis. Un pichet de limonade et un plateau de sandwichs trônaient en son centre, accompagnés de petits plats de pickles, de salades marinées et de fruits.

— Pas la peine de me montrer le reste de la maison, s'écria Chris, émerveillé. J'ai tout ce qu'il me faut ici.

Le visage de Jesse s'illumina.

— C'est ma pièce préférée. J'ai fait ajouter un poêle à bois pour qu'elle soit tout aussi confortable en hiver. J'adore regarder la neige d'ici, dit-il en tirant l'une des chaises pour Chris avant de prendre place face à lui.

Ils se servirent dans un silence cordial. Dehors, les feuilles vert vif des arbres environnants se balançaient au vent. Un faucon dessinait dans le ciel des cercles paresseux, tandis que des mouettes volaient vers le large.

— C'est délicieux, commenta Chris en se resservant des sandwichs au concombre et au fromage.

— Marcie fait le pain elle-même. Je suis gâté, conclut Jesse en poussant un soupir de contentement et en se laissant aller sur sa chaise. Merci, ajouta-t-il.

— De quoi ?

— D'accepter tout cela.

— Tu en demandes beaucoup.

— Mais tu pourras vivre confortablement avec un million de dollars.

— C'est sûr.

L'aspect financier du marché laissait toujours Chris mal à l'aise. Il se demanda si Jesse le trouvait cupide, puis rejeta l'idée. Il s'agissait d'un arrangement d'affaires, rien de plus. Évidemment, l'affection qu'il portait à Jesse facilitait les choses. Il ne l'aimait pas comme un amant, non, mais comme un ami. Et Jesse avait de l'argent à ne savoir qu'en faire, et la somme qu'il verserait à Chris permettrait à ce dernier de faire enfin ce qu'il désirait : écrire à plein temps, sans interruption.

— Alors, lança Jesse en posant sa serviette sur la table, prêt pour le tour du propriétaire ?

Il leur fallut presque une heure pour faire le tour du rez-de-chaussée puis du premier, de la salle de musique, de la bibliothèque et de bien d'autres pièces. Ils ne mirent pas les pieds dans l'aile sud, le territoire de Wenda, et Chris ne mit pas le sujet sur le tapis.

— J'ai demandé à James, le gérant du personnel, de te mettre en relation avec ma décoratrice d'intérieur afin de refaire cette pièce, expliqua Jesse lorsqu'ils pénétrèrent dans le quatrième salon de l'étage.

Située dans le coin nord-est de la maison, cette pièce offrait une vue incroyable sur l'océan. Une fenêtre de toit s'ouvrait sur le ciel.

— C'est magnifique, merci.

— Je suis content que cet endroit te plaise. Même si, je dois l'avouer, j'ai mes raisons de tenir à ce que tu aies un lieu de travail idéal.

— Vraiment ?

— Eh oui, poursuivit-il le sourire aux lèvres, je meurs d'envie de découvrir la suite de ton œuvre en cours. J'espère que tu me laisseras en lire des passages au fur et à mesure.

— Avec plaisir. Les critiques constructives sont toujours les bienvenues, répondit Chris, qui doutait de l'expérience de relecteur de Jesse, mais peu importait.

— Dernier arrêt, annonça Jesse en commençant à monter l'escalier. Voici l'antre de Wenda, dit-il en désignant la gauche. Et ici, dit-il en désignant la droite, c'est mon jardin secret – enfin, *notre* jardin secret.

Chris le suivit dans le couloir.

— La plupart de ces pièces sont des chambres d'amis, et mes appartements sont tout au bout du couloir.

Ils passèrent devant six ou sept portes. L'ameublement avait une allure nautique dans cette partie de la maison, et les bancs étaient recouverts de tissus qui évoquaient les couleurs de l'océan. De même, les murs étaient peints d'un bleu-gris apaisant, et les boiseries semblaient être du teck des bateaux. Alors que dans l'entrée principale étaient suspendues des peintures austères, les tableaux qui étaient au mur étaient des marines à l'aquarelle.

À l'extrémité du couloir, deux portes étroites flanquaient une porte double. Jesse ouvrit cette dernière, et ils se retrouvèrent dans un grand salon. Il avait lui aussi le charme d'un havre en bord de mer, mais contrairement aux pièces précédentes, celle-ci était tapissée d'étagères de livres du sol au plafond. Une large cheminée occupait presque un pan de mur entier.

— Ma collection, annonça Jesse, percevant sans aucun doute l'excitation de Chris qui dévorait les lieux du regard.

— Waouh. C'est… waouh…

Chris s'avança pour lire les titres des ouvrages. Il tendit la main pour toucher un exemplaire du recueil *A Further Range* de Robert Frost, mais la retira comme pris de remords.

Lorsque Jesse vint prendre le livre sur l'étagère, son épaule effleura le dos de Chris. Celui-ci réprima un soupir et se concentra sur l'ouvrage.

— Ils sont là pour être lus, dit Jesse avec respect avant de donner le livre à Chris. Ouvre-le.

Chris hocha la tête et souleva précautionneusement la couverture. Il découvrit à l'intérieur une version manuscrite du poème « Le Fugitif ». Il contempla l'écriture irrégulière et s'interrogea sur la signature au bas de la page.

— Un jour où tombait la première neige de l'année, récita Jesse, nous nous arrêtâmes en montagne aux abords d'un pré et demandâmes *À qui est ce poulain ?* Un petit Morgan avait une patte avant sur le muret, l'autre enroulée sur son poitrail. Il plongea la tête et s'ébroua vers nous. Puis il fallut qu'il s'emballe. Nous entendîmes le tonnerre miniature de sa fuite ; nous le vîmes, ou crûmes le voir, vague et gris, telle une ombre projetée sur le rideau des flocons qui tombaient. Je crois que le petit gars est effrayé par la neige. Il n'est pas encore rompu à l'hiver. Le petit gars ne joue pas. Il fuit.

Chris leva les yeux, et s'aperçut que Jesse n'avait pas lu par-dessus son épaule.

— J'ai une mémoire photographique, expliqua-t-il en souriant chaleureusement. La version manuscrite est légèrement différente de la version publiée, mais je l'ai lue à d'innombrables reprises.

— Je me souviens avoir découvert ce poème à l'école. C'est alors que j'ai su que je désirais écrire.

Il n'avait jamais révélé cela à quiconque, et cet aveu le fit rougir.

— Tu écris de la poésie ?

— J'en écrivais.

Il n'avait jamais été très émotif, mais la poésie avait parfois été pour lui comme un exutoire. Il se rappelait encore son embarras lorsque sa mère avait trouvé caché sous son lit le carnet à spirales dans lequel il recopiait ses poèmes. Jesse ne s'étendit pas sur le sujet, et Chris se demanda s'il avait perçu sa gêne.

— Garde ce livre avec toi. Il t'inspirera peut-être, et n'hésite pas à te servir : tous ces ouvrages sont à ta disposition.

— Je n'y manquerai pas. Merci.

Chris déposa le livre sur l'une des tables et suivit Jesse jusqu'à la porte située à gauche de la cheminée ; ils pénétrèrent dans la chambre.

Les rideaux bleu marine étaient ouverts et laissaient la lumière se déverser dans la chambre. L'ameublement rappelait le style imposant du rez-de-chaussée, mais aux couleurs océanes du couloir. Des rayures blanches et turquoise montaient du sol au plafond, et les huisseries étaient peintes d'un blanc lumineux. La fenêtre près de laquelle ils se trouvaient étant entrouverte, l'odeur des arbres et de l'océan emplissait la pièce.

Le lit king size en acajou gravé, malgré sa taille imposante, n'occupait qu'une infime portion de la chambre. Chris se sentit soudain mal à l'aise : ils n'avaient pas évoqué cette question. Jesse s'attendait-il à ce qu'ils partagent le même lit ?

— Waouh… Mais, euh, je ne suis pas sûr que…

— Oh non, s'écria Jesse en blêmissant, désolé… Tu pensais que… Oh, tu dois me prendre pour le plus gros des… Non, c'est ta chambre à toi. La mienne est de l'autre côté.

— Et celle-ci est la mienne ?

Chris rit en secouant la tête.

— Mince, Jesse. Tu assures vraiment, depuis le début. C'est moi qui me fais toujours du souci pour rien.

Il se passa la main sur le visage en soufflant.

— Je crois qu'il va me falloir un moment pour m'habituer à notre arrangement.

— C'est de ma faute, j'aurais dû prendre l'initiative de te donner davantage d'informations. Il faut que notre mariage semble réglo aux yeux du monde extérieur, mais ce qui se passe ici ne regarde que nous, précisa Jesse joyeusement. Du temps de la construction de cette maison, il était tout à fait normal qu'une épouse ait sa propre chambre et qu'elle y dorme. Et là, ajouta-t-il en désignant une autre porte, tu as ta propre salle de bain.

— Voilà qui change tout ! Je me sens plus à l'aise dans mon nouveau rôle d'époux… plaisanta Chris.

Il n'avait rien d'une jeune vierge le soir de la nuit de noces, mais une vague de soulagement le submergea, et il réprima un bâillement. La journée avait été plus éprouvante qu'il n'y paraissait.

— Je n'en peux plus, dit Jesse en jetant un coup d'œil à sa montre. Tu dois être épuisé toi aussi. Et si nous nous retirions dans nos chambres respectives pour nous reposer un peu ? Ici, on dîne à vingt heures précises. Ordres de Marcie.

— Faut-il s'habiller pour le dîner ? demanda Chris.

— S'habiller ? Tu veux dire avec veste et cravate ? Mon Dieu non ! J'ai envoyé cette tradition aux oubliettes après la mort de mon grand-père. On ne s'habille que lorsqu'il y a des invités. Mets quelque chose de confortable.

— Ouf, s'exclama Chris, qui avait hâte de se débarrasser de son costume pour sauter dans son jean favori.

— Je viendrai frapper à ta porte un peu avant vingt heures, nous pourrons descendre ensemble.

— Tu as peur que je me perde ?

— Mais oui, je ne voudrais pas te perdre le soir de nos noces, rétorqua-t-il avec un air malicieux.

Chris se demanda pendant quelques secondes si tout en plaisantant, Jesse ne disait pas la vérité. Mais il le regarda quitter la pièce et fermer la porte derrière lui en se disant que vraiment, il avait besoin de repos. Il commençait à se faire des films.


*LE léger grincement des ressorts du matelas réveilla Chris. Il ouvrit les yeux. Jesse chevauchait ses hanches, et la peau lisse de son torse semblait emprisonner la lumière de la lune qui filtrait par la fenêtre.*

*— Jesse ?*

*— Excuse-moi, je n'ai pas pu m'en empêcher, susurra-t-il en se penchant pour capturer les lèvres de Chris.*

Celui-ci se mit à gémir, et Jesse engouffra sa langue dans sa bouche, prête à le recevoir. Chris posa la main sur la ceinture du bas de pyjama en coton de Jesse, puis glissa sur sa peau. Elle était douce comme de la soie, et fermement tendue sur les muscles bandés.

— Mince, Jesse, laissa-t-il échapper lorsque leurs bouches se séparèrent.

— Tu... Ça ne te dérange pas ?

— Si ça me dérange ? Je ne pense qu'à ça depuis que tu m'as embrassé à la fin de la cérémonie, avoua Chris. Je pensais ne jamais réussir à m'endormir te sachant dans la pièce d'à côté.

— J'en suis ravi.

Le sourire aux lèvres, Jesse aida Chris à retirer son tee-shirt.

— C'est mieux comme cela, dit-il en jetant le vêtement au sol avant de repousser Chris sur le lit.

Il se pencha sur sa poitrine et se mit à laper un mamelon déjà tendu. Il continua à le lécher jusqu'à ce que Chris ferme les yeux, puis commença à le mordiller et à le sucer jusqu'à ce que Chris se mette à haleter.

— Jesse.

Quand il entendit son nom, Jesse devint encore plus audacieux. Il agrippa l'élastique du bas de pyjama de Chris et révéla soudainement le sexe en érection de son compagnon.

— De mieux en mieux, dit-il en s'installant entre les jambes de Chris, son regard bleu scintillant dans la pâle lumière, avant de prendre le membre dans sa bouche.

— Oh, c'est pas vrai !

Jesse n'avait peut-être pas beaucoup d'expérience avec les hommes, mais la sensation de sa bouche sur son sexe fut une révélation pour Chris. Jesse resserra *ses lèvres autour de la queue de Chris et l'avala entièrement, si bien que Chris se sentit sur le point d'éjaculer à tout moment. Mais Jesse saisit la base de son sexe et la comprima suffisamment fort pour lui faire passer l'envie de jouir – en tout cas pour l'instant.*

*Chris enfouit ses doigts dans la chevelure ondulée de Jesse qui était d'une douceur incroyable, et planta presque ses ongles dans son cuir chevelu. Jesse émit un gémissement d'approbation, et le membre de Chris se contracta tandis qu'une sensation de plaisir intense lui parcourait tout le corps.*

*— Jesse, mon Dieu, Jesse... Je ne vais pas pouvoir tenir longtemps. C'est tellement fou.*

*Jesse leva les yeux, et leurs regards se rencontrèrent. Chris perçut dans ces pupilles qui devaient fidèlement refléter les siennes une vibrante lueur de désir. La bouche de Jesse esquissa un sourire autour du sexe de Chris tout en suçant plus fort, le provoquant et le stimulant jusqu'à ce que le plaisir devienne incontrôlable.*

*— Ça vient, lâcha-t-il.*

*Mais Jesse ne se recula pas, et Chris éjacula en hurlant dans sa bouche.*

— Jesse !

Chris sursauta dans son lit et se réveilla lui-même en criant. Il regarda autour de lui dans la pièce obscure et comprit qu'il était seul. Aucune trace de Jesse.

*Un rêve.* Il inspira profondément pour tenter d'apaiser les battements frénétiques de son cœur, et prit conscience de la flaque de sperme qu'il avait sur le ventre. Il retira son tee-shirt humide et s'essuya le ventre, puis se dirigea vers la salle de bain.

Il avait dîné avec Jesse dans une atmosphère détendue, puis chacun s'était retiré dans sa chambre vers minuit. Il se souvenait à peine s'être couché. Il avait bu pas mal de vin et s'était endormi dès qu'il avait posé la tête sur l'oreiller.

Tout en se nettoyant au gant de toilette, Chris repensa à son rêve et à la sensation de la bouche de Jesse sur son sexe. Quelle galère… Leur petit arrangement allait lui demander plus d'efforts que prévu. Et aussi plus de masturbation.

Il retournait se coucher lorsqu'on frappa doucement à la porte. Il ouvrit et se trouva nez à nez avec Jesse, aussi beau que dans son rêve, les cheveux délicieusement ébouriffés.

— Tout va bien ? s'enquit Jesse. J'ai cru entendre du bruit.

*Rien du tout. J'ai juste crié ton nom.*

— J'ai dû parler en dormant.

— Ah, dit Jesse, les yeux rivés sur son torse, ce qui rappela à Chris qu'il avait retiré son tee-shirt.

Certes, cela ne le dérangeait pas d'être ainsi observé, quoique, après le rêve…

— Tout va bien, ajouta-t-il en constatant que Jesse restait silencieux.

— D'accord, super, dit Jesse en semblant reprendre ses esprits. Je vais retourner me coucher alors. Bonne nuit, Chris.

— Bonne nuit.

## *Chapitre Neuf*

LE matin suivant, Chris trouva Jesse dans la véranda en train de lire le *New York Times* en buvant son café.

— Bonjour, lança Jesse avec un sourire étincelant qui fut pour Chris comme un coup sur la tête.

— Bonjour.

— Tu n'es pas du matin si je comprends bien ?

— Il me faut simplement quelques minutes et un peu de caféine, grommela Chris qui n'était bon à rien avant son premier café de la journée.

— Bonjour les jeunes mariés ! s'exclama Marcie en apportant un plateau garni de viande, de fromage et de pain. Ce n'est pas tout à fait digne de la suite nuptiale, mais j'ai préparé quelques-uns des plats préférés de M. Donovan.

— Je suis pourri gâté, constata Jesse en découvrant le plateau. Chris ne sait pas encore dans quoi il s'est engagé.

Marcie se mit à rire en secouant la tête.

— Ne vous inquiétez pas, nous prendrons bien soin de vous, M. Valentine. Vous n'avez qu'à me dire ce que vous préférez.

— Oh, je ne suis pas difficile. Votre café est excellent.

— Merci, dit Marcie, rayonnante. M. Donovan m'a dit que vous l'aimiez bien fort.

— Il est parfait.

— Avez-vous besoin de quoi que ce soit d'autre pour l'instant ?

Chris secoua la tête.

— Je pense que nous avons tout ce qu'il nous faut, dit Jesse, avant d'ajouter une fois qu'elle eut quitté la pièce : Marcie me gâte vraiment. Mon grand-père l'a engagée après la mort de ma grand-mère. C'est grâce à elle et à James que cet endroit tourne correctement.

— James ?

— Le chef du personnel, tu te souviens ?

Chris le regarda d'un air dubitatif.

— On les appelait des majordomes, précisa-t-il.

— Ah, d'accord, dit-il tout en se sentant dépassé par la conversation, d'autant plus qu'il n'avait pas encore ingurgité sa deuxième tasse de café.

— James va faire installer ton bureau au rez-de-chaussée. Si tu as besoin de quoi que ce soit, tu n'as qu'à le lui demander, expliqua Jesse en remplissant la tasse de Chris et en lui passant la corbeille à pain.

— Merci, répondit ce dernier qui, même s'il avait l'habitude de prendre un petit déjeuner léger, entama un second muffin tant ils étaient délicieux.

— Tu as repris forme humaine ? s'enquit Jesse après une demi-heure de petit déjeuner silencieux.

— Tout à fait, répondit-il gaiement, tout ragaillardi.

— Impeccable. Je me demandais si ça te dirait de faire un tour de la propriété aujourd'hui. Sais-tu monter ?

— Monter ? À cheval ?

Jesse acquiesça.

— J'ai fait un peu d'équitation en colonies de vacances, mais je ne suis pas un expert.

— Cela suffira, nous ne ferons pas de folies !

— Très bien. Mais tu ne vas pas en ville aujourd'hui ? demanda Chris qui n'y connaissait pas grand-chose à la vie d'homme d'affaires, mais s'imaginait que Jesse n'était pas du genre à tout déléguer.

— Pas avant lundi prochain. Je préfère rester ici le temps que tu prennes tes marques, expliqua-t-il en engloutissant un morceau de fromage. L'entreprise peut se passer de moi pendant quelques jours.

— Super.

— Bon, départ dans une heure, lança Jesse en bondissant sur ses pieds. Je vais tout arranger avec Marcus. C'est lui qui s'occupe des écuries. Prends ton temps pour terminer, et retrouvons-nous sur le patio lorsque tu auras terminé.

— D'accord.

Jesse lui donna une tape amicale sur l'épaule et quitta la pièce. Chris se versa une autre tasse de café et soupira, ravi.


LE soleil avait déjà commencé à réchauffer l'atmosphère lorsque Chris et Jesse descendirent l'allée principale à cheval. Le magnifique étalon couleur bronze que montait Jesse trottait la tête haute et s'ébrouait sans cesse, de toute évidence pressé d'atteindre le portail et de partir au galop. Imperturbable, Jesse semblait plus préoccupé par le confort de Chris que par l'impatience de son cheval.

— Vista est une bonne jument, dit-il à Chris lorsqu'ils atteignirent le portail. Elle ne va pas te presser, mais si tu veux partir au galop, elle donnera tout ce qu'elle a. Aquarion est un peu plus difficile à gérer, dit-il en tapotant la crinière de son cheval avant de lui murmurer quelque chose à l'oreille. Marcus est le seul à savoir le monter, mais il ne le fait pas assez souvent au goût d'Aquarion.

— Vous élevez des chevaux ici ?

— Plus maintenant, mais du temps de mon grand-père, oui. Il a même fait la course des Belmont Stakes à plusieurs reprises avant ma naissance. Il ne me l'a jamais avoué, mais je suis presque sûr qu'il a arrêté à cause de moi.

— Ou peut-être a-t-il tout simplement trouvé une occupation plus enrichissante. D'après ce que tu m'as raconté à son sujet, j'ai cru comprendre qu'il était ravi d'être comme un père pour toi.

— C'est possible, répondit-il d'un air peu convaincu.

Chris n'insista pas. Lui-même n'était pas très au point sur la question, puisque son père avait brillé par son absence la plus grande partie de sa vie.

Ils gravirent une colline et se dirigèrent vers le bord d'une falaise qui surplombait l'océan. En contrebas, les vagues scintillaient au soleil. Chris suivit Jesse jusqu'à un bosquet où ils descendirent de cheval. Jesse détacha un sac à dos qui était fixé à sa selle et le brandit d'un air triomphant.

— Le déjeuner, annonça-t-il.

Chris éclata de rire.

— Tu vas devoir me faire rouler jusqu'à la maison si c'est encore Marcie qui a cuisiné. J'ai déjà beaucoup trop mangé ce matin.

— Mais nous allons nous dépenser, remarqua Jesse en faisant passer le sac par-dessus son épaule avant de mener Chris jusqu'à un sentier.

Chris baissa le regard et fronça les sourcils.

— Il y a de la route jusqu'en bas.

— Tu as le vertige, le taquina Jesse.

— Disons que je ne suis pas fan du saut à l'élastique, mais ça ira.

Il suivit Jesse sur l'étroit sentier que les rochers et le sable rendaient glissant.

— Tu t'en sors ? demanda Jesse en se tournant vers Chris.

— Très bien, répondit-il juste avant de glisser sur une pierre particulièrement lisse et de se retrouver sur les fesses.

— Quelle grâce !

— Merci, je sais.

Chris saisit la main que lui tendait Jesse pour l'aider à se relever. Comme d'habitude, ce bref contact déclencha toute une chaîne de pensées. Il se dégagea rapidement et s'épousseta.

— Je fais de mon mieux. Je rendais régulièrement visite aux urgences quand j'étais petit. Ma mère me dit toujours que je suis empoté comme mon père.

— Ma mère était danseuse.

— Vraiment ?

— Oui, elle était ballerine. Elle faisait partie du New York City Ballet avant de rencontrer mon père.

Mon grand-père a insisté pour que je prenne des cours de danse.

— Tu as fait de la danse classique ?

— C'était un grand succès au collège, dit-il en haussant les épaules. Je me suis fait taper dessus deux ou trois fois, puis j'ai réussi à convaincre mon ancêtre que j'avais davantage besoin de cours de taekwondo. Au final, je suis assez bon dans les deux disciplines.

— Ça n'a pas dû être facile.

— N'exagérons rien, je ne suis pas un pauvre petit garçon riche. J'ai eu une belle vie ici. Marcie et James étaient là pour moi lorsque mon grand-père partait en voyage. J'ai toujours eu tout ce que je désirais.

*Excepté des amis.*

Ils atteignirent enfin la plage. Jesse sortit une petite couverture du sac et retira ses chaussures. Chris en fit de même, et tous deux retroussèrent le bas de leur jean jusqu'aux genoux avant de se précipiter vers l'océan.

— Oh, c'est froid, s'écria Chris lorsqu'une vague lui passa sur les pieds.

— L'eau ne réchauffera pas avant l'été, mais lorsqu'il fait beau, c'est un endroit idéal pour se baigner, expliqua Jesse en montrant du doigt les vagues qui se brisaient à six mètres du rivage. Mon grand-père a fait construire une digue. Il me racontait toujours des histoires du temps où lui et ses amis passaient tout l'été dans les parages. Ils campaient même sur la plage.

— Ils devaient bien s'amuser.

— Nous avons campé ici tous les deux une nuit, raconta Jesse en souriant à ce souvenir heureux. Nous avions fait un feu près du vieux hangar à bateaux, dit-il en désignant un abri effondré qui se trouvait à quelques centaines de mètres, près des ruines d'une jetée. Je me suis toujours dit que si un jour j'avais des enfants, je referais la même chose avec eux.

— Tu en voudrais ? Des enfants ?

— Peut-être, si je trouvais la bonne personne. Et toi ?

Chris se demanda ce qui lui avait pris de poser la question alors qu'il n'avait aucune envie d'y répondre lui-même.

— Peut-être, dans un univers parallèle.

— Et quel genre d'univers ?

— Un univers dans lequel je me marierais.

Sa réponse sembla laisser Jesse perplexe.

— Je pourrais très bien te répondre que tu es déjà marié, mais quand bien même tu ne le serais pas, aux dernières nouvelles ce n'est pas nécessaire pour avoir des enfants.

— Ce n'est pas ce que je veux. J'ai vu ma mère s'épuiser à m'élever toute seule. Il est hors de question que je reproduise la même chose. Si un jour j'ai des enfants, ce sera avec mon mari. Ou partenaire.

Il savait bien que son discours était un peu vieux jeu, mais peu importait. Sur ce point, il assumait.

— Je comprends.

Ils retournèrent vers la couverture étalée sur la plage et Jesse sortit un objet du sac à dos.

— En l'absence d'enfants, dit-il en brandissant ce que Chris identifia alors comme un Frisbee, que dirais-tu d'un petit jeu entre amis ?

— Je suis partant.

Jesse sourit jusqu'aux oreilles et lança le Frisbee à Chris, qui l'attrapa sans effort et le relança à son partenaire.

— Pas mal.

— J'ai fait un peu d'ultimate à l'université.

—Sans blague ? rétorqua Jesse dont le regard s'était soudain illuminé. Je suppose que tu te débrouilles ?

— Oui, je suis plutôt bon.

Chris attendit patiemment que Jesse morde à l'hameçon.

— On parie ?

— D'accord. Quel enjeu ?

Jesse faisait passer le Frisbee d'une main à l'autre en le tapant de temps à autre contre sa cuisse.

— Adoptons des règles simples. Un point pour chaque envoi rattrapé. Deux points pour les plus difficiles. Pas de lancer à plus de trois mètres dans l'océan, ou le lanceur perd un point. Si je gagne, j'ai le droit de lire le prochain chapitre de ton roman. Si tu gagnes…

— Tu m'emmènes dans le restaurant le plus exotique que tu connaisses à New York.

— Marché conclu.

Jesse prit de l'élan et envoya le Frisbee dans les airs. Chris le rattrapa avec une facilité déconcertante et le renvoya. Jesse sauta et l'attrapa entre ses jambes avant de le renvoyer à Chris, qui en fit de même.

— Joli ! commenta Jesse.

Chris pinça les lèvres et envoya le disque en direction de Jesse, visant un point situé à environ un mètre au-dessus de sa tête. Jesse courut et rattrapa l'objet juste avant qu'il ne retombe au sol. Cette fois-ci, il lança le Frisbee à hauteur de taille, juste à droite de son adversaire. Chris s'élança, l'attrapa entre ses jambes et sans marquer de pause le relança à Jesse. Celui-ci l'attrapa sans problème encore une fois.

— Tu as beaucoup d'expérience, n'est-ce pas ?

— Ça se pourrait, répondit Chris en haussant les épaules.

— Bien.

Jesse relança le disque vers Chris, qui dut courir en arrière et bondir pour le rattraper.

— Qui t'a appris ce type de coups ? questionna Chris sans cesser de jouer.

— J'ai appris tout seul. Je jouais souvent avec des gars le week-end lorsque j'ai eu mon appartement à New York. La ligue de Central Park !

Jesse lança le Frisbee par en dessous, lui faisant décrire un arc, et Chris dut faire une glissade de côté pour le rattraper.

— J'ai perdu le compte, dit Chris en effectuant un lancer qui força Jesse à courir dans l'eau.

— Cinq pour moi, sept pour toi. Je t'accorde deux points pour le dernier, dit Jesse en lançant le disque dans les airs pour le faire retomber au-dessus de l'eau à quelques mètres de Chris.

Ce dernier se mit à courir en riant vers les vagues. Le bout de ses doigts entra en contact avec l'objet au moment où son pied gauche glissait sur un rocher. *Mince !* Il fit de son mieux pour garder l'équilibre sans lâcher le Frisbee, mais il n'avait pas l'habitude de jouer dans l'eau. Il tomba la tête la première juste au moment où une vague se brisait à son niveau. Il émergea des flots en toussant et en bafouillant, les cheveux plaqués sur le visage et la bouche pleine de sel.

— Chris ! s'écria Jesse en courant vers lui. Tout va bien ?

Chris se contenta dans un premier temps de brandir le Frisbee.

— Est-ce que celui-ci valait deux points ?

Jesse éclata de rire.

— Je crois même que tu as droit à des points supplémentaires.

Il l'attrapa par le poignet pour l'aider à se relever juste au moment où une autre vague se mit à déferler, et cette fois-ci, tous les deux se retrouvèrent dans l'eau.

— Bravo, lança Jesse entre deux éclats de rire.

— Elle est sacrément froide tout de même.

Jesse lui tendit de nouveau la main, et cette fois-ci, ils sortirent de l'eau.

— Je n'avais pas prévu de nager, tu sais. C'était ton idée.

— Elle est bien bonne.

Chris se laissa tomber sur le sable, les cheveux dégoulinants et les vêtements trempés collés au corps, tandis que Jesse l'observait d'un air faussement contrit.

— Alors, qui est le vainqueur ?

— Je crois bien que c'est moi, dit Jesse tout en retirant son tee-shirt pour le faire sécher sur un rocher. Mais je serais tout de même ravi de t'emmener dîner.

— Avec plaisir.

Chris était tout frissonnant, en partie à cause de ses vêtements trempés, mais aussi parce que le spectacle de Jesse torse nu avec les mamelons qui pointaient à cause du froid lui donnait une furieuse envie de l'embrasser. Jesse saisit la couverture.

— Enlève ta chemise, ordonna-t-il. Inutile de tomber malade.

— Ce sont des contes de grand-mères, protesta Chris, on ne tombe pas malade à cause d'un bain froid.

— Et si tu es en hypothermie ?

Jesse l'aida à se déshabiller et l'enveloppa dans la couverture.

— Toi aussi tu as besoin de te réchauffer.

— Non, ça ira.

Jesse se mit à frictionner Chris à travers la couverture, ce qui le réchauffa, y compris dans certaines parties de son corps qu'il aurait préféré ignorer pour l'instant.

— Je suis un de ces dingues fans des baignades de l'ours polaire.

— Les baignades de l'ours polaire ? demanda Chris, qui commençait à sentir une agréable sensation de chaleur l'envahir au contact des bras de Jesse à travers le tissu.

— Tu sais, ces gens qui se baignent dans le lac Michigan en plein hiver.

Chris acquiesça.

— Mon grand-père m'y emmenait. Je suis imperméable.

— Mais alors, M. Imperméable, risqua Chris en s'asseyant sur le sable, pourquoi frissonnez-vous autant ?

Jesse plissa les yeux, mais Chris l'ignora, et lorsqu'il souleva sa couverture pour l'inviter à l'y rejoindre, Jesse se laissa faire.

— J'ai l'habitude de faire les choses à ma façon, remarqua-t-il en esquissant un sourire.

— J'avais cru comprendre.

Chris s'appuya sur Jesse et tenta de penser à autre chose qu'à son sexe en érection qui, étonnamment, était tout à fait réactif malgré le froid. Certes, la sensation du jean mouillé sur ses jambes n'était pas très agréable, mais il aimait sentir la peau de Jesse sur la sienne.

Ils restèrent ainsi quelques minutes, puis Jesse se ressaisit et commença à fouiller dans le sac.

— Et si nous mangions ? proposa-t-il en sortant des sandwichs et deux bouteilles de San Pellegrino.

— Tu es un hédoniste. Et dire que je m'attendais à rester assis là à souffrir en silence. Voilà que tu me présentes un festin !

— Il n'y a que les écrivains pour songer à souffrir. Nous autres, pauvres humains, songeons à l'essentiel. C'est-à-dire, en premier, la nourriture. En deuxième, la San Pellegrino.

C'était un programme divertissant qui allait lui changer les idées… Ses priorités à lui semblaient être un peu chamboulées quand Jesse était dans les parages. *Concentre-toi. Pense à la nourriture.*

Chris déballa le sandwich que lui avait donné Jesse et mordit dedans l'esprit absent. Mais il s'aperçut bien vite qu'il était plus affamé qu'il ne le croyait.

— Grâce à Dieu, Marcie existe, grommela-t-il entre deux bouchées.

Jesse se contenta de rire.


— **IL** est déjà seize heures ? s'étonna Chris lorsqu'ils pénétrèrent dans la suite de Jesse quelques heures plus tard.

Chevaucher le pantalon trempé n'avait pas été l'une des expériences les plus agréables de sa vie, mais il s'était trop amusé pour y accorder de l'importance.

— Je vais prendre une douche et faire une petite sieste, annonça Jesse.

— Parfait. Je vais faire de même.

Chris se sentait épuisé. Mais une fois dans la salle de bain, il décida plutôt de prendre un bain chaud. Ses orteils étaient gelés, et ses joues encore engourdies par le froid. Il ouvrit les robinets pour remplir la baignoire, puis s'examina dans le miroir au-dessus du lavabo afin de décider s'il devait ou non se raser. Le visage qui lui apparut semblait fatigué, mais heureux. Il reconnaissait les yeux verts et les cheveux blonds de sa mère, la mâchoire carrée et la bouche légèrement de côté de son père.

Il ne pouvait rien espérer de plus que de l'amitié de la part de Jesse, et pourtant il se sentait bien. Mais que signifiait tout cela ? Après tout, il pouvait peut-être être heureux sans perspective de prouesses sexuelles. Il avait profité de l'après-midi tout en sachant qu'il n'y avait aucun espoir de ce côté-là.

Une fois qu'il fut installé dans l'eau bien chaude et que ses extrémités commencèrent à se rappeler à lui, son érection pressante ne put plus être ignorée. Et si finalement, le sexe était indispensable à son bonheur ? Il expira doucement en glissant la main vers son ventre et se consacra aux besoins impérieux de son membre.

## Chapitre Dix

— *JE t'en prie, ne pars pas*, implora Chris à la fin de leur baiser.

Pour toute réponse, Jesse commença à le déshabiller lentement. À chaque bouton de son pyjama qu'il défaisait, il se penchait vers les lèvres de Chris, le taquinait du bout de la langue et laissait négligemment traîner la soie de son haut de pyjama sur ses mamelons sensibles.

Chris dut lutter pour ne pas fermer les yeux lorsque Jesse ouvrit sa chemise et qu'il sentit sur sa peau l'air frais soufflant de la fenêtre. Il en avait la chair de poule.

— *Jesse ! Oh, Jesse ! Prends-moi. Je n'en peux plus. S'il te plaît, s'il te plaît !*

*La tête de lit cognait contre le mur tandis que Chris luttait pour se maîtriser malgré la langue de Jesse qui se promenait sur son corps. Sans cesse, sans répit, Jesse traçait des cercles humides sur sa poitrine.*

Les coups devinrent plus insistants, mais en se réveillant en sursaut, Chris comprit qu'il ne s'agissait pas de la tête de lit percutant le mur : quelqu'un frappait à la porte. C'était Jesse.

— Tout va bien ?

— Euh, oui. Pourquoi, j'ai fait du bruit ? demanda Chris, les joues en feu.

Il espérait juste n'avoir pas crié le nom de son ami.

— Tu gémissais comme si tu avais mal.

*Merveilleux. Je gémissais plutôt comme si…*

— Il m'arrive de parler dans mon sommeil, mentit Chris.

Il ne parlait jamais dans son sommeil, ou en tout cas n'en savait rien. Cela ne s'était jamais produit avant son… mariage. Ça sentait les ennuis. Peut-être allait-il aussi devenir somnambule et rejoindre Jesse dans son lit ?

— Ah d'accord. Désolé de t'avoir dérangé.

Chris vit la pomme d'Adam de Jesse remonter lorsqu'il déglutit. Il ne paraissait pas très à l'aise. Avait-il deviné ce dont rêvait Chris ? Cette simple supposition lui donna envie de ramper sous ses couvertures. Il devrait peut-être demander à Jesse si une autre chambre plus éloignée pourrait être mise à sa disposition pour le reste de l'année. Au moins, il ne le réveillerait pas toutes les nuits.

— Ne t'excuse pas. C'est moi qui suis désolé de t'avoir réveillé, dit Chris en décidant de remettre la conversation au lendemain matin, quand il aurait au moins une moitié de cerveau en état de marche pour le soutenir dans cette entreprise.

— Je suis soulagé que tout aille bien pour toi, dit Jesse avec un sourire forcé.

Il fit mine de s'éloigner, puis hésita. Il semblait sur le point d'ajouter quelque chose, mais finit par faire un geste qui laissa Chris stupéfait : il lui caressa la joue.

Chris resta interdit, ne sachant comment réagir. Son sexe, en revanche, n'eut aucun doute sur la question – comme toujours.

*Ça alors.*

Jesse se pencha vers lui et s'arrêta si près de son visage que Chris retint sa respiration de peur que l'instant magique ne s'évapore. L'éclairage était faible, mais suffisant pour ne laisser aucun doute sur la protubérance qui déformait le bas du pyjama de Jesse.

*Ça alors...*

Les lèvres de Jesse vinrent toucher celles de Chris, qui l'enlaça. Il ne rêvait pas. Leur baiser s'intensifia. Leurs langues étaient avides d'explorer, de goûter. Chris désirait le corps de Jesse et, aussi incroyable que cela puisse paraître, c'était apparemment réciproque. Jesse frissonna, et un faible grognement lui échappa lorsqu'ils s'éloignèrent l'un de l'autre. Il ouvrit les yeux et fixa son regard sur Chris, à travers ses cils épais à vous rendre fou. Était-ce même autorisé, d'avoir des yeux comme ceux-là ?

— Je… je suis désolé, je ne sais pas…

Jesse recula brusquement et fonça vers la porte.

— Jesse ?

Il se retourna, mortifié, puis claqua la porte sans prononcer un mot de plus.

*C'est pas vrai… Qu'est-ce qui vient de se passer là ???*

Chris comprit alors qu'en acceptant le marché, il avait pris soit la meilleure décision de sa vie, soit la pire.

Trois semaines. Trois foutues semaines qu'ils s'étaient rencontrés, et il était en train de tomber amoureux de cet homme.

## *Chapitre Onze*

LE matin suivant, alors que l'eau chaude lui dégoulinait sur la tête, Chris s'efforça de trouver un sens aux événements de la nuit précédente. Il se demanda même si le baiser de Jesse ne faisait pas partie de son rêve lui aussi. *Non. Ce n'était pas un rêve.*

Il se passa distraitement la main sur les lèvres. À chaque fois, c'était la même chose. Chaque fois que Jesse l'embrassait, c'était comme une révélation. Jesse, qui était hétéro, se rappela-t-il.

*Et s'il ne l'était pas tant que ça... ?*

C'en était trop avant le café du matin. Chris évacua cette pensée pour l'instant et agrippa sa queue. Il lui faudrait plus d'une main pour se sortir Jesse de la tête, mais cela aurait au moins de l'effet à court terme. Le contrat prénuptial ne lui interdisait pas de coucher avec d'autres gars, mais il n'en avait aucune envie. Dès qu'il essayait de penser à quelqu'un d'autre, son partenaire imaginaire se métamorphosait en un trentenaire aux cheveux auburn et aux yeux bleus.

Finalement, il ne tenta même pas de penser à quelqu'un d'autre pour se débarrasser de son érection du matin. Il parvint de justesse à se retenir de crier le nom de Jesse quand il jouit sous la douche.

Après dix minutes de savonnage sous l'eau chaude, son estomac commença à crier famine. *Val avait raison. Les hommes n'ont que deux choses à l'esprit.* Il rit tout en s'essuyant, puis enfila un Levi's usé et un sweat.

En descendant l'escalier quelques minutes plus tard, il s'aperçut que la porte de Jesse était ouverte. Intrigué, il passa la tête dans l'entrebâillement, mais la pièce était vide. Il avait dû descendre seul au petit déjeuner. Mais lorsqu'il arriva dans la véranda, il trouva la table dressée pour une personne, et aucune trace de Jesse.

— Café ?

La voix claire de Marcie le fit presque sursauter.

— Avec plaisir.

— Il y a de la crème et de l'édulcorant sur la table, dit-elle en déposant une corbeille de pain et en remplissant sa tasse. Voulez-vous des œufs ? Du bacon ?

— Non, merci. C'est parfait comme cela. Vos muffins sont à se damner.

Marcie rayonna.

Chris but une gorgée de jus de fruits.

— Vous m'avez complètement gâté. Je ne pourrai plus jamais retourner aux surgelés.

— Jesse n'en mangerait pour rien au monde.

— L'avez-vous vu ce matin ? Je veux dire, Jesse ?

— Il est parti en ville il y a environ une heure.

— À New York ?

Jesse n'avait pas parlé d'aller au bureau ce jour-là, mais après tout, il avait une société à gérer. Chris lui parlerait de la nuit précédente à son retour.

— Il m'a demandé de vous dire qu'il passera sans doute la nuit dans son appartement, ajouta-t-elle en remplissant de café la tasse de Chris. Je reviens dans quelques minutes, pour voir si vous avez changé d'avis au sujet du bacon et des œufs.

— C'est très gentil, Marcie.


**CHRIS** termina son troisième café vers dix heures. Il avait presque lu l'intégralité du *New York Times* tout en grignotant des morceaux du pain de Marcie. Le soleil avait percé les nuages, et le ciel était d'un bleu resplendissant. Il était grand temps de se remettre à l'écriture, mais l'application météo de son téléphone annonçait vingt degrés, et comme de la pluie était prévue pour l'après-midi, il décida de profiter du soleil pour faire une promenade dans le parc.

Il passa quelques minutes dans sa chambre à défaire ses minces bagages, brancha son téléphone et son ordinateur, prit un pull et descendit les escaliers. Il trouva Marcie dans la cuisine en pleine discussion au sujet du menu de la semaine avec un grand homme dégingandé aux cheveux courts et à la barbe soigneusement taillée.

— Vous devez être M. Valentine, dit l'homme en lui tendant la main. James Robinson.

— Ravi de vous rencontrer, James, répondit Chris en lui serrant la main. Jesse m'a expliqué que c'était vous qui aviez les super-pouvoirs dans cette maison.

— Cela ne m'étonne pas de M. Donovan, répondit-il d'un ton plaisant. J'ai remisé ma cape au vestiaire pour la journée, mais je serais ravi de vous aider à vous installer. Avez-vous expédié vos affaires ?

— Jesse a engagé un coursier qui va m'apporter ma collection de livres, mais je n'ai pas grand-chose d'autre.

— Je vais m'assurer que Randall, le chauffeur, soit présent à l'arrivée du coursier. Avez-vous besoin de quoi que ce soit d'autre ?

— Oui, le mot de passe du Wi-Fi. Je vais me balader dans le parc, mais j'aimerais lire mes mails en rentrant.

— Très bien, acquiesça James. Je le déposerai dans votre bureau. J'ai pris la liberté d'y installer une imprimante et un téléphone. Lorsque vous serez prêt, je serai ravi de fixer un rendez-vous avec Mme Sweetbriar.

— Mme Sweetbriar ?

— C'est la décoratrice d'intérieur qui travaille habituellement pour M. Donovan, expliqua James. À moins que vous ne pensiez à quelqu'un d'autre ?

— Non, non, répondit Chris en secouant la tête. À vrai dire, je ne suis même pas sûr de savoir comment m'y prendre avec un décorateur d'intérieur.

— Elle saura vous guider, le rassura James. Elle est assez drôle et très sympathique, vous verrez. Vous n'avez rien à craindre. Enfin presque.

Chris se contenta de froncer les sourcils sans relever le sous-entendu. Il rencontrerait cette personne bien assez tôt.

— Vous pouvez arranger un rendez-vous pour cette semaine. À moins que Jesse – enfin, M. Donovan n'ait un autre plan que j'ignore.

— Je ferai en sorte de ne pas interférer avec son planning.

— Je vous remercie.

— Tout le plaisir est pour moi, dit James. Et encore bienvenue à Windmere. J'étais ravi d'apprendre que M. Donovan se mariait enfin. Je vous souhaite beaucoup de bonheur à tous les deux.

— Merci.

Les paroles de James semblèrent parfaitement sincères à Chris, et il se demanda qui dans le personnel était au courant du marché qu'ils avaient conclu. À plus tard, alors.

— Cela vous convient-il si je prépare le déjeuner pour midi, M. Valentine ? demanda Marcie.

— C'est parfait. Et je vous en prie, appelez-moi Chris.

— Entendez-vous ça ? répliqua Marcie avec un sourire en coin. C'est de pire en pire. Nous voilà avec deux petits impertinents à la maison, M. Robinson.

Sur ce, James haussa les sourcils.

— En effet, convint-il. En effet.

EN sortant sur le patio, Chris respira à pleins poumons l'air vivifiant du printemps. Une brise salée lui chatouilla le nez et l'aida rapidement à oublier le manque de sommeil. Il pensa à l'été qui l'attendait et s'imagina en train d'écrire sur son ordinateur, assis sur le muret de pierre, bercé par le fracas des vagues sur les rochers.

Quel endroit magnifique… Ayant grandi à Boston, il était allé bien des fois au bord de l'océan dans son enfance, mais vivre près de l'eau avait toujours été son rêve. Il avait passé quelques week-ends à Jones Beach avec Terry l'été précédent, mais le cadre ne valait pas celui-ci. Il se demanda à quelle distance se trouvait leur plus proche voisin, car d'où il se tenait, il ne voyait qu'un rivage désert au nord comme au sud.

Il se dirigea vers le muret pour mieux observer l'océan. Au loin, un porte-conteneur naviguait en direction de New York et du New Jersey. Peut-être avait-il été construit par la société de Jesse ? Chris se promit de lui demander plus de détails sur les affaires familiales. Mais c'est lorsqu'il baissa les yeux vers le petit bâtiment perché sur les rochers que sa curiosité eut raison de lui.

Il franchit le muret et emprunta l'escalier de bois qui descendait le long de la falaise. La brise océane venait lui ébouriffer les cheveux de ses doigts glaçants tandis qu'il poursuivait sa route en direction de la cabane. Chris remarqua pour la première fois les ardoises multicolores qui recouvraient le toit pentu et rappelaient les ailes d'un dragon ou le plumage d'un oiseau exotique. Il arriva devant la porte d'entrée et se rendit compte que le bâtiment paraissait bien plus grand qu'il ne l'était en réalité. Il dut se baisser pour entrer, mais une fois à l'intérieur, il put se redresser là où le toit était le plus haut.

À l'exception de quelques chaises en bois dont l'assise et le dossier en rotin semblaient sur le point de céder si l'on s'y asseyait, l'intérieur était complètement vide. Les murs semblaient avoir été peints en bleu ciel, mais la couleur avait passé avec le temps. Un courant d'air frais pénétrait dans la cabane par les fenêtres sans vitres et la traversait de part en part. Il y faisait un peu frisquet, mais Chris était convaincu qu'elle ferait un abri très confortable en été.

Il s'assit à même le sol près de la plus large fenêtre, qui donnait sur les rochers. De temps en temps, l'écume jaillissait si haut qu'il sentait les gouttes sur sa peau. Il remarqua des inscriptions sur le mur. Il s'approcha. Les mots *La maison de J.D.* étaient tracés au marqueur d'une écriture enfantine et entourés de minuscules dessins représentant des oiseaux, des poissons, et même une baleine. En dessous, Chris distingua les mots *La maison de vacances d'A.D.*, écrits avec un autre crayon. Les lettres étaient plus régulières, et Chris devina aux initiales que l'auteur en était le grand-père de Jesse. D'autres initiales décoraient les murs – des amis de Jesse, sans doute.

Chris sourit en s'imaginant le petit Jesse assis aux côtés de son grand-père. Il donnait à Anthony Donovan les traits de l'homme austère qui figurait sur le portrait accroché dans la bibliothèque du rez-de-chaussée, mais les inscriptions sur le mur étaient la preuve que le patriarche de la famille Donovan avait également été le père aimant décrit par Jesse.

Le 17 avril serait la date anniversaire de la mort de cet homme, et c'était dans moins d'un mois. Chris se demanda si Jesse ferait quoi que ce soit pour marquer l'occasion. Il effleura du bout des doigts les mots inscrits sur le mur, comme pour entrer en communication avec l'enfant qui les avait tracés. Il éprouvait une affection sincère pour Jesse, mais le désir qu'il ressentait de le connaître et de le comprendre plus en profondeur semblait révéler davantage que des sentiments amicaux.

*Tu te prends la tête.*

Il inspira profondément et se releva. Il n'avait plus qu'à retourner à la maison pour se mettre à écrire. Il en profiterait également pour regarder ses mails et voir si Rhonda avait bien reçu le manuscrit qu'il lui avait envoyé et avait eu l'occasion d'en parler autour d'elle.

— **MME** Sweetbriar viendra vendredi à onze heures, annonça James en croisant Chris sur le chemin de son bureau. Et M. Donovan m'a prié de vous remettre ceci, ajouta-t-il en donnant à Chris une enveloppe contenant une carte Platinum à son nom et trois cents dollars en liquide.

— Je ne peux pas accepter, protesta Chris.

— M. Donovan s'attendait à cette réaction, répliqua James, manifestement amusé. Il tient à ce que vous ayez à votre disposition tout l'argent nécessaire.

Les inquiétudes de Jesse semblaient fondées : Chris avait quitté son emploi et sa seule source régulière de revenus lorsqu'il l'avait épousé. Et même s'il n'avait pas besoin de dépenser grand-chose en vivant à la propriété, ses maigres économies ne dureraient pas plus d'un mois ou deux, et il préférait ne pas avoir à les entamer. Certes, il avait la garantie de recevoir un salaire mensuel non négligeable même s'il n'honorait pas le contrat jusqu'au bout, mais il ne voulait pas tout miser sur ces sommes. On n'était jamais trop prudent… Les choses pouvaient mal tourner.

Quelques minutes plus tard, assis devant son ordinateur, Chris se surprit à regarder dans le vide. Il devait absolument cesser de se tourmenter et se mettre à écrire. Pourquoi donc devait-il certains jours lutter pour écrire ne serait-ce qu'une malheureuse page ? *Parce que tu t'inquiètes au sujet d'une situation sur laquelle tu n'as aucun pouvoir.* S'il avait pris la décision d'épouser Jesse, c'était précisément parce qu'il avait besoin de temps pour écrire.

Il se mit à pleuvoir. Chris contempla les arbres et les nuages pendant quelques minutes tout en respirant calmement. Les muscles contractés de son cou commencèrent à se détendre, et il imagina le jeune Jesse traverser la pelouse en courant, heureux, les cheveux mouillés. Ce Jesse prit peu à peu les traits de Charlie, le héros d'*À l'abordage du passé*, et tout à coup, il eut la scène devant les yeux. Charlie rentrait de l'école en courant, pressé de montrer à sa mère la bonne note qu'il venait de recevoir.

Le sourire aux lèvres, il positionna ses doigts sur le clavier et se mit à écrire.

## *Chapitre Douze*

**CHARLÈNE** Sweetbriar, la décoratrice d'intérieur, fut au rendez-vous six jours plus tard pour s'occuper du bureau de Chris. Ce dernier avait espéré que Jesse soit dans les parages afin de l'aider à prendre les décisions appropriées, mais il n'était pas réapparu dans le Connecticut depuis son départ précipité le samedi précédent. D'après James, il avait appelé pour prévenir qu'il travaillait sur une affaire qu'il espérait boucler avant le week-end. On était vendredi, et toujours aucun signe de Jesse.

Charlène demanda à Chris de consulter une douzaine de photographies de pièces de styles différents, et il se décida pour un style éclectique et moderne laissant la part belle au verre et au bois. Simple et utilitaire, mais Charlène promit d'égayer le tout avec quelques idées personnelles. Chris apprécia particulièrement sa suggestion d'installer des étagères en bois juste dégrossi pour y ranger sa collection de livres anciens.

— Nous traiterons le verre afin de les protéger de la lumière du soleil, expliqua-t-elle. Cette bibliothèque me prendra environ un mois, mais pour tout le reste, ce sera une question de quelques semaines.

— Merci, dit Chris en tentant d'imaginer le résultat final.

Il aurait enfin un espace de travail plus accueillant que le canapé de Val et Terry.

— J'apporterai quelques fauteuils à ma prochaine visite.

Chris soupçonna Charlène d'exagérer son accent du sud pour la clientèle.

— Vous choisirez ceux que vous préférez.

— D'accord, merci beaucoup. Tant que je peux installer mon clavier, n'importe quel bureau me convient.

— Vous et votre homme, commenta-t-elle d'un air faussement désapprobateur, vous n'êtes pas ensemble par hasard !

Il lui fallut quelques secondes pour comprendre que *son homme* n'était autre que Jesse.

— Ah bon ?

— Sans Mme Donovan, cet endroit serait complètement délaissé et triste à mourir. Ce garçon ne s'intéresse pas plus à la couleur des tapis qu'à… enfin, disons que j'ai été soulagée lorsqu'il m'a demandé de redécorer son appartement new-yorkais. Je voyais IKEA dans mes cauchemars.

La vision de Jesse en train de monter un meuble en kit fit éclater Chris de rire.

— Cela fait donc longtemps que vous travaillez pour Wenda ? l'interrogea-t-il, curieux d'en apprendre davantage.

— Une quinzaine d'années, il me semble, dit-elle avec une expression pensive. Pauvre Wenda. La mort de M. Donovan fut une terrible épreuve pour elle. Elle vénérait le sol sur lequel il marchait, ce qui était réciproque d'après ce que j'en sais. Le seul qui souffrit davantage de ce malheur fut le petit Jesse. Enfin, se corrigea-t-elle en pouffant, je suppose qu'il n'est plus si petit puisque le voilà marié.

— En effet.

— Je ne veux pas vous froisser, mais cela m'a beaucoup surprise d'apprendre qu'il épousait un homme. Je n'ai rien contre, bien sûr, mais après tout ce temps passé auprès de Moira Kensington. Elle l'a même accompagné au Noël du country club. Une bien jolie fille.

Elle s'interrompit brusquement en se couvrant la bouche.

— Mais que je suis malpolie ! Vous parler ainsi alors que vous êtes tout juste mariés. Vous êtes un bel homme, M. Valentine, je comprends bien qu'il vous ait choisi. Vous formez un beau couple, sans aucun doute.

— Merci.

Il aurait volontiers tenté d'obtenir de plus amples informations, mais il n'était pas sûr de vouloir en entendre davantage sur Jesse et lui.

— Nous nous revoyons donc la semaine prochaine pour les fauteuils, et la pièce devrait être prête la semaine suivante, c'est bien cela ? demanda-t-il, ravi de revenir à un sujet autre que sa vie sexuelle.

— C'est exact.

Ils échangèrent une poignée de main, et Chris la raccompagna à la porte de la maison. Mais lorsqu'il s'installa de nouveau devant son ordinateur, des visions de Jesse en compagnie de Moira Kensington l'empêchèrent de se concentrer.

Par curiosité, il tapa les deux noms dans son moteur de recherche. Une avalanche de photos envahit son ordinateur. Jesse et Moira au gala d'ouverture de la saison du Metropolitan Opera. Jesse et Moira à la soirée de Noël chez le gouverneur. Jesse et Moira à un match des Yankees. Jesse riant aux larmes, portant un toast en direction du photographe. Jesse, le sourire aux lèvres, fixant Chris de ses yeux bleus étincelants.

Il lut l'article auquel Val avait fait allusion, un papier médiocre et infondé sur la probabilité qu'avait Jesse de se marier et Moira de rafler le célibataire le plus populaire de la ville. Comme s'il n'était qu'un bout de viande. À sa grande surprise, Chris se sentit gêné et indigné. Mais pourquoi donc se souciait-il de ces journaux racoleurs ? Jesse était un type bien, honnête et sympathique. Pourquoi ne pouvait-il vivre sa vie tranquillement à l'abri des regards ?

Il ferma la fenêtre et fit une recherche sur Jesse seul. Il trouva cette fois-ci, en plus des photos précédentes, des images d'un jeune garçon aux côtés d'un homme plus âgé – son grand-père Anthony. La ressemblance était troublante. Ils avaient les mêmes cheveux auburn et la même mâchoire. Seuls leurs yeux étaient très différents : Anthony avait un regard sombre et chaleureux, tandis que les pupilles de Jesse étaient de la couleur du ciel.

Chris ferma le navigateur et tenta de s'extraire ces images de la tête, en vain. Le visage de Jesse semblait imprimé à l'encre indélébile dans ses pensées. Il se remit au travail sur le chapitre qu'il avait commencé avant l'arrivée de Charlène, mais il n'était guère efficace. Après une heure passée à fixer le même paragraphe, il abandonna et décida d'aller faire quelques longueurs dans la piscine du sous-sol.

## Chapitre Treize

LA semaine suivante ressembla beaucoup à la précédente. Chaque jour, Chris demandait à Marcie où était Jesse, et chaque jour elle lui répondait qu'il avait appelé, et qu'il ne rentrait pas encore dans le Connecticut. Chris n'avait pas à s'en plaindre : il avait bien avancé dans la rédaction de son roman, répondu à une tonne d'e-mails qui encombraient sa boîte depuis trop longtemps et rendu quelques visites à la salle de musculation. Il menait la belle vie, alors pourquoi s'inquiéter de n'avoir pas revu Jesse depuis la journée merveilleuse qu'ils avaient passée ensemble deux semaines plus tôt ? Et depuis le baiser qu'ils avaient échangé…

Ce soir-là, Chris prit place à table pour un autre dîner solitaire dans la Salle Rouge, la plus petite des deux salles à manger de la propriété. La veille, il avait tenté de proposer à Marcie de partager son repas, mais elle avait refusé sans une once d'hésitation.

— Après la mort du grand-père de M. Donovan, je lui ai bien dit que je restais à condition que rien ne change.

Ce qui ne l'empêcha pas de rester discuter au moment du café, après avoir servi un délicieux bar fraîchement pêché accompagné de légumes du jardin. Mais ce soir-là, après que Marcie eut débarrassé la table, Chris vit une belle femme d'une bonne quarantaine d'années franchir le seuil de la Salle Rouge. Ses cheveux blonds lui arrivaient jusqu'aux épaules. Elle portait un tailleur pantalon en lin merveilleusement coupé qui supportait parfaitement sa myriade de petits plis : elle semblait tout juste rentrée d'un séjour dans les tropiques. Ce qui d'ailleurs était sans doute le cas.

— Mme Donovan, lança Marcie en se lançant à sa poursuite, vous devez être épuisée après un si long voyage. Je peux vous servir le dîner dans votre chambre si vous...

— Vous êtes la jeune mariée, je suppose ? lui demanda celle qu'il devina immédiatement être Wenda, la belle-grand-mère.

— Ah, petite faute de genre, plaisanta-t-il en espérant détendre l'atmosphère.

— Est-ce censé être drôle ? riposta Wenda.

*Bon, ça ne plaisante pas...*

— Chris Valentine, annonça-t-il en se levant et en lui tendant la main. Je suis l'époux.

Elle ne lui serra pas la main, et se contenta de le détailler du regard de la tête aux pieds. Chris s'efforça de rester impassible.

— J'ignorais les goûts… peu communs de Jesse. Mais après tout, vous êtes vous-même plus agréable à l'œil que le commun.

Chris émit un petit rire.

— Merci. Enfin, je crois.

Elle avait peut-être de l'humour, après tout. Sec comme le Sahara, certes, mais tout de même. Elle plissa les yeux puis se tourna vers Marcie, dont Chris avait presque oublié la présence.

— J'aimerais bien dîner, si cela ne pose pas de problème.

— Bien sûr que non, Mme Donovan, tout de suite, répondit Marcie d'une voix aiguë avant de filer sans bruit vers la cuisine.

— Long voyage ? demanda Chris en lui présentant une chaise.

Wenda haussa un sourcil dubitatif, puis se laissa tomber lourdement sur le siège.

— J'ai raté ma correspondance à Porto Rico. J'aurais dû prendre le jet de la compagnie.

— Pourquoi ne l'avez-vous pas fait ?

Elle écarquilla les yeux. Elle semblait surprise par l'attitude détendue et les questions de son interlocuteur.

— Eh bien… je ne préfère pas. Lorsque je suis seule, c'est du gâchis.

Au tour de Chris d'être doublement surpris : non seulement elle s'inquiétait du coût, mais en plus elle l'admettait.

— En effet, c'est logique.

— Je ne m'attendais pas à quelqu'un comme vous.

— Je suis ravi de l'apprendre. Et à quoi vous attendiez-vous ? rebondit-il.

— À l'un des rayons X de Jesse.

— Vous lisez Tom Wolfe ? demanda Chris en éclatant de rire.

— Vous connaissez Tom Wolfe ? demanda-t-elle tandis que les coins de ses lèvres esquissaient un infime mouvement vers le haut.

Elle ne souriait pas encore, mais elle était sans aucun doute amusée.

— Je suis écrivain. Je lis beaucoup, et *Le Bûcher des Vanités* est un de mes romans préférés.

— Intéressant. Je ne m'attendais vraiment pas à quelqu'un comme vous.

— Je pourrais en dire autant, lança-t-il tout en continuant de déguster son vin.

Il attendit de voir si elle allait mordre à l'hameçon.

— Vous êtes à la pêche ? rétorqua-t-elle sans avoir l'air agacée, bien au contraire.

— C'est possible.

Marcie entra dans la pièce avec un plateau entier de nourriture. Elle lança un regard furtif à Chris comme pour vérifier qu'il n'avait pas besoin d'aide, puis déposa le plateau devant Wenda.

— Je vous remercie, dit Wenda.

— Avez-vous besoin d'autre chose ? Mme Donovan ? M. Valentine ?

— Je prendrais bien un peu de café, demanda Chris qui cherchait une excuse pour s'attarder, car Wenda l'intriguait.

— Rien d'autre pour moi, Marcie, ajouta Wenda.

— Je vais faire du café, dit Marcie avant de disparaître.

— Voulez-vous savoir pourquoi une femme qui possède tant d'argent est soucieuse de ne pas le gaspiller ? demanda Wenda.

— Oui, je suis curieux.

Wenda harponna un morceau de poisson et sembla élaborer sa réponse.

— Je ne viens pas d'un milieu aisé, finit-elle par répondre, et je ne juge pas bon de dépenser de l'argent simplement parce que j'en ai.

— Voilà qui me paraît raisonnable.

— Alors comme ça, vous êtes écrivain, reprit-elle après avoir ingurgité quelques bouchées. Cela explique certaines choses.

— Comment cela ? Chris aimait répondre aux défis de cette femme qui ne livrait jamais toute sa pensée en une fois.

— Jesse a toujours été un rat de bibliothèque, tout comme son grand-père, mon défunt époux, expliqua-t-elle sans ciller, même si Chris perçut un léger scintillement dans ses yeux sombres.

Elle se remit à manger, et il eut l'impression qu'elle en avait livré davantage qu'elle le souhaitait.

— Jesse m'a dit qu'il tenait de son grand-père son goût pour les livres anciens.

— Vraiment, il vous a dit cela ? releva-t-elle, stupéfaite.

— Nous sommes *mariés*, remarqua Chris, il nous arrive de parler, de temps à autre.

— Au moins, marmonna-t-elle en secouant la tête et en reprenant du vin, il n'a pas fait la bêtise d'épouser le premier corps échauffé qu'il trouvait sur sa route.

— Pardon ? la relança-t-il, bien décidé à jouer le jeu.

— Jesse a un excellent sens pratique. Sachant qu'il devrait passer beaucoup de temps avec la personne qu'il choisirait, il a opté pour celle qui correspondait le mieux à ses exigences. De toute évidence, vous êtes quelqu'un d'intelligent.

— Ce qui n'est pas le cas des femmes qu'il fréquente habituellement ?

Wenda éclata de rire.

— *Insipide* est un mot encore trop bienveillant pour les décrire. C'est pour cette raison qu'il vous a épousé.

— Je me permets de suggérer que l'amour est peut-être l'un des facteurs de l'équation.

— L'amour ? répéta-t-il, l'air amusé. Jesse n'a pas de temps à consacrer à l'amour. Et avant que vous ne preniez sa défense, dit-elle en levant la main, puis-je simplement souligner qu'il n'est pas là ?

— Et que cela prouve-t-il ? Je savais bien en l'épousant qu'il était très occupé.

— Ah, je vois.

Elle continua de dîner tout en croisant le regard de Chris de temps à autre.

— Vous a-t-il parlé du testament de son grand-père ?

Chris acquiesça.

— Nous avons peu de secrets l'un pour l'autre.

— J'apprécie l'honnêteté. Et Jesse le sait bien.

— Je ne comprends pas. Qu'est-ce que l'honnêteté a à voir avec tout cela ?

— Bonne question !

Elle pencha la tête sur le côté comme pour réfléchir tout en faisant tournoyer son vin dans son verre.

— Il aurait pu vous dire de faire comme si vous n'en saviez rien.

— Je ne crois pas que vous l'auriez cru, répondit Chris qui sentait qu'elle avait une idée derrière la tête mais préféra ignorer sa remarque.

S'il avait raison, il le découvrirait bien assez tôt.

— Je ne suis pas la vilaine belle-mère qu'il vous a décrite.

— Et je ne suis pas Cendrillon.

— Un point.

Elle se tamponna les lèvres avec sa serviette et lui lança un regard en coin.

— Quelle destination avez-vous choisie pour votre lune de miel ?

Il lui donna la réponse sur laquelle ils s'étaient accordés avec Jesse.

— Les événements se sont précipités, et nous n'avons pas encore eu le temps de prévoir quoi que ce soit. Nous partirons peut-être lorsque Jesse aura un peu moins de travail.

— Vous êtes très arrangeant, commenta-t-elle avant de se remettre à manger en silence.

Marcie apporta le café, puis repartit aussi vite qu'elle était venue. Chris versa du lait dans sa tasse et observa Wenda tout en buvant. Il avait constaté par expérience que les gens préféraient livrer des informations plutôt qu'endurer l'absence de conversation. Ce n'était pas le cas de Wenda. Sa coquille serait difficile à briser, mais Chris avait hâte de relever le défi.

Dix minutes plus tard, elle posa fourchette et couteau sur la table et se leva en bâillant.

— Il est l'heure pour cette vieille pomme d'aller au lit.

Elle se dirigea vers la porte, puis s'arrêta et se retourna vers Chris.

— J'ai hâte de vous connaître davantage, Chris Valentine.

— C'est réciproque.

Elle sourit et lui fit un petit signe de la main qui lui rappela les vieilles images de la Reine Victoria.

— Bonne nuit, Wenda.

— Faites de beaux rêves, lança-t-elle avant de disparaître dans le long couloir.

Il resta les yeux rivés sur l'endroit où elle se tenait et s'appuya sur le dossier de sa chaise. Elle ne ressemblait en rien à la femme qu'il avait imaginée. Que s'était-il donc passé entre elle et Jesse ? Il était jeune et en colère contre son grand-père, certes, mais cela faisait plus de vingt ans.

*Qu'y a-t-il derrière tout cela, Jesse Donovan ?* Chris finit son café et monta dans sa chambre. Jesse avait disparu, et il aurait bien du mal à découvrir sa véritable personnalité s'il ne le voyait jamais.

Mais était-ce si important ? Ce n'était qu'une relation d'affaires, n'est-ce pas ?

## Chapitre Quatorze

**EN** se levant le dimanche matin, Chris enfila un pantalon de survêtement et un tee-shirt. Il descendit au salon encore tout ensommeillé afin de faire quelques étirements et sursauta en découvrant Jesse en pleine lecture du *Sunday Times*.

— Jesse ?

— Je suis venu dès que j'ai appris qu'elle était de retour, commença-t-il en bondissant sur ses pieds.

Chris remarqua qu'il avait les yeux cernés et ne s'était pas rasé depuis plusieurs jours. Il semblait manquer de sommeil.

— Qui ça ?

Le cerveau de Chris, qui n'avait pas encore reçu sa dose de caféine, ne fit pas tout de suite le lien.

— Tu parles de Wenda ?

— James m'a dit qu'elle était rentrée aux États-Unis hier.

Jesse marcha jusqu'à la fenêtre d'un pas vif et contempla le parc un instant avant de se tourner vers Chris.

— J'aurais dû être présent.

— Je suis un grand garçon, Jesse, répondit Chris en haussant les épaules. Nous nous en sommes bien sorti tous seuls.

— Qu'as-tu bien pu trouver à lui raconter ?

— Rien de spécial. Nous avons discuté.

— Discuté ? répéta Jesse, interloqué.

— Avais-je le choix ? Aurais-je dû l'ignorer ?

— Oui.

— Pas question.

Chris fut soudain agacé de constater que Jesse le surprotégeait après l'avoir laissé sans nouvelles si longtemps. Était-il donc rentré en urgence ce matin même juste pour le mettre en garde contre Wenda et lui intimer de ne plus l'approcher ?

— Qu'est-ce qu'il y a ? demanda Jesse, l'air mécontent, en fourrant les mains dans ses poches.

— Je suis content d'avoir de la compagnie. C'est une personne intéressante, et comme je n'arrive pas à convaincre Marcie de se joindre à moi pour les repas…

— Tu essaies de me faire passer un message ? l'interrompit Jesse en se passant une main sur le visage.

— Un message ?

Chris devait lutter pour suivre la conversation. S'il ne prenait pas très vite un café, il allait perdre son calme.

— Je suis désolé de ne pas avoir été là pour t'aider à prendre tes marques.

Jesse semblait en colère plutôt que contrit.

— J'ai… j'ai été pris toute la semaine par un dossier.

— Je ne m'attendais pas à ce que tu sois là pour me tenir la main. Et puis, aux dernières nouvelles, envoya Chris, à bout de patience, notre contrat ne stipule pas que tu doives rester à mes côtés. Ni que je doive te demander la permission de discuter avec les gens.

Jesse serra les dents mais ne répondit pas.

— Il me faut une tasse de café, grommela Chris en passant devant Jesse.

Celui-ci en profita pour l'attraper par le coude, puis il le serra dans ses bras. Chris fut pris de court et se laissa faire.

— Chris ?

Chris attendit la suite, mais rien ne vint. Il se dégagea.

— Je n'y comprends rien, Jesse. Qu'attends-tu de moi ? Tu m'évites, et l'instant suivant…

Mais il lut sur ses traits qu'il se ressaisissait, comme s'il remettait son masque.

— Je suis désolé, se contenta de dire Jesse avant de quitter brusquement la pièce.

**JESSE** passa le dimanche soir en ville, comme Chris s'y attendait. Il aurait voulu lui reparler du baiser, mais vu le ton de leur conversation, ce n'était pas le bon moment. Il était presque soulagé que Jesse quitte Windmere pour la soirée. Il avait besoin de temps et de recul pour comprendre s'il était en colère contre Jesse, ou s'il s'inquiétait pour lui. Probablement un peu des deux… Le croyait-il assez stupide pour tout ruiner auprès de Wenda ? Il était agacé à cette seule pensée.

Lorsqu'il leva les yeux de son ordinateur le lundi après-midi, il était déjà deux heures quinze. Il avait ignoré les protestations de son estomac pendant presque une heure afin de terminer le chapitre sur lequel il travaillait, mais des visions de petits plats préparés par Marcie venaient sans cesse le déconcentrer. Il soupira et s'étira, puis se rendit à la cuisine où il tomba justement nez à nez avec la cuisinière qui emportait un plateau à la véranda.

— Pour Mme Donovan, expliqua-t-elle.

— Y en a-t-il suffisamment pour deux ? s'enquit-il sans tenir compte du mécontentement de Jesse.

Il n'allait pas s'empêcher de discuter avec Wenda, il n'entrerait pas dans ce petit jeu.

— Si vous m'aviez demandé, je vous aurais apporté votre repas dans votre bureau. Je suis sûre que vous préféreriez…

— Je préfère avoir de la compagnie, dit-il en lançant un sourire à Marcie avant de se diriger vers Wenda. Bonjour, Wenda. Ravi de vous revoir. Puis-je me joindre à vous pour le déjeuner ?

— Aucune loi ne l'interdit, aboya-t-elle en haussant un sourcil sceptique.

Marcie remplit leur verre de thé glacé et posa sur la table une assiette remplie de petits sandwichs.

— Merci beaucoup, lui dit Chris.

— Avez-vous besoin de quoi que ce soit ?

— Non, merci, répondit Wenda, c'est parfait comme cela.

Marcie écarquilla les yeux, et Chris en conclut qu'elle recevait rarement des compliments de la part de Wenda.

— Je vous en prie, dit Marcie avant de quitter la pièce.

— Vous déjeunez plus tard que d'habitude aujourd'hui, remarqua Wenda tandis qu'ils entamaient leur repas.

Chris se demanda si Wenda mangeait tard afin de l'éviter. Quelle différence cela faisait-il ? Vu les réactions extravagantes de Jesse, elle devait s'attendre à ce que Chris se montre glacial avec elle. Il était temps de faire bouger les choses…

— Je n'ai pas vu l'heure. Je voulais terminer mon chapitre, et ce qui devait prendre une heure en a pris trois.

— Il paraît que vous faites votre nid ?

— Mon nid ?

Chris éclata de rire.

— Si vous faites allusion aux aménagements de la décoratrice d'intérieur, oui, je fais mon nid !

— Vous n'êtes pas branché *esthétique*, n'est-ce pas ? demanda-t-elle avec l'imperceptible sourire en coin que Chris avait déjà remarqué.

— Je suis un homme simple.

— Simple ?

Elle secoua la tête.

— Pas vraiment.

Elle mordit dans son sandwich et le scruta un moment.

— Vous avez piqué ma curiosité.

— Vraiment ? Et comment ai-je fait ?

— Vous ne ressemblez pas aux personnes que fréquente Jesse d'ordinaire, lança-t-elle avec un regard de défi.

Chris décida de mordre à l'hameçon.

— Vous voulez dire, même si l'on met de côté le problème de genre ?

— En effet, poursuivit-elle tout en dégustant son thé. Vous n'êtes pas du genre à céder.

Chris faillit s'étouffer avec son sandwich.

— Très bien, je vous l'accorde.

— Et manifestement, vous êtes intelligent.

— Euh… merci.

Il planta un cornichon au bout de sa fourchette et l'examina pendant une seconde avant de l'avaler.

— Si ce mariage n'était pas une machination, dit-elle en le fixant de son regard d'acier, je serais heureuse pour Jesse.

— Et si ce n'était vraiment pas une machination ?

— Dans ce cas, répondit-elle en haussant les épaules, le temps nous le dira.

Il leur restait douze mois à tenir, et Chris se demandait déjà comment Jesse et lui allaient finir le premier.

— Sans doute.

— Le ciel n'est plus si bleu ?

— Qu'est-ce qui vous fait dire cela ?

— J'ai surpris des paroles du personnel. Il paraît que vous vous êtes disputé avec Jesse.

Elle saisit une fraise qu'elle examina d'un air intéressé.

— Tous les couples mariés se disputent.

— Et la plupart des couples mariés vivent sous le même toit, répliqua-t-elle.

Chris se dit qu'il était temps de changer de sujet. Ses soupçons se confirmaient : Jesse l'évitait.

— S'est-il passé quelque chose entre Jesse et vous ?

L'ombre de sourire qui se dessinait sur les lèvres de Wenda s'évanouit, remplacée par une expression qu'il ne parvint pas à déchiffrer.

— Vous savez réorienter la conversation lorsque cela vous arrange. La réponse est non. Rien ne s'est passé entre Jesse et moi. Rien du tout.

Était-ce vraiment une once de tristesse qu'il avait perçue dans sa voix ? Il eut envie de creuser le sujet, mais jugea bon de ne pas insister – pas pour le moment. Ils terminèrent le déjeuner en silence. Vu l'état de ses relations avec Jesse, il aurait sans doute beaucoup d'autres repas à passer en compagnie de Wenda.

## *Chapitre Quinze*

**QUATRE** jours s'écoulèrent sans nouvelles de Jesse. Son absence aurait dû faciliter la vie de Chris, mais il continuait à rêver de lui presque toutes les nuits. Malgré ses exercices quotidiens dans la salle de sport, il était de moins en moins détendu. Il se réveilla le jeudi matin avec une terrible migraine. Il voyait la pièce tournoyer autour de lui. Il se sentit un peu mieux après sa douche, mais décida de se dispenser de sport pour la journée. Il en avait peut-être trop fait, il était tout courbaturé. Un peu de repos et une bonne tasse de café de Marcie, et il serait de nouveau fringant.

— Bonjour, l'accueillit Wenda lorsqu'il entra dans la véranda, avec sur les lèvres ce qui ressemblait bien à un sourire. Comment va votre formidable époux ?

Il ignora sa raillerie et se servit en café.

— Comment allez-vous, Wenda ?

— Mieux que vous, apparemment. Avez-vous suffisamment dormi ? s'enquit-elle les sourcils froncés.

Il se força à sourire et avala une gorgée du liquide chaud qui soulagea sa gorge irritée. Il se sentait bien mal en point, et rien ne lui faisait plus envie que de retourner sous la couette.

— J'ai connu de meilleures nuits, admit-il.

Elle se leva et, au lieu de quitter la pièce comme il s'y attendait, elle s'approcha de lui et posa la main sur son front.

— Fièvre.

— Cela ne m'étonne pas, je ne suis pas au meilleur de ma forme.

Il ne se souvenait même plus de la dernière fois où il avait été malade. Cela remontait probablement au lycée. Il avait même échappé à la vague de mononucléose qui avait sévi à la fac et condamné Terry à rester au lit pendant un mois.

— Vous devriez retourner vous coucher. Je vais demander à Marcie de vous apporter votre petit déjeuner.

Elle se dirigeait déjà vers la porte et Chris se leva pour l'arrêter. Mais dès qu'il fut sur ses pieds, tout se mit à tourner et il dut se rattraper au dossier de sa chaise pour ne pas tomber.

— Et je vais demander à James de venir vous aider à monter.

— D'accord.

Une demi-heure plus tard, bordé dans son lit et Marcie à son chevet, il ferma les yeux.

*Il sentit sur sa poitrine le picotement salé des embruns. Il tourna la tête, le sourire aux lèvres, et vit*

*Jesse allongé sur le dos près de lui, qui regardait les nuages.*

— *Un dragon, dit-il en désignant l'une des formes qui passaient.*

*Chris roula sur le côté, et Jesse passa un bras autour de ses épaules et l'attira contre lui. Il sentait le battement de son cœur dans sa poitrine, et sa main qui lui caressait tendrement les cheveux.*

— *Tu m'as manqué, lui susurra Jesse.*

— *Tu travailles trop. Pourquoi ne fais-tu pas une pause ce soir ? Nous pourrions regarder un film tranquillement. Et ensuite...*

*Jesse lui déposa un baiser sur les cheveux, puis lui caressa du bout des doigts les joues, puis la mâchoire.*

— *Excellente idée. D'ailleurs, pourquoi ne commencerions-nous pas dès maintenant par la deuxième partie... ?*

— Chris ?

Il ouvrit les yeux et cligna des yeux pendant quelques secondes avant de s'accoutumer à la lumière vive du soleil. Jesse se tenait près de son lit et l'observait d'un air inquiet.

— Salut.

— Comment te sens-tu ?

— J'ai connu mieux.

Parler lui demandait de gros efforts. Il avait l'impression d'avoir des morceaux de coton dans la bouche.

— Le médecin dit que tu as la grippe, dit Jesse en s'essayant au bord du lit.

— Le médecin ? s'interrogea Chris en se remémorant vaguement avoir répondu à des questions et ingurgité un médicament.

— Marcie est de tempérament inquiet, et comme je n'étais pas là…

Chris eut l'impression qu'il se sentait coupable.

— Il t'a donné du Tamiflu. Tu devrais te sentir mieux dans un jour ou deux.

— OK, dit Chris qui sentait déjà ses paupières se refermer.

Il crut entendre Jesse prononcer le mot *dormir*, et se dit que c'était une grande idée.

**LORSQUE** Chris se réveilla, il était dans le noir. La seule source de lumière était la lampe de la salle de bain restée allumée. Combien de temps avait-il dormi ? Le réveil posé sur sa table de chevet indiquait trois heures treize. Lorsque ses yeux se furent accoutumés à l'obscurité, il aperçut Jesse assoupi dans un fauteuil. Puis il se rendit compte qu'il avait besoin d'aller aux toilettes. Sa vessie était sur le point d'exploser.

Il se glissa hors de son lit en veillant à ne pas réveiller Jesse et se faufila à pas de loup jusqu'à la salle de bain. Il ne se souvenait plus avoir enfilé son pyjama, mais il devait bien reconnaître qu'il était plus confortable que son jean, surtout en ce moment où chaque centimètre carré de son corps était douloureux. Il ferma la porte sans bruit, utilisa les toilettes et se lava les mains. Le miroir réfléchissait son visage blanc et fatigué. Il avait besoin d'un bon coup de rasoir.

Il retourna vers son lit, mais maintenant que ses besoins les plus urgents étaient satisfaits, il fut repris d'étourdissements. Il inspira profondément dans l'espoir de retrouver l'équilibre, en vain. Deux bras musclés le rattrapèrent de justesse alors qu'il trébuchait et commençait à basculer vers l'avant.

— Oh là, tu aurais dû me réveiller avant de te lever, dit Jesse en le raccompagnant jusqu'à son lit.

Chris s'effondra sur le matelas, à bout de forces.

— Désolé. Je n'avais pas compris que je n'étais plus capable d'aller pisser tout seul.

Jesse remonta ses couvertures en riant puis alla lui chercher un oreiller supplémentaire qu'il glissa sous sa tête.

— T'aider à aller aux toilettes n'est pas tout à fait ce que je préfère au monde, mais c'est tout de même mieux que de te voir faire un plat sur le tapis.

— Merci.

Chris ne l'aurait pris au mot pour rien au monde, mais en l'occurrence, il était trop épuisé pour argumenter.

— Tu n'as pas l'air beaucoup plus en forme que moi, tu sais.

Jesse semblait tout aussi épuisé que lui, et l'ombre rousse qui lui obscurcissait les joues indiquait qu'il n'avait pas quitté la pièce depuis son retour à Windmere.

— Il n'était pas nécessaire que tu te déplaces pour moi, je suppose que tu as du pain sur la planche au bureau.

— Tu es mon mari, dit Jesse en haussant les épaules. Que penseraient les gens si je n'accourrais pas lorsque tu es malade ?

— En effet, répondit Chris en tentant d'ignorer la sensation désagréable qu'il ressentit au creux de son estomac.

Il avait apprécié la présence de Jesse à ses côtés et n'était pas ravi qu'on lui rappelle qu'il s'agissait juste de préserver les apparences.

— Te sens-tu suffisamment en forme pour boire un peu d'eau ? proposa Jesse en remplissant le verre qui se trouvait sur la table de chevet.

Chris avala le liquide à petites gorgées. La sensation de l'eau fraîche sur sa gorge desséchée était agréable. La pièce se stabilisait autour de lui, et sa gorge lui faisait de moins en moins mal. Il rendit le reste de l'eau à Jesse.

— Merci. Ça fait du bien.

— Tant mieux, dit Jesse en posant sa main froide sur le front du malade.

Même si tout n'était qu'apparences, Chris se sentit rassuré par ce geste.

— Tu n'es plus aussi chaud que tout à l'heure.

Il quitta la pièce avant que Chris puisse répondre, puis revint avec un gant de toilette humide.

— C'est pour aider à faire passer la fièvre, dit-il en pressant le linge sur la peau chaude de Chris.

Jesse jeta un coup d'œil au réveil.

— Dans une heure, ajouta-t-il, tu pourras reprendre un médicament.

— Je peux me débrouiller tout seul. Tu devrais dormir un peu, sinon tu risques de tomber malade toi aussi.

Jesse secoua la tête.

— Je resterai tant que tu risqueras de tomber dans les pommes. Essaie de te rendormir.

— Je crois que j'ai des mois de sommeil d'avance.

Jesse lui sourit, et Chris remarqua pour la première fois un livre posé sur la petite table près du fauteuil.

— Que lis-tu ?

— Shakespeare, répondit Jesse en prenant l'ouvrage.

— Les sonnets ?

Chris sourit à son tour.

— J'ignorais que tu étais un romantique.

— Je me considère plutôt comme un amateur de littérature. En plus, ajouta-t-il en montrant le livre ouvert à Chris, les illustrations de cette édition sont splendides.

— Un cadeau de ton grand-père ?

Jesse acquiesça.

— Je n'admets point d'entrave au mariage de deux âmes sincères, commença-t-il de sa voix de baryton chaude et apaisante. Il n'est pas amour véritable, l'amour qui change au moindre changement et consent à faiblir à la moindre faiblesse. Oh non, l'amour est un repère immuable qui toise les tempêtes sans jamais être ébranlé. Il est l'étoile qui guide la barque à la dérive, dont la valeur est inconnue même si l'on en sait la hauteur. L'amour n'est pas dupe du Temps, même si les joues et les lèvres roses il se présente dans le creux de sa faux recourbée. L'amour ne change pas avec les courtes heures, avec les semaines ; il perdure, jusqu'au seuil de la mort. Si je m'égare et que l'on me le prouve, je n'ai jamais écrit, ni aucun homme aimé.

— Magnifique.

— Veux-tu que je continue ?

— Oui, s'il te plaît.

Chris ferma les yeux et se laissa bercer par le son de sa voix.

— Lorsque, en disgrâce auprès de la Fortune et des hommes, je pleure seul mon sort de réprouvé, assiège le Ciel sourd de mes cris inutiles, et maudis mon destin quand je me vois…

## Chapitre Seize

CE fut le chant des oiseaux qui réveilla Chris. Il s'étira et constata que son corps ne le faisait plus souffrir. Il repensa à Jesse qui lui avait fait la lecture et se tourna vers le fauteuil, qui était vide. Il n'avait aucune raison d'être déçu, et la sensation d'abandon qui lui envahit la poitrine le surprit. Il se moqua de lui-même en secouant la tête : il était au moins aussi malheureux en l'absence de Jesse qu'en sa présence.

Il se leva précautionneusement en espérant ne pas être pris de vertiges. Une fois rassuré, il passa aux toilettes et s'aspergea le visage d'eau fraîche. Puis il retourna au lit, heureux de profiter des rayons du soleil sur sa peau et de sentir par la fenêtre ouverte les odeurs vivifiantes de l'extérieur. Il faisait chaud, et Chris espérait plus que tout pouvoir sortir en ce merveilleux jour de printemps.

Chris s'attendait à apprendre que Jesse était reparti à New York. Quand celui-ci entra dans sa chambre quelques minutes plus tard pour lui apporter son petit déjeuner, il fut si surpris qu'il laissa échapper un soupir de contentement. L'odeur du café le fit gargouiller et celle, alléchante, du pain et des muffins semblait l'appeler comme un chant de sirènes.

— Bien, dit Jesse en posant le plateau sur la petite table qui se trouvait près de la fenêtre, tu retrouves l'appétit.

Il s'approcha du lit, repoussa une mèche de cheveux qui tombait sur les yeux de Chris et lui posa tendrement la main sur le front.

— Et on dirait que tu n'as plus de fièvre. Nous pourrons vérifier avec le thermomètre lorsque tu auras avalé un morceau.

Chris s'apprêtait à se lever mais Jesse s'empressa de l'arrêter.

— Doucement ! s'écria-t-il en posant la main sur son épaule. Es-tu sûr d'avoir la force de te tenir debout ?

— Je l'ai déjà fait, et je me sens tout à fait capable de prendre le petit déjeuner à table.

Il se leva et se dirigea vers la table, suivi de près par Jesse. Celui-ci ne lui demanda même pas s'il voulait du café. Il remplit une tasse, ajouta une larme de lait et un paquet de sucre, et mélangea le tout avant de présenter le breuvage à Chris.

— Merci beaucoup. Chris prit une gorgée et gémit de satisfaction. C'est parfait. Tu t'es souvenu de tout.

Il crut voir une légère rougeur apparaître sur les joues de Jesse.

— Je suis devenu assez doué pour anticiper les désirs des gens. Cela fait partie de mon travail. Et de n'importe quel travail à vrai dire.

— En parlant de travail, j'espère ne pas perturber de projets importants.

— Non, et j'ai un personnel très compétent.

Jesse se versa une tasse de café.

— Puisque tu sembles te rétablir, j'y retournerai sans doute lundi matin. Je pourrai garder un œil sur toi ce week-end.

On frappa à la porte et Jesse alla répondre.

— Je ne vous interromps pas, j'espère, lança Wenda en passant devant Jesse, un grand vase rempli de fleurs à la main.

— Voulez-vous vous joindre à nous ? proposa Chris.

Wenda jeta un coup d'œil à Jesse, dont l'expression impassible masquait sans doute l'irritation.

— J'ai déjà mangé, merci. Je me suis juste dit que quelques fleurs égayeraient la pièce.

— Elles sont magnifiques, merci.

— Je les mets là où vous pourrez les voir, ajouta-t-elle en posant le vase sur la table de chevet.

Elle sourit aux deux hommes et conclut :

— Je vous laisse petit-déjeuner tranquillement. Je suis contente de voir que vous vous portez mieux, Chris. Vous nous avez tous inquiétés.

— Merci, Wenda.

Jesse lui ouvrit la porte.

— Merci, dit-il. Marcie m'a dit que c'est toi qui avais insisté pour que l'on m'appelle au bureau.

— Je me suis dit que tu voudrais être présent.

Elle quitta la pièce avec un salut de la main.

— J'attends avec impatience notre prochain déjeuner ensemble, Chris.

— Ce sera pour bientôt, promis.

Jesse referma la porte et se rassit dans son fauteuil.

— Vous êtes de grands amis.

— Wenda et moi ? Oui, nous nous entendons bien.

Jesse ne semblait pas enclin à s'étendre sur le sujet, alors Chris se jeta à l'eau.

— Que s'est-il passé entre vous deux ?

— Rien. Nous avons des relations courtoises. C'est juste que nous ne sommes pas amis, expliqua-t-il tout en observant un muffin avec intérêt.

— Très bien. Et cela te gêne-t-il que je passe du temps avec elle ?

— Je n'ai pas d'ordre à te donner, répliqua-t-il d'un ton plein de sous-entendus.

— Tu ne réponds pas à ma question, remarqua Chris en souriant.

— C'est vrai, admit Jesse en riant doucement. Mais si je reconnais que cela me gêne, je passerai pour un idiot, non ?

— Pas pour un idiot, non. Mais je me demanderai pourquoi.

Chris reprit une gorgée de café avant de planter son regard dans celui de Jesse.

— Elle donne exactement la même version : il ne s'est rien passé entre vous.

— Tu vois ? Affaire classée.

Chris ne releva pas. Il n'avait toutefois aucune envie de renoncer à sa petite enquête.

## *Chapitre Dix-Sept*

**JESSE** passa les quatre jours suivants à veiller sur Chris. Le dimanche soir, Chris avait presque retrouvé son état normal. Jesse refusa pourtant de retourner au bureau le lundi matin comme prévu, préférant travaillant depuis chez lui. Cela ne dérangeait pas Chris d'avoir Jesse à ses côtés, mais il ne voulait pas être un fardeau pour lui.

Le mardi après-midi, après avoir passé une heure à le persuader qu'il se sentait parfaitement bien, Chris se mit en route pour un jogging dans le parc.

— Je reviens vite, promis, dit-il à un Jesse apparemment peu convaincu.

Il était adorable lorsqu'il s'inquiétait comme cela, et Chris fut ravi de constater qu'il prenait soin de sa santé.

Ils dînèrent tous les deux sur le patio face au soleil couchant, et comme Wenda n'était pas dans les parages, Chris se résolut à évoquer le baiser qu'ils avaient échangé. Cela faisait trois semaines désormais, et il espérait qu'ils avaient atteint un degré d'intimité suffisant pour que Jesse lui donne une réponse sincère.

— Jesse, commença-t-il tandis qu'ils dégustaient leur vin en contemplant les vestiges d'un crépuscule rougeoyant, il y a quelque chose dont j'aimerais te parler.

— Bien sûr.

Jesse remplit les verres et s'installa confortablement dans son fauteuil.

— De quoi s'agit-il ?

— Avant que je tombe malade, dit-il en espérant ne pas trop laisser transparaître son indécision, tu m'as embrassé.

Jesse hocha la tête sans se départir de son calme.

— En effet.

— J'ai trouvé ce baiser très agréable, Jesse, je ne vais pas te mentir. Mais qu'avais-tu derrière la tête ? J'ai l'impression que depuis cette nuit-là, nous marchons sur des œufs. Je sais bien que tu avais beaucoup de travail, mais j'ai parfois eu l'impression que tu m'évitais.

Jesse laissa échapper un soupir sonore.

— Et tu as raison, dit-il. Je t'évitais.

Certes, Chris avait espéré une réponse sincère, mais les paroles de Jesse le laissèrent stupéfait. Tant de franchise le mettait mal à l'aise.

— D'accord, dit-il, déstabilisé.

Jesse vida son verre d'un trait, le reposa sur la table et se tourna vers Chris.

— Lorsque je t'ai dit que j'avais un dossier important à gérer au bureau, je t'ai menti. Je... je ne pouvais pas... Je ne...

Jesse ferma les yeux une seconde en se passant la main sur la nuque. Il regarda Chris en souriant, même si son regard semblait démentir l'expression de ses lèvres.

— Je n'ai pas été très honnête avec toi.

— Oui, tu l'as déjà dit. Ce n'est pas grave, je comprends. Tu t'es senti mal à l'aise.

— Non, ce n'est pas cela. Ce n'est pas que... Oh, mince...

Jesse s'interrompit, semblant tout à coup reprendre le contrôle de lui-même.

— Je ne me suis pas senti mal à l'aise à cause de toi. Il y a autre chose... C'est comme un poids dont il faut que je me défasse. Il faut que je t'avoue quelque chose.

— Très bien, mais vraiment, cela ne me dérange pas que...

— Je suis gay, Chris.

— Ah. Grande nouvelle, déclara Chris en se frottant le nez avec indécision. Et... tu t'en es rendu compte après que nous nous soyons embrassés ?

— Non.

Jesse serra les dents. Il prit une profonde inspiration, et Chris vit que son corps commençait à se détendre.

— J'ai beaucoup aimé t'embrasser. J'ai adoré. Mais ce n'est pas ce baiser qui a tout déclenché. En tout cas, pas dans ce sens. Je suis gay, c'est tout.

— Tu es peut-être bi. Ce n'est pas parce que tu as pris du plaisir dans ce baiser que...

— Je suis gay.

— Bientôt tu vas me dire que c'est grâce à moi que tu en as pris conscience, c'est ça ? demanda Chris en espérant que c'était le cas, car l'autre réponse possible ne lui plaisait pas du tout.

— Tout serait plus simple, mais ce n'est pas cela. J'ai toujours su que j'étais gay.

— Parfait. Voilà qui est parfait.

Chris se leva brusquement et alla se planter à la limite du patio, les yeux rivés sur la longue pelouse qui s'étendait jusqu'à la falaise. Des lucioles dansaient au-dessus de l'herbe tandis que le chant des criquets résonnait depuis les buissons.

— Et puis-je savoir pourquoi tu ne m'as pas dit la vérité dès le début ? Ou peut-être vas-tu changer d'avis d'ici un jour ou deux ?

Leur arrangement impliquait tellement plus que ce qui était prévu au départ. Il avait marché droit dans un champ miné, les yeux fermés. Et pourtant, les indices étaient là : le baiser échangé au mariage qui l'avait laissé frissonnant, l'intuition que Jesse avait cherché à savoir s'il avait un petit ami, toutes ces femmes que Jesse avait décidé de ne *pas* épouser. Il avait ignoré tous les signes, séduit par le charme et l'humour de cet homme. Qui était tout à fait le genre d'homme dont il pourrait tomber amoureux. *Et même*, lui glissa la petite voix logée dans son esprit, *le genre d'homme dont tu es déjà tombé amoureux…*

— Je mérite ta colère, dit Jesse en posant une main sur l'épaule de Chris.

Celui-ci s'écarta immédiatement. Le contact physique compliquait une situation déjà suffisamment épineuse.

— Je t'écoute, dit Chris qui doutait que ses propos puissent apaiser sa fureur – mais il n'allait tout de même pas jouer sa diva et partir en claquant la porte.

— Je me suis caché toute ma vie, commença-t-il d'une voix douce et posée.

Chris percevait derrière chaque mot une haine de lui-même, aussi distinctement qu'il entendait le clapotis des vagues.

— Mon grand-père était un homme bon et généreux. Je n'ai aucun souvenir de mes parents, et il est le seul père que j'ai jamais connu. Je ne voulais pas le décevoir.

Il soupira avant de poursuivre.

— Je sais bien que tout cela semble absurde.

— Tu as donc commencé à sortir avec des filles ?

Jesse hocha la tête.

— Et des hommes ?

— Parfois, lorsque je savais qu'il n'y avait aucun risque d'être découvert.

Chris était un peu abruti par le vin, et ce n'était sans doute pas plus mal, car il aurait bien donné une leçon de bon sens à Jesse s'il s'était senti plus vif.

— Donc après sa mort, tu t'es dit que tu allais rattraper le temps perdu et épouser le premier idiot qui se laisserait faire. À propos, avais-tu réellement besoin de te marier pour conserver l'entreprise ou as-tu aussi inventé cette partie de l'histoire ?

— Ça ne s'est pas du tout passé comme cela. Tout ce que je t'ai dit sur le testament est vrai.

Voyant que Chris ne réagissait pas, il poursuivit.

— Je… je t'aime bien. Je suis un de tes lecteurs réguliers depuis que tu as commencé à mettre tes œuvres en ligne il y a trois ans. Et quand je t'ai rencontré…

— Je t'ai paru suffisamment désespéré pour accepter ton offre.

— Non, Chris, crois-moi, je t'en prie. Tu te trompes.

Jesse se redressa et parut reprendre ses esprits.

— Je me suis dit que tant qu'à me marier…

— Autant m'épouser moi, et peut-être cela marcherait-il entre nous ? termina Chris.

Il n'eut pas besoin d'entendre la réponse de son interlocuteur, il la lisait dans ses yeux. Il avait vu juste.

— Cela ne change rien, ajouta Jesse d'un ton confiant qui ne fit qu'accroître l'agacement de Chris.

— Mais bien sûr…

— Sincèrement, aurais-tu accepté mon offre si tu avais su que j'aimais les hommes ?

— Eh bien… je ne sais pas, répondit Chris avec honnêteté.

Jesse lui avait menti, mais lui ne comptait pas faire de même.

— Sans doute pas.

— Tu vois.

— Non, je ne vois pas.

Chris s'éloigna d'un pas décidé jusqu'à la fenêtre.

— Je t'ai fait confiance, je te prenais pour un gars bien, et tu n'es qu'un sale gosse de riche qui n'a que faire des dégâts que pourraient causer ses actes. Et si tu crois que tes révélations pourraient me faire changer d'avis, si tu t'attends à ce que…

— Mon Dieu, non, protesta Jesse, horrifié. Je n'attends rien de toi. Pas ça.

— Bien.

Chris s'aperçut que sa libido ne faisait pas le poids face à sa colère : il était hors de question qu'il se passe désormais quoi que ce soit entre Jesse et lui.

— Alors, tu restes ? demanda Jesse comme un petit garçon qui attendrait sa punition.

— Je ne sais pas. Pour l'instant, j'ai plutôt envie de mettre les voiles et de retourner sur le canapé de Terry et Val.

Jesse émit un gros soupir.

— Je comprends. Je ne vais pas essayer de te convaincre de rester.

— Bien.

Sans prononcer un mot de plus, Chris passa devant Jesse, ouvrit la porte de la maison et disparut à l'intérieur.

## Chapitre Dix-Huit

**JESSE** regarda Chris s'en aller. Au moins, il ne l'avait pas frappé – il l'aurait bien mérité. Il soupira et se reprocha intérieurement son manque d'honnêteté. Il entra dans la maison et monta jusqu'à la porte de Chris, qu'il trouva fermée. Il s'attendait presque à entendre des tiroirs s'ouvrir et se refermer tandis que Chris faisait ses bagages, et fut soulagé d'entendre couler l'eau de la douche.

*C'est un échec total, et tu n'as à t'en prendre qu'à toi-même.*

Il n'était pourtant pas idiot. Il savait comment fonctionnaient les gens, il était capable d'analyser leur mode de pensée et d'action. Et malgré cela, il n'avait pas été réglo avec Chris. Il savait bien que s'il lui avouait qu'il aimait les hommes, Chris refuserait. Il en avait eu la certitude. Et il s'était octroyé le droit de lui dissimuler cette donnée essentielle ? Le pire, c'était que Chris avait raison : il avait espéré que cet arrangement évolue vers une relation sincère, pouvoir à la fois satisfaire la ridicule dernière volonté de son grand-père et se trouver un partenaire.

Quel idiot… Sans compter que le conte de fées dans lequel il avait cru était complètement chimérique. Il n'avait même jamais eu de relation sérieuse avec un homme auparavant – jamais rien de plus qu'un coup rapide à l'arrière d'une limousine ou dans les toilettes d'un club. De quoi satisfaire une envie passagère, rien de plus. Il avait toujours fait en sorte que ça n'aille pas plus loin. Et pourtant, même après la mort de son grand-père, il avait continué à sortir avec des femmes.

*Tu as eu peur. Et comment as-tu réagi ? Tu as foncé tête baissée, tu as épousé l'homme parfait et tu lui as menti. Tu as enchaîné les mensonges, encore et encore.*

Il se retint de frapper à la porte de Chris pour implorer son pardon. Il devait être patient, la balle n'était pas dans son camp. Son grand-père lui avait appris à savoir attendre, même si le petit garçon au fond de lui continuait à protester en tapant du pied. Sa patience avait toujours été un atout considérable dans les affaires. Il avait mal joué sur ce coup, et il savait bien que la seule solution était que Chris décide lui-même de rester.

Jesse chercha un moyen de se détendre. Il descendit dans le salon et se servit un verre de cognac.

— La soirée a été difficile ?

— Ah, Wenda. Comment ça va ?

Il s'assit dans l'un des fauteuils disposés devant la cheminée. Wenda secoua la tête comme se parlant à elle-même, mit quelques glaçons dans un verre et les arrosa de son rhum préféré. Jesse n'avait aucune envie de lui parler, mais elle vint s'installer face à lui.

— Je l'aime bien, dit-elle d'un ton légèrement amusé.

— Comme ça, on est deux, rétorqua-t-il avant de prendre une grande gorgée qui eut un effet immédiat.

La tension dans ses épaules commençait à disparaître.

— Pourquoi l'as-tu demandé en mariage ?

— Parce que je lui suis éternellement dévoué, lâcha-t-il, guère surpris par la question.

Wenda se mit à rire.

— Tu l'aimes donc ?

— Bien sûr que je l'aime.

Il parvint à mentir sans effort.

— Pourquoi l'aurais-je épousé dans le cas contraire ?

Il regretta le ton de défi qu'il avait employé, mais par habitude, il devenait rapidement agressif avec Wenda. Celle-ci prit une autre gorgée de rhum en secouant la tête.

— Je suis juste étonnée que tu n'aies pas choisi… comment s'appelle-t-elle ? Mara ?

— Moira.

— Voilà. Elle aurait fait une ravissante potiche.

— Comme toi ? riposta-t-il du tac au tac.

— Touché. Même s'il fut un temps où je te trouvais plus subtil.

Une certaine lassitude se lisait sur son visage. Elle paraissait plus âgée que d'habitude.

— Je vais me coucher, dit Jesse en se levant pour aller poser son verre vide sur le bar.

— Fais de beaux rêves.

— Bonne nuit, Wenda.

## Chapitre Dix-Neuf

**CHRIS** se réveilla aux premiers rayons du soleil. Il n'avait dormi que quelques heures, ce qu'il considérait déjà comme un petit miracle. Après avoir pris sa douche, il descendit prendre du pain et du fromage dans le frigo de taille industrielle qui se trouvait dans les cuisines, malgré les hauts cris de Marcie. Il comprit qu'elle croyait qu'il évitait Wenda, et n'essaya pas de la démentir. Quoi qu'il pense de Jesse, il n'allait pas tout mettre à l'eau sur un coup de tête. Il avait assisté à suffisamment d'étripages et de scènes de ménage entre ses parents pour savoir que mieux valait prendre du recul lorsque l'on avait envie d'étrangler quelqu'un.

Il tomba sur James dans le hall d'entrée.

— Comment allez-vous, M. Valentine ?

— Très bien, merci. Et vous ?

— Très bien, très bien.

— Je suis ravi de l'entendre. Je me demandais si vous pourriez me déposer à la gare…

— Puis-je vous demander où vous comptez vous rendre ?

— J'ai quelques petites affaires à régler à New York.

— Alors, pas besoin de prendre le train. Je vais demander à Randall de sortir la voiture.

**CHRIS** consulta sa boîte mail pendant le trajet. Il répondit à sa mère en prenant garde de ne rien mentionner qui serait susceptible de l'alarmer. Il préféra lui décrire Windmere et lui annoncer qu'il avait énormément avancé dans l'écriture de son roman. Dès qu'il eut envoyé le message, un autre apparut dans la boîte de réception. Il venait de Danny West, le président d'Écrivains à l'école.

> *Tu nous manques. Peut-être*
> *auras-tu le temps d'enseigner*
> *à nouveau une fois que tu seras*
> *installé ? Nous avons eu la chance*
> *de recevoir un don de 250 000 $ de*
> *la part de Windview, ce qui nous a*
> *permis d'embaucher un enseignant à*
> *temps complet qui se partagera entre*
> *deux nouvelles écoles. Nous avons*
> *toujours beaucoup de bénévoles, mais*
> *en cas d'imprévus, nous pouvons*
> *désormais assurer une certaine*
> *continuité.*
>
> *D'ailleurs, Windview n'est-elle*
> *pas la société que dirige ton mari ?*

*Pas possible !* Jesse avait donc fait un don à l'association ? Pensait-il ainsi se racheter auprès de Chris après lui avoir fait croire qu'il était hétéro ? Certes, Chris était ravi d'apprendre qu'Écrivains à l'école était hors de danger financièrement parlant, mais Jesse croyait-il donc pouvoir l'amadouer avec de l'argent ? Et comment avait-il appris son implication dans l'association ?

Il s'était renseigné sur lui, évidemment.

Chris prit quelques minutes pour se calmer avant de répondre à Danny. *Félicitations. Oui, il s'agit de la société de Jesse. Quand avez-vous reçu l'argent ?*

Pourquoi n'avait-il pas pris ses cliques et ses claques la veille au soir ? Le mensonge de Jesse l'avait déjà rendu furieux, si en plus il tentait de l'acheter…

— **ALORS,** il y a des nuages dans le ciel bleu ??? demanda Terry lorsqu'il rejoignit Chris avec Val dans un restaurant thaï de Midtown.

Chris avait passé une grande partie de la journée à errer dans Central Park et à lire un roman qu'il avait acheté à une marchande d'occasions qui exposait sa maigre marchandise sur une couverture. Il n'avait pas négocié le prix comme il l'aurait fait quelques semaines plus tôt. Elle avait plus besoin de l'argent que lui.

— Ce que tente de te dire ce maître de la subtilité, dit Val les sourcils froncés, c'est que nous nous inquiétons pour toi. Tu as l'air contrarié.

Terry se contenta de lever un sourcil sans argumenter avec sa petite amie.

— Cela se voit tant que ça ? se désola Chris en reposant le menu sur la table.

Il n'avait pas préparé ce dîner comme il le faisait d'ordinaire pour leur tour du monde culinaire, et il se préoccupait peu de ce qu'il allait manger.

— Ne crois pas qu'on n'est pas content de te voir, mon pote, dit Terry en essayant manifestement d'apaiser Val par cette nouvelle approche en douceur. Mais on ne s'attendait pas à te revoir si tôt après le mariage.

— Vous savez, j'ai le droit de quitter le domaine de temps en temps, dit Chris en essayant de plaisanter, mais Val ne fut absolument pas convaincue.

— Reconnais qu'il n'est pas dans tes habitudes d'appeler depuis Manhattan et de lancer l'idée d'un dîner seulement trois heures à l'avance.

— Il y a donc des nuages dans le ciel bleu, répéta Terry avec emphase en prétendant ne pas voir le regard perçant de Val.

Le serveur s'arrêta à leur table, et pendant dix minutes ils le mitraillèrent de questions sur les différents currys, les épices et ses recommandations personnelles pour une première expérience de cuisine thaï. Dix minutes pendant lesquelles Chris oublia Jesse.

Le serveur revint avec leurs boissons quelques minutes plus tard. Chris se mit à observer les passants en dégustant sa bière thaï. Il commençait déjà à faire noir. Il devait prendre rapidement une décision entre retourner dormir dans le Connecticut, ou demander à Val et Terry s'il pouvait emprunter leur canapé.

— Chris ?

La voix de Val le fit sursauter.

— Désolé.

Terry se mit à rire.

— Qu'est-ce qu'il y a de drôle ?

— Toi.

Terry héla le serveur afin de commander une autre bière.

— À part les quelques mails que nous avons échangés, nous n'avons pas eu de nouvelles depuis le mariage. Et aujourd'hui, te voilà.

— Je ne vois pas où tu veux en venir. Tu essaies de me faire culpabiliser ?

— Terry, appela Val d'une voix menaçante. Laisse-le tranquille, OK ? Sinon il ne voudra plus jamais nous revoir.

— Pardon, dit Terry. Je n'essaie pas du tout de te faire culpabiliser. Je trouve juste ça drôle que tu tiennes à nous voir en urgence et qu'une fois ici, tu ne nous parles de rien.

Il lança un regard à Val, qui acquiesça.

— Tu as raison.

Chris essaya de se ressaisir. C'était comme si ses émotions formaient un immense bourbier et qu'il ne parvenait plus à rien distinguer.

— Sur les deux points : je suis un mauvais ami.

— Tu avais sans doute beaucoup de choses à gérer, lui dit Val tendrement.

— Sans doute.

Chris vit un taxi jaune filer à toute allure. Sur le trottoir, deux hommes se promenaient main dans la main. Et comme toujours, il se mit à penser à Jesse.

Le serveur apporta sa deuxième bière à Chris, puis les plats. Il y alla plus doucement sur le deuxième round : l'alcool n'allait pas l'aider à y voir clair.

— Quand j'ai dit à Jesse que j'acceptais de l'épouser, commença-t-il, tout me paraissait simple. J'appréciais sa compagnie. Je m'attendais à ce que nous devenions amis et que l'année se déroule sans encombre. Je ne savais pas si nous nous reverrions par la suite.

Il se servit en riz et en curry Massaman. Son estomac gargouilla de satisfaction lorsque l'odeur du cumin et des épices atteignit ses narines. Il avala une bouchée de poulet, puis une autre.

— C'est bon ? demanda Terry en détaillant sa propre assiette.

— Délicieux. Je peux goûter les nouilles ?

— Et alors, que s'est-il passé avec Jesse ? le relança Val une fois qu'ils furent tous servis. Je crois comprendre que la situation est différente de ce que tu avais imaginé…

— En effet.

Chris posa sa fourchette et croisa le regard inquisiteur de son amie.

— Il m'a embrassé.

— Au mariage ? demanda Terry, la bouche pleine de nouilles.

— Non, plus tard. Quelques jours plus tard.

— Oh, lâcha Terry en regardant Val, qui semblait en pleine analyse de la situation.

— Peut-être est-il bisexuel ? Ou juste curieux ?

— C'est ce que j'ai pensé tout d'abord. D'autant plus qu'après cet épisode, il s'est fait plutôt discret. Il a avoué qu'il cherchait à m'éviter. Donc j'ai mis les pieds dans le plat, raconta Chris en essayant de bannir l'image de Jesse, l'air coupable, les épaules tombantes et le regard désespéré.

— Et ? demanda Val qui le fixait intensément.

— Et il a fini par m'avouer qu'il est gay. Et qu'il le savait depuis le début.

— Mince alors.

Terry lâcha sa fourchette avec fracas.

— Mais c'est une bonne nouvelle ! Il te plaît, non ?

— Ce n'est pas une bonne nouvelle du tout, aboya Val. Il a menti à Chris.

— Il n'a pas vraiment menti, Val, suggéra Terry. Il a juste omis de dire la vérité.

— Je ne vois pas la différence. Il se devait d'être honnête envers Chris.

— Vous allez peut-être me trouver bête, mais je ne vois pas le problème. Jesse plaît à Chris, Chris plaît à Jesse, la situation me semble limpide.

— Je ne voulais pas d'un véritable mariage, intervint Chris en secouant la tête. Tu le sais bien.

— Je sais que tu étais contre le mariage, dit Val, mais il ne se conduit pas comme ton père, si ?

— Non, il ne se conduit pas comme mon père, mais ce n'est pas une raison suffisante pour que je veuille l'épouser ! En plus, il essaie de m'acheter.

— De t'acheter ? répéta Terry.

— Il a fait un don énorme à Écrivains à l'école.

— Oh, émit Val avant d'aspirer avec délectation une nouille particulièrement longue.

— Vas-y, que penses-tu vraiment, Val ? demanda Chris en riant.

— Je pense, commença Val le sourire aux lèvres, que tu te fais des idées. Ta colère contre lui est tout à fait justifiée, mais quand tu nous as parlé de cet arrangement, c'est précisément sur ce point que tu as insisté : c'est un arrangement. Tu l'aides, il t'aide.

— Continue, j'écoute, dit Chris tout en devinant ce qu'elle allait lui dire.

— Donc, si ce n'est qu'un arrangement, pourquoi t'en faire ? Pourquoi être si en colère ? Quant à l'association, elle avait besoin de l'argent, non ?

Val haussa les sourcils, puis se replongea dans son repas. Terry lançait des coups d'œil nerveux à Chris, qui lui sourit.

— Ouais, peut-être… dit Chris.

Comme d'habitude, Val avait raison. Mais cette histoire de don ne lui plaisait guère.

— Ouais, répéta Terry en souriant jusqu'aux oreilles. Voilà qui est dit.


**CHRIS** rentra à la propriété un peu après minuit. Il ferma discrètement la porte de la suite en prenant garde de ne pas réveiller Jesse, mais le clair de lune lui révéla la silhouette de son mari, endormi sur le canapé, qui ronflait doucement. Enroulé au milieu des coussins et encombré par son mètre quatre-vingt sur le siège antique, Jesse semblait très jeune.

Val avait raison, cela ne faisait aucun doute. La colère de Chris ne se justifiait que parce qu'il tenait à cet homme. Mais de prendre conscience qu'il espérait une relation sérieuse avec Jesse lui donnait envie de prendre ses jambes à son cou pour fuir le plus loin possible de Windmere.

Il hésita un instant avant de prendre une couverture posée sur le dossier d'une chaise pour en couvrir Jesse.

— Chris ? appela ce dernier en ouvrant ses yeux gris encore endormis. J'ai cru… je ne m'attendais pas à te revoir.

— J'avais besoin de réfléchir.

— Ah.

— J'ai décidé de rester, déclara Chris, qui n'avait aucune raison de faire durer le suspense.

— Merci, murmura Jesse.

— Tu n'as pas à me remercier.

Chris n'avait qu'une envie : se glisser dans son lit et s'endormir.

— Je respecte ma part du contrat, et j'attends de toi que tu respectes la tienne. C'est ce qui a été décidé.

— Tu as raison. C'est le contrat.

— Et tant que j'y pense, ma décision est sans lien avec le don que tu as fait à Écrivains à l'école.

Il avait besoin d'en parler et de se libérer de ce poids.

— Ce n'est plus la peine d'essayer de m'acheter.

Ce qui n'était pas la stricte vérité, étant donné le contrat qu'ils avaient signé, mais peu lui importait.

— Le don ?

— Ne joue pas à ça, Jesse. Ça n'a pas d'importance. J'ai décidé de rester, de toute façon.

Jesse serra les mâchoires, mais n'ajouta rien. *Bien. Peut-être va-t-il comprendre que l'argent ne rachète pas ses erreurs.*

— Je suis épuisé.

Chris ouvrit la porte de sa chambre et tourna le dos à Jesse.

— Bonne nuit.

## *Chapitre Vingt*

**LE** lendemain matin, Chris attendit d'être sûr que Jesse soit parti pour sortir de sa chambre. Certes, il avait pris sa décision, mais il avait tout de même besoin de réfléchir. Il s'était toujours senti capable de se convaincre que malgré ses sentiments pour Jesse, il n'attendait rien de plus qu'une relation d'amitié. Mais depuis la révélation récente, il était mal à l'aise.

— Bonjour, dit Wenda en levant son verre de jus d'orange comme pour porter un toast.

— Comment allez-vous ce matin, Wenda ? demanda Chris en se versant du café.

Il vint s'asseoir en face d'elle. Le café lui serait sans doute bien utile pour parer ses multiples pièges verbaux. Comme l'ensemble du personnel, elle devait l'avoir entendu se disputer avec Jesse.

— Jesse est parti, dit-elle en ignorant sa question.

Il prit une longue gorgée de café et en profita pour se préparer au coup suivant.

— J'avais cru deviner.

— Il n'avait pas l'air dans son assiette.

— Vraiment ? dit Chris en s'imaginant deux boxers qui se tournaient autour sur le ring et guettaient l'occasion de frapper.

— Qu'attendez-vous de lui ?

Question inattendue, mais Wenda n'était pas du genre à retenir ses coups.

— Que nous vivions heureux avec beaucoup d'enfants ?

— Vous ne savez même pas ce que cela veut dire, répliqua-t-elle en riant.

— Sans doute.

Et à vrai dire, se dit-il, il n'avait aucune envie de le découvrir.

— Quelle ironie… dit-elle en se levant avant de se diriger vers la porte.

— Que voulez-vous dire ?

— Tous ces discours sur le droit au mariage pour tous et comment le mariage gay détruira le mariage traditionnel. Ils se trompent à un point… c'est à mourir de rire.

Chris attendit la suite. Il savait qu'elle irait là où elle voulait en venir sans son aide.

— Au final, c'est votre génération qui détruira le mariage. Vous en parlez beaucoup, mais vous n'y avez jamais véritablement réfléchi.

Elle n'en dit pas davantage. Elle fit son petit geste de la main coutumier, et quitta la pièce.

Chris se frotta les yeux. Il aurait dû s'en douter, il était bien trop tôt pour discuter avec Wenda.

**COMME** promis, Charlène débarqua à seize heures avec un bureau et la demi-douzaine de fauteuils qu'elle voulait proposer à Chris. Après l'étrange conversation de Wenda, le monologue ininterrompu de la décoratrice d'intérieur offrait une distraction bienvenue.

— Prenez votre temps, mon chou, lui dit-elle tandis que ses deux assistants apportaient les derniers fauteuils dans la pièce. Je reviens lundi avec les peintres.

— Les peintres ? s'étonna Chris qui ne s'attendait à rien d'autre qu'un nouveau tapis, quelques bricoles à accrocher au mur et de nouveaux meubles.

— Que vous êtes drôle… dit-elle d'un air compatissant. M. Donovan ne me paie pas pour que je fasse mon travail à moitié. Mais je vous promets que l'on ne vous chassera de votre bureau que pour une journée. Vous pouvez déjà lancer les invitations pour mardi midi.

Chris s'assit sur un fauteuil aux lignes épurées en cuir noir et à l'armature chromée. Il le fit tourner sur lui-même et bidouilla les leviers qui se trouvaient sous le siège.

— Vos impressions sur l'Herman Miller ? s'enquit Charlène tout en l'observant avec une satisfaction manifeste.

— Il est bien mieux que mon canapé.

Elle haussa l'un de ses sourcils excessivement épilés et se mit à rire.

— Essayez le Fritz Hansen, dit-elle en désignant un autre fauteuil en cuir noir avec un dossier très haut.

Il s'exécuta, ajusta la hauteur et se laissa aller.

— Pas mal.

— J'ai fait une commande spéciale pour le bureau. Mais comme vous tapez à l'ordinateur la plupart du temps, je me suis dit qu'il était important que vous puissiez faire des essais avec les sièges. J'ai donc fait apporter ce modèle.

— Ceci n'est pas mon bureau ?

— Vu la taille de la pièce, dit-elle sans cacher sa fierté, il nous faut un meuble bien plus grand. J'ai commandé un Knoll.

— Oh. Super, dit-il sans avoir la moindre idée de ce dont elle parlait.

— Faites-moi confiance.

Elle secoua la tête et Chris comprit que malgré ses efforts, il n'avait pas semblé convaincu.

— Ce sera magnifique, et vous adorerez y travailler.

Elle rassembla ses affaires et se dirigea vers la porte.

— À lundi ! Je vous souhaite un excellent week-end.

— Merci.

Il la regarda partir, puis essaya un autre fauteuil, un modèle en Plexiglas tout droit sorti de *Star Trek*. *Celui-ci, Jesse l'adorerait*. Mais le Jesse en question avait à nouveau disparu, et il n'était pas question d'obtenir son avis.

Chris ouvrit sa session, puis le moteur de recherche. Il jeta un œil à sa boîte mail, constata que sa mère lui avait répondu mais ouvrit en premier le mail de Danny. Il s'était promis de ne pas faire de scène à Jesse au sujet du don à l'association, mais il était content d'avoir pu lui faire comprendre qu'il était inutile d'essayer d'acheter sa confiance. Après avoir ouvert le message, il lui fallut plusieurs secondes pour prendre véritablement conscience de ce qu'il lisait.

*C'est un chic type que tu as là.
Le chèque est arrivé par la poste,
sans carte ni mot. Ça fait un bout de
temps, peut-être le lendemain de ton
mariage. J'ai appelé Windview pour
être sûr qu'il ne s'agissait pas d'une
erreur. La comptable s'est excusée :
elle a dit que le don était censé être
anonyme, mais qu'il était trop tard
pour y remédier et que je n'avais qu'à
encaisser le chèque tel qu'il était. Dis
à ton mari à quel point nous lui en
sommes reconnaissants. Danny.*

Chris s'affala au fond de sa chaise en soupirant.
*Bravo, Valentine, tu as encore brillé sur ce coup-là.*

## *Chapitre Vingt et Un*

**JESSE** se réveilla lorsque les premiers rayons du soleil pointèrent à l'horizon. Il resta immobile un moment, les yeux rivés au plafond, incapable de bouger. Il se demanda s'il allait se rendre au bureau ce jour-là, et envoya finalement un SMS à son assistante pour lui dire qu'il prenait sa journée. Il n'avait aucun rendez-vous de prévu.

Il prit sa douche, s'habilla et descendit. Il évita le personnel – il n'avait pas faim de toute façon – et fit une halte au bar du salon pour se prendre un Coca Light. Le petit déjeuner et le café attendraient. Il ne voulait voir personne, mais il devait s'avouer qu'il avait espéré croiser Chris.

*Et que lui aurais-tu dit ?*

Dehors, le ciel à l'horizon avait viré au gris. Les nuages avaient colonisé les dernières taches de bleu. Il avait toujours aimé entendre le sifflement du vent dans les branches et le craquement des graviers sous ses pieds, mais ce jour-là, il en avait à peine conscience. Son esprit était ailleurs. Il se souvint de son enfance, lorsqu'il gambadait aux côtés de son grand-père et attrapait des lucioles qu'il emprisonnait dans des pots en verre.

— Pourquoi ne pouvons-nous pas les garder ? avait-il demandé tandis que les insectes luisants tournoyaient dans le pot.

— Parce qu'elles mourront si tu ne les laisses pas partir, lui avait expliqué son grand-père, et cela te rendra triste. Ne t'inquiète pas, tu en trouveras toujours d'autres à observer.

— Pourquoi s'allument-elles ?

— Elles cherchent un compagnon.

— Pour fabriquer d'autres lucioles ?

Sa question avait fait rire le vieil homme.

— Oui, et parce qu'elles ne veulent pas rester seules.

Jesse sourit en se remémorant le bon vieux temps. Il défit le loquet de la vieille porte en métal. *Tu me manques, grand-père.*

Il pénétra dans le cimetière et longea la première rangée de pierres tombales. Il s'arrêta devant les deux tombes qui se trouvaient sous le petit saule et repensa à la seule image qui lui restait de ses parents : souriant dans un album photo qu'avait fait sa grand-mère après leur mort. Il effleura du bout des doigts les noms gravés dans la pierre.

Pendant toutes ces années, on lui avait répété qu'il devait être heureux qu'ils soient restés unis dans la mort comme dans la vie, et quand son grand-père était parti lui aussi, il s'était demandé si le vieil homme rejoindrait vraiment sa femme et son fils. C'était une pensée réconfortante, mais qui ne refermait pas les fêlures qu'il sentait dans son cœur. Parfois, les mots n'étaient rien de plus que des mots.

Un bruit de pas sur les feuilles attira son attention. Wenda était agenouillée devant une tombe recouverte de fleurs. Celle de son grand-père. Elle avait dû l'entendre également, car elle se retourna et leurs regards se croisèrent. Des larmes ruisselaient sur ses joues.

— Je ne voulais pas être indiscret, dit-il.

— Ce n'est rien, répondit-elle en s'essuyant le visage. Il y a largement assez de place pour nous deux ici.

Il posa la main sur la pierre de son grand-père et s'assit près d'elle.

— Merci.

— De quoi ?

— De ne pas me demander de partir.

Il crut l'entendre soupirer, mais son visage resta impassible. Les légères coulures de son maquillage étaient les seules traces des larmes qu'elle avait versées. Tels des souvenirs, elles persistaient mais ne cherchaient guère à affirmer leur présence.

— Il aurait voulu que tu sois là.

Ils restèrent très longtemps tous les deux, sans parler. Jesse se demanda si Wenda repensait elle aussi au temps où le vieil homme était encore en vie. Peut-être ses souvenirs commençaient-ils à s'estomper, comme les siens, et la ramenaient-ils aux derniers jours, lorsque l'attente de la mort emplissait Windmere d'un brouillard de douleur.

— J'ai toujours cru qu'il ne disparaîtrait jamais, finit par dire Jesse. Même en grandissant. Il était toujours là, et je croyais qu'il ne mourrait jamais.

— Il s'inquiétait beaucoup pour toi.

— C'est vrai ?

Jesse ne pensait pas qu'il était d'un tempérament inquiet.

— Il voulait que tu sois heureux. Il avait peur, à force d'être trop exigeant avec toi, de te faire perdre de vue le bonheur, expliqua-t-elle d'un ton neutre.

Disait-elle vrai ? Probablement.

— J'ai toujours eu à cœur de ne pas le décevoir, avoua Jesse.

Cette confession fut plus difficile à faire qu'il ne l'aurait cru. Il n'avait pas été un fils parfait. Il avait gaspillé trop d'énergie dans la colère.

— Il était heureux de te savoir de retour à la maison, et il serait heureux de savoir que tu restes.

Jesse cligna des yeux pour retenir les larmes qui montaient. Il tenta de résister à la vague de chagrin que les paroles de Wenda faisaient gonfler en lui. Il aurait voulu lui répondre, mais les mots ne vinrent pas.

Elle se releva. Le silence persista mais changea de forme tels les nuages. Cela faisait du bien. Être là, l'honorer. Aucune parole n'aurait pu avoir davantage d'effet. Il vivait dans leurs souvenirs, dans un endroit trop intime pour l'évoquer à voix haute.

## Chapitre Vingt-Deux

**LORSQUE** Chris se réveilla le matin suivant, il trouva la chambre de Jesse vide encore une fois. Aucun signe de lui non plus dans la véranda. Il en conclut qu'il était resté en ville. N'ayant aucune envie de rester assis à son bureau pour écrire, il décida d'aller explorer le parc. Un peu d'exercice lui changerait peut-être les idées.

Le ciel était couvert et la température avait chuté. Chris rentra prendre une veste, puis se dirigea vers le côté ouest de la propriété, les mains dans les poches. Même si les buissons et les plantes étaient régulièrement éclaircis, la partie boisée avait un côté plus sauvage que le terrain qui entourait la maison. Une petite crique s'ouvrait au milieu des arbres, où l'eau cavalcadait sur les rochers avant de se jeter dans l'océan.

Chris en suivit les rives jusqu'à une clairière où s'élevait un mur en pierres semblable à celui qui se trouvait en haut des falaises. Comme il s'approchait, il remarqua une vieille porte en métal qui, malgré un loquet, restait entrouverte. En regardant par l'interstice, il s'aperçut que la clairière était en fait un cimetière. Les tombes étaient abritées par de grands saules qui formaient un plafond de verdure et projetaient leur ombre sur les lieux. En pénétrant dans le cimetière, Chris distingua une silhouette solitaire assise sur le mur de l'autre côté. En contrebas, se trouvait une tombe isolée couverte de bouquets de fleurs.

Bien sûr. Le 17 avril. Un an jour pour jour après la mort d'Anthony Donovan.

Chris ne tenta pas de dissimuler sa présence. Il s'avança lentement vers Jesse. Peut-être aurait-il dû le laisser seul, mais son désir d'aller vers lui l'emporta sur son hésitation. Jesse sembla ne remarquer sa présence que lorsqu'il s'arrêta près de la tombe, et pourtant, il crut lire dans le regard qu'il lui lança qu'il savait qu'il était là depuis le début.

Conscient qu'aucun mot ne pourrait alléger la peine de Jesse, Chris escalada le mur et s'assit près de lui. Ils restèrent assis côte à côte en silence pendant un très long moment.

— Merci de me tenir compagnie, finit par dire Jesse.

Les paroles semblaient dégringoler de sa bouche comme un soupir.

— Après les événements de l'autre jour, je n'étais pas sûr de te revoir.

— Je me suis mal conduit, dit Chris en secouant la tête. J'ai tiré des conclusions hâtives à ton sujet.

— Tu avais toutes les raisons d'être en colère.

— C'est vrai. Tu comptais pour moi, et quand tu m'as avoué tes mensonges, j'ai eu du mal à l'accepter.

— Je suis désolé, Chris.

— Moi aussi, je te dois des excuses.

Jesse lui lança un regard interrogateur.

— Concernant le don à Écrivains à l'école.

— Oh.

— Pourquoi ne pas m'avoir dit que tu l'avais fait juste après notre mariage ? Tu ne t'es même pas défendu lorsque je t'ai accusé de vouloir acheter ma confiance.

— Ce n'était pas important, dit Jesse en haussant les épaules. Cela n'aurait pas racheté mes mensonges. Ce n'était…

— Chut ! Chris posa un doigt sur les lèvres de son ami. Ce don… signifie tant pour moi.

Il prit une grande inspiration et s'efforça de garder une voix ferme malgré l'émotion qui l'assaillait.

— Cette association, c'est bien plus que de l'écriture. J'ai toujours eu la chance d'avoir ma mère à mes côtés. Mais ces gosses… La plupart d'entre eux n'ont personne… Bref, je veux que tu saches à quel point je suis désolé de t'avoir accusé sans tout connaître de la situation.

Jesse hocha la tête et serra ses genoux contre sa poitrine. Son corps commençait à se détendre.

— Es-tu sûr de m'avoir tout dit ? demanda Chris quelques minutes plus tard.

— Comment cela ?

— Tu as longtemps caché ton homosexualité, tu ne m'as pas dit que tu étais gay, et tu m'as expliqué les raisons de ton silence. Mais n'y a-t-il rien d'autre ?

— Non.

— J'ai bien saisi tout ce que tu m'as dit, et pourtant, tout cela ne tient pas debout.

Jesse se passa une main lasse sur le visage, et Chris lut davantage que de la gêne dans son regard. Était-ce de la peur ? De la douleur ?

— Tu as raison, finit-il par admettre. Il y a autre chose.

Il soupira avant de poursuivre.

— Je n'en ai jamais parlé à personne.

— Si c'est trop douloureux…

— Non. Non, j'ai envie de te le dire, à toi.

Ne sachant comment réagir, Chris attendit la suite.

— Ce n'est pas grand-chose, vraiment. J'étais encore gamin. J'avais onze, douze ans. C'était à l'époque où je commençais tout juste à comprendre.

Il sauta en bas du mur et balaya les tombes du regard.

— J'ai échangé mon premier baiser avec un garçon de la classe. Nous étions dans une école privée huppée. Je ne m'étais pas aperçu que d'autres élèves nous avaient vus.

Chris imagina facilement la suite. Il lui était arrivé plusieurs fois de se battre avec des garçons qui avaient compris qu'il n'aimait pas les filles. Il avait eu de la chance : quelques bons coups de poing, et on ne l'avait plus embêté.

— Ils m'ont battu. Ils… ils ont pris mes vêtements. Ils m'ont traîné dans la boue. Ils m'ont presque…

Jesse se redressa et Chris pouvait presque voir l'armure que revêtait ce petit garçon effrayé.

— Je me suis juré de ne jamais plus me mettre dans une telle position de vulnérabilité.

— Jesse. Je suis vraiment désolé.

— Pendant plusieurs années, j'ai pensé en parler à mon grand-père.

Son regard croisa celui de Chris.

— J'ignore ce qu'il en aurait pensé. Il était surprenant parfois. Finalement, j'ai tout gardé pour moi, conclut-il en haussant les épaules. Après sa mort, j'ai décidé de faire mon coming out. Plus personne ne pouvait m'atteindre : j'avais l'argent, le pouvoir, je n'attendais plus aucune reconnaissance.

Quelque chose dans son expression suggérait qu'il en attendait, de la reconnaissance – celle de Chris, par-dessus tout.

— Mais ce n'était jamais le bon moment. Être un homme supposait avoir des responsabilités auxquelles je n'étais pas préparé. Je n'étais pas prêt non plus à m'engager, et sortir avec des femmes me paraissait plus sûr. Je n'ai jamais passé la nuit avec mes copines, ni jamais laissé entendre que je désirais une relation physique. Je pensais que Moira avait compris. Je me suis mal comporté avec elle. Pour elle, peu importait que nous ne couchions pas ensemble, elle croyait que j'espérais une relation sérieuse. Au final, je lui ai fait beaucoup de mal.

Chris sauta à terre et prit la main de Jesse. Il espérait par ce geste lui signifier qu'il comprenait ses sentiments. Jesse resta silencieux, mais Chris sentait bien que le vernis sous lequel il se protégeait était en train de craquer.

— Et comment te sens-tu ? finit par demander Chris après un long moment de silence.

Il serra sa main plus fort.

— Quelle impression cela te fait-il d'être ici aujourd'hui ?

— C'est plus facile que ce que je croyais. Et un peu irréel. Je m'attends toujours à entendre sa voix rocailleuse me dire de me dépêcher…

Jesse soupira.

— J'étais à Hong Kong lorsque j'ai appris qu'il avait eu une attaque. Je suis rentré aussi vite que possible, mais il n'a plus jamais repris conscience. Il est resté en vie presque un mois après cela. Wenda et moi sommes restés à ses côtés afin qu'il ne soit jamais seul. Nous avions tout arrangé pour qu'il rentre à la maison…

Sa voix se brisa.

— Il est mort le jour suivant son retour. Je pense que c'était ce qu'il attendait : il voulait mourir dans sa maison bien-aimée.

— J'aurais aimé le connaître, avoua Chris.

Jesse et Wenda avaient aimé Anthony avec tendresse et sincérité, et Chris imaginait cet homme à l'image de son petit-fils : fier, déterminé, mais au fond d'une immense bonté.

— Il t'aurait apprécié, dit Jesse en souriant. Il aimait les gens qui n'ont pas peur de dire ce qu'ils pensent.

— Je me demande parfois s'il s'agit d'une qualité.

Jesse haussa les épaules.

— Après son mariage avec Wenda, je suis resté à l'écart. J'en voulais à Wenda, mais lorsque j'ai perdu mon grand-père… Je ne pourrai jamais rattraper le temps perdu.

— Il savait que tu l'aimais, c'est certain.

Et sans y penser, Chris effleura du bout des doigts le creux de la joue de Jesse, puis le contour de sa mâchoire.

Il s'attendait à ce que Jesse s'écarte, mais au lieu de cela, il inclina la tête pour profiter de la caresse. Chris sentait son cœur battre à tout rompre contre ses côtes, si fort qu'il se demanda si Jesse l'entendait. Il avait envie de l'embrasser, de le serrer dans ses bras pour soulager son chagrin. Mais il n'allait pas faire le premier pas. Il n'était pas prêt à en assumer les conséquences – pas encore.

Jesse se releva brusquement, et la réalité sembla reprendre ses droits. Sans un mot, il se tourna vers la tombe.

— Tu viens avec moi ?

— Bien sûr.

Chris suivit Jesse jusqu'à la cabane. Avant même qu'ils n'atteignent la falaise, il avait deviné leur destination. Plus que tout autre endroit à Windmere, la cabane rappelait son grand-père à Jesse. En revanche, il ne s'attendait pas à y trouver un panier pique-nique.

— Marcie est la coupable, dit Jesse en ouvrant le panier, le sourire aux lèvres. Quand j'étais plus jeune, je venais ici lorsque j'avais besoin de réfléchir. Elle a dû comprendre qu'aujourd'hui, j'en aurais bien besoin.

Il donna un sandwich à Chris avant de se servir lui-même, puis les deux hommes s'assirent sur le sol, Jesse en tailleur. Il faisait moins froid qu'à l'extérieur, mais Chris voyait parfois le souffle de Jesse se matérialiser dans l'air frais. Avec ses joues roses et ses cheveux ébouriffés par les bourrasques, Jesse devait ressembler à ce qu'il était lorsque Wenda était venue emménager à Windmere. Chris vit en lui le garçon maladroit en même temps que l'adulte qui avait appris à dissimuler sa véritable personnalité. Ils devaient être peu nombreux à percevoir la dichotomie. Jesse cachait bien son jeu.

— À quoi ressemblait-il ?

— L'ancêtre ?

Chris acquiesça.

— Il était fort, raconta Jesse en appuyant ses coudes sur ses genoux comme un enfant. Je me suis toujours demandé comment il avait surmonté la perte de ma grand-mère et de mes parents, les trois en moins d'un an. Il n'en parlait jamais. Il évoquait rarement ses sentiments. Attention, je savais très bien qu'il m'aimait, mais il ne me l'aurait jamais dit directement. Et je ne lui ai jamais dit non plus.

— Tu le regrettes ?

— Parfois, dit-il d'un ton déçu et peiné. Je me suis efforcé d'être le genre d'homme qu'il voulait que je sois, et j'ai réussi. Un homme qui contrôle toujours ses émotions – et qui n'avouerait jamais à son grand-père combien il l'aime.

— Tu aimes diriger la société ?

— Oui, plus que tout. J'adore mon métier, et le fait de savoir que c'est ma famille qui a construit cette entreprise la rend encore plus chère à mes yeux, dit-il en regardant par la fenêtre la vaste étendue de l'océan.

— Pourquoi voulait-il que tu te maries ? Tu m'as dit qu'il avait des idées assez traditionnelles, mais je n'ai pas l'impression qu'il était d'un tempérament romantique.

— Je ne sais pas, je n'y ai jamais beaucoup réfléchi.

Chris vit un muscle de sa joue se contracter tandis qu'il parlait.

— Je suis sorti avec de nombreuses femmes. Je ne cherchais pas à m'installer.

— Apparemment, elles ne s'en plaignaient pas.

— Cela ne m'empêche pas de me sentir coupable. Quant à Moira…

— Tu tiens à elle…

— Oui, beaucoup.

Le sourire compatissant de Chris ne l'empêcha pas de sentir les assauts de la jalousie – même s'il savait qu'il n'avait aucun droit sur Jesse.

— C'est la personne que tu es au fond de toi que j'apprécie – ce que j'en ai vu. Et je suis persuadé que ton grand-père voyait cette part de toi lui aussi, même si tu penses le contraire.

*Derrière le masque lisse, le doux Jesse, le geek.*

Jesse se détourna de la fenêtre pour le regarder.

— Merci.

Chris hésita avant de passer la vitesse supérieure, puis il se lança.

— Et je pense que Wenda l'aimerait beaucoup aussi.

En voyant se raidir les épaules de Jesse, Chris se demanda s'il n'était pas allé trop loin.

— Tu l'aimes bien, n'est-ce pas ?

— Oui. Elle n'est pas facile au premier abord, mais je l'aime bien.

— Nous ne sommes pas partis du bon pied tous les deux, et nous n'avons jamais eu l'occasion de recoller les morceaux.

Jesse pinça les lèvres et se remit à contempler les vagues par la fenêtre.

— Il n'est jamais trop tard.

Jesse sourit, mais secoua la tête.

## Chapitre Vingt-Trois

**CHRIS** ne s'attendait pas à voir Jesse au petit déjeuner le samedi matin ; aussi sa présence dans le salon fut une agréable surprise.

— Prêt pour le petit déj' ? demanda Jesse.

— Bien sûr. Tu ne travailles pas aujourd'hui ?

— On est samedi, dit Jesse en souriant avant d'ouvrir la porte qui donnait sur le couloir. S'ils ont besoin de moi, ils n'ont qu'à appeler.

— Je ne crois pas que je supporterais d'être celui que tout le monde appelle en cas de problème. C'était suffisamment compliqué pour moi de répondre correctement à toutes les commandes de chocolat et de café.

— J'adore mon travail, et j'y excelle !

— En plus tu es modeste, gloussa Chris.

— Je n'ai pas toujours eu cette confiance en moi. Et par ailleurs, j'ai encore des progrès à faire si je veux impressionner mon mari.

Chris tenta d'étouffer le minuscule frisson de plaisir qui le parcourut en entendant Jesse l'appeler comme cela. Ce n'était qu'un contrat d'affaires, rien de plus.

— Tu n'as pas besoin de m'impressionner.

— Laisse-moi au moins me rattraper en te faisant découvrir les environs. Tu n'as même pas vu la ville, il me semble ?

— Non, pas encore.

— Parfait, lança Jesse, rayonnant. Nous nous mettrons en route après le petit déjeuner.

**UNE** heure plus tard, Jesse emmena Chris au garage.

— Pas de chauffeur aujourd'hui ? demanda Chris tandis que Jesse appuyait sur le bouton qui ouvrait l'une des quatre portes.

Lorsque celle-ci s'ouvrit, surprise ! Elle révéla une moto.

— Ne me dis pas que nous allons en ville avec *ça* ? s'écria Chris.

— Pourquoi pas ? Préférerais-tu que j'appelle Randall ?

— Je… non, c'est juste que…

— … que tu n'as jamais fait de moto, compléta Jesse d'un air amusé tout en allant chercher deux casques sur une étagère.

— Non, dit Chris en prenant l'un des casques.

— Il faut un début à tout.

— Ah, tu es content de me voir flipper, plaisanta Chris tout en tentant de se débrouiller avec les lanières du casque.

— Attends, laisse-moi faire.

Jesse tira sur les lanières en effleurant la joue de Chris au passage, qui retint un soupir. Fort heureusement, Jesse parvint à ses fins rapidement et ne traîna pas.

— Alors, comment ça fonctionne ? demanda Chris d'un air méfiant.

Jesse revêtit son propre casque, sortit la moto du garage et l'enfourcha.

— Installe-toi derrière moi.

— À quoi je m'accroche ? demanda-t-il comme s'il ne connaissait pas la réponse.

— À moi.

Jesse lui lança un sourire et démarra l'engin. La moto vrombit d'abord bruyamment, puis le ronronnement s'adoucit.

*Mince*. Il fallait y aller.

— Bon, lança Chris.

Il pouvait le faire, même s'il ignorait lequel des deux était le plus gros défi : monter sur la moto ou s'agripper à Jesse. Il était confronté en même temps à deux expériences nouvelles et effrayantes... *Allez, du courage, Valentine !* Il s'installa derrière Jesse et passa les bras autour de sa taille en tentant d'ignorer le parfum qu'il portait, ainsi que la douceur et la fermeté du ventre qu'il sentait à travers le pull moulant.

— Prêt ?

*Aussi prêt que je peux l'être.*

— Prêt, confirma Chris avec plus d'assurance qu'il n'en avait réellement.

Chris le serra plus fort tandis que les battements de son cœur accéléraient au même rythme que l'engin qui dévalait l'allée. Les feuilles s'envolaient quand ils fendaient les pelouses soigneusement tondues, puis ils pénétrèrent dans la forêt qui s'étendait sur la partie nord de la propriété. Chris sentait l'air frais et vivifiant lui fouetter le visage.

Le portail s'ouvrit à leur approche, et Jesse prit la route sinueuse qui longeait la côte. Chris sentit son appréhension se muer en excitation sous l'effet combiné du vent, du ronronnement de la moto et du corps de Jesse contre le sien. Il fut presque déçu lorsque dix minutes plus tard ils arrivèrent en ville.

Jesse descendit de la moto et tendit la main à Chris pour l'aider à faire de même.

— Ça t'a plu ?

Les joues de Jesse avaient rosi et ses yeux paraissaient d'un bleu plus intense sous le soleil éclatant.

— C'était incroyable, dit Chris en posant le pied à terre, sa main dans celle de Jesse.

Celui-ci retira son casque et libéra sa chevelure emmêlée, et Chris dut se retenir de repousser une boucle rebelle. Jesse posa son casque sur la moto, bientôt imité par son compagnon.

— Prêt ? demanda Jesse, ravi que Chris ait apprécié la balade.

— Bien sûr.

Avec ses bâtiments en bardeaux, ses maisons en briques et ses lampadaires en fer forgé, la petite ville d'Oceanview semblait sortie d'une carte postale des années 1950. La plupart des magasins vendaient les babioles habituelles : des bouteilles remplies de sable, des tee-shirts imprimés avec des motifs de sirène ou de pirate, des objets évoquant la mer. Mais la ville n'était pas très touristique. Ils passèrent devant plusieurs magasins d'antiquités, dont un spécialisé dans les objets nautiques comme des gouvernails ou des boussoles vieilles d'un siècle.

Ils explorèrent les boutiques tout en discutant confortablement des trésors qu'ils découvraient sur les étagères. Chris dénicha une vieille boîte dont le couvercle était orné d'une peinture de voilier.

— Penses-tu l'offrir à quelqu'un ? demanda Jesse, perspicace comme toujours.

— À ma mère. Elle parle toujours de bateaux.

— Elle naviguait ?

— Non, mais son père était pêcheur, expliqua Chris. Elle me raconte souvent qu'elle l'aidait après l'école. Il m'a appris à naviguer sur un vieux bateau à voiles qu'il avait construit.

En pensant à sa mère, il prit conscience qu'il ne l'avait pas appelée depuis plus d'un mois.

— Ton père est-il toujours en vie ?

— Oui. La dernière fois que j'ai eu de ses nouvelles, il était sur le point de se remarier.

— Ah, vous n'êtes pas très proches ?

— Il est parti quand j'avais cinq ans, et quand il a donné des nouvelles, j'étais déjà au lycée. C'était juste pour demander le divorce.

— Ta mère n'avait pas voulu divorcer ?

— Non, elle l'aimait, expliqua Chris en haussant les épaules. Elle devait penser qu'il changerait d'avis et finirait par revenir.

Tout cela avait mis Chris en colère pendant des années, mais il avait fini par comprendre qu'il n'avait pas à valider tous les choix que faisait sa mère pour continuer à l'aimer.

— C'est une bonne mère, poursuivit-il. Nous avons toujours eu de quoi manger. Elle m'a encouragé à écrire et m'a poussé à aller à l'université. Notre appartement n'était pas bien grand, mais on s'y est toujours senti chez nous.

— Tu devrais lui proposer de nous rendre visite.

— J'y ai pensé, mais je ne suis pas sûr que ce soit une bonne idée.

— Pourquoi ?

— Je n'ai pas envie qu'elle s'attache trop à… *nous*.

— Oh, je vois.

Jesse le cacha adroitement, mais Chris vit bien qu'il était déçu. Avant qu'il puisse dire quoi que ce soit, le téléphone de Jesse se mit à sonner. Il fronça les sourcils en regardant l'écran.

— Excuse-moi, dit-il à Chris. Oui ? Charles, c'est bien toi ? Que se passe-t-il ?

Chris en profita pour aller payer la boîte au comptoir.

— Voulez-vous que je vous l'emballe ? demanda la vendeuse quand il lui expliqua que c'était un cadeau.

— Avec plaisir, merci.

— … absolument inacceptable, disait Jesse tout en observant Chris au comptoir. Bien sûr que je sais ce qu'il en est. Ça m'est complètement…

Il fronça les sourcils davantage.

— Elle n'en a même pas envie… Oui, bien sûr. Fais le nécessaire. Vas-y.

Sur ce, il appuya sur son écran comme s'il voulait le trucider et fourra le téléphone dans sa poche.

— Voilà pour vous, M. Valentine, dit la vendeuse au moment où Jesse rejoignait Chris. Et félicitations à tous les deux, ajouta-t-elle en rougissant. J'ai vu l'article dans le journal local.

— Merci, dit Chris en prenant son paquet. C'était à quel sujet ? demanda-t-il à Jesse lorsqu'ils furent sortis du magasin.

— Wenda conteste le testament.

Jesse montra du doigt l'un des restaurants devant lesquels ils étaient passés.

— Et si nous allions déjeuner ? Je te raconterai tout ça.

— Parfait.

Quarante minutes plus tard, confortablement installés dans leur box au fond de la sandwicherie et après avoir fait un sort à leur repas, Chris et Jesse étaient encore en train de déguster les mini-bières recommandées par ce dernier.

— Alors, cet appel ?

Jesse, de toute évidence agacé, commença.

— Ce n'est pas comme si je ne m'y étais pas attendu. Mais tout de même, cette histoire me tape sur les nerfs.

— Tu disais qu'elle contestait le testament, mais pourquoi ?

Wenda avait-elle quelque chose à prouver ? se demanda-t-il. Il l'avait mal jugée s'il avait cru qu'elle devenait de plus en plus sympathique avec lui. Mais même si c'était vrai, que prouvaient ces manigances ?

— Je n'en sais fichtre rien, répondit Jesse en secouant la tête. Pour me mettre hors de moi ? Pour prouver qu'elle est la plus forte ?

Il prit une gorgée de bière avant de continuer.

— Elle prétend que mon grand-père n'incluait pas dans le terme *mariage* la possibilité d'un mariage gay, et elle prétend en plus que ce mariage est une imposture.

— Ce qui est vrai.

— Elle aura du mal à gagner sur la première partie. Le mariage gay était déjà légal dans le Connecticut à la mort de mon grand-père.

— Et pour la deuxième partie ?

— Ce n'est pas facile à prouver. Elle aura besoin d'éléments supplémentaires. Je ne dis pas qu'elle ira jusqu'à engager un détective pour nous surveiller, mais soyons sur nos gardes.

— J'en parlerai à Val et Terry. Je dois les avertir qu'ils seront peut-être observés.

Chris ne craignait guère qu'ils livrent son secret, mais il préférait les mettre au courant, au cas où ils remarqueraient quelque chose de suspect. La dernière chose dont il avait besoin en ce moment, c'était que Terry brise le cou d'un homme qu'il aurait pris pour un admirateur de Val.

Jesse termina sa bière et reposa la bouteille vide sur la table.

— Bien, nous ne pouvons pas faire grand-chose de plus.


— **J'AI** réfléchi, commença Chris ce soir-là tandis qu'ils étaient assis au coin du feu.

— À quel sujet ?

— Tu disais que nous ne pouvions pas en faire davantage pour prouver que notre mariage n'est pas une imposture.

— Tu as décidé d'emménager dans ma chambre ? plaisanta Jesse.

— Non, mais j'ai d'autres idées. Il faut nous montrer en public, ajouta-t-il lorsque Jesse lui lança un sourire en coin irrésistible qui le poussa à reconsidérer l'idée de partager son lit.

— Dans quelles circonstances ?

— Marcie a dit l'autre jour que ton grand-père adorait organiser des réceptions, et j'y ai repensé. Pourquoi ne pas organiser une grande soirée ? Tu pourrais inviter les voisins ainsi que toutes tes connaissances de New York.

Le sourire de Jesse s'élargit.

— C'est une excellente idée ! C'est même parfait. Ce pourrait être notre soirée d'au revoir officielle avant notre départ en lune de miel.

— En lune de miel ? Tu veux dire que nous devrions partir en voyage ? Je pensais que nous dirions aux gens que nous n'avons pas le temps de partir pour l'instant, puis que nous abandonnerions l'affaire.

— Les jeunes mariés partent en lune de miel, c'est comme ça. Nous devons être crédibles, non ?

— Sans doute.

— Écoute, ajouta Jesse en fronçant les sourcils, tu m'as demandé de considérer notre arrangement comme un pur contrat d'affaires, et c'est ce que je compte faire. Ou bien la perspective de passer quelques semaines avec moi dans un endroit exotique te dérange-t-elle ?

Chris vit à l'expression de son visage que Jesse se sentait sincèrement offensé.

— Non, non, bien sûr que non. Ce n'est pas du tout ce que je voulais dire. Je te l'ai répété, j'apprécie beaucoup ta compagnie et je ne me serais jamais engagé si je n'aimais pas passer du temps avec toi.

— Tant mieux.

Jesse posa le livre qu'il était en train de lire.

— Je ne veux pas que tu te sentes mal à l'aise.

— Pas de problème, le rassura Chris. Et si tu penses que l'on devrait partir en lune de miel, je te suis.

— En fait, je pensais plutôt à un week-end prolongé. Je te promets que ce ne sera rien d'inconfortable pour toi.

— D'accord.

Chris était soulagé. La perspective d'un voyage à l'autre bout du monde était alléchante, mais il ne se voyait pas passer plusieurs semaines en tête-à-tête intime avec Jesse.

— Super. Je vais en parler à Marcie et James, dit-il en bondissant sur ses pieds. On se retrouve demain matin pour le petit déjeuner ? Je dois me rendre à Manhattan, donc je mangerai vers sept heures.

— Ça me va.

— Bonne nuit, Chris.

— Bonne nuit, Jesse.

Chris le regarda s'éloigner, puis s'enfonça dans son fauteuil. *Comme un vieux couple...* Il se moqua de lui-même. Qui croyait-il duper ? *Personne d'autre que toi*, se dit-il aussitôt. *Personne d'autre que toi.*


**MARCIE** afficha un franc sourire en voyant Chris et Jesse arriver ensemble au petit déjeuner, même si elle se garda bien de tout commentaire. Le seul signe de la présence de Wenda était les fleurs coupées qu'elle insistait pour disséminer dans la maison.

— J'ai un rendez-vous à dix-sept heures avec mes avocats, dit Jesse en se levant de table. J'aimerais bien dîner avec toi, si cela ne te dérange pas d'attendre. Je devrais être rentré pour vingt et une heures.

— D'accord, je pourrai attendre. J'ai du pain sur la planche aujourd'hui.

— Ton manuscrit ?

— Je suis presque prêt à l'envoyer à mes relecteurs. Toujours intéressé ?

— Tu plaisantes ? Je ne raterais cela pour rien au monde. Je le chargerai sur ma tablette. J'aurai tout le temps de le lire pendant les trajets entre ici et New York, dit Jesse, manifestement transporté par cette perspective.

— Je devrais avoir terminé dans un jour ou deux. Je te l'enverrai, promis.

Jesse quitta la maison peu après, et Chris s'aperçut qu'il était triste de le voir partir.

## Chapitre Vingt-Quatre

**JESSE** raccrocha le téléphone et leva les yeux vers l'écran de son ordinateur. Pas moyen de joindre Wenda. Il avait cru qu'elle allait laisser tomber – ou plutôt, il l'avait espéré – mais le juge avait accepté sa demande d'audience. Et Jesse ne pouvait rien y faire…

— M. Donovan, appela la voix d'un de ses assistants dans l'interphone. James, sur la ligne une.

— Merci.

Il prit la communication.

— James, du nouveau ?

— J'ai confirmé le rendez-vous de samedi avec Charlène. Elle me fait dire qu'il lui sera rigoureusement impossible de faire les choses comme elle l'entend dans des délais si courts.

— Je suis sûr que le petit supplément que j'ai prévu lui fera oublier ses inquiétudes.

Jesse était sûr qu'elle ferait le travail correctement, mais il ne l'avait prévenue qu'à la dernière minute et elle méritait bien une récompense pour ses bons et loyaux services.

— En effet, dit James l'air amusé. Elle a cessé de se plaindre dès que je l'ai mentionné.

— Parfait, dit Jesse en songeant que si la soirée se déroulait vraiment bien, il ajouterait encore un autre supplément.

— Elle va s'occuper des sièges, de la décoration et du groupe de musiciens. Marcie est en pleines négociations avec le traiteur. Nous avons déjà reçu une centaine de confirmations alors que les invitations ne sont parties qu'hier.

— Impeccable.

Jesse avait craint qu'il n'y ait pas suffisamment d'invités, car les invitations avaient été envoyées au dernier moment. Heureusement, les talents de Charlène s'étendaient au-delà de la décoration intérieure. Elle avait déjà organisé à Windmere de somptueuses réceptions.

— Plusieurs invités se sont plaints de ce que vous n'avez pas de liste de mariage.

Mince, il avait complètement oublié.

— Appelez Charlène, s'il vous plaît, et demandez-lui de transmettre à tous les invités une liste d'associations de bienfaisance. Elle peut les envoyer par coursier. Je vais vous envoyer le document au cas où vous auriez à répondre à quelques appels avant que Charlène n'ait pu envoyer la liste à tous.

— Merci, Monsieur. Autre chose ?

— Oui. J'aimerais que vous contactiez Marjorie Valentine.

— La mère de M. Valentine ?

— Oui, répondit Jesse en souriant. Il vous a donné son numéro de téléphone, je crois ?

— En effet.

— Il aimerait qu'elle soit présente à la fête si c'est possible, mais j'aimerais que cela ne s'ébruite pas trop.

— C'est une surprise ?

— Oui, si elle est partante. Qu'elle s'installe dans le Cottage du Saule, et demandez à Charlène de lui faire envoyer quelques robes. Ainsi qu'une coiffeuse-maquilleuse si elle le désire.

— Charlène sera ravie, dit James. Elle frémit d'impatience d'organiser votre mariage depuis qu'elle s'est occupée de celui de votre grand-père.

— Merci pour tout, James.

Le souvenir du mariage de son grand-père avec Wenda n'était pas des plus agréables, mais il n'allait pas le laisser gâcher la fête. Rien que pour Chris, il voulait que ce soit un jour exceptionnel.

Il raccrocha et marcha jusqu'à la fenêtre qui surplombait le port de New York. Un bateau de touristes dessinait une boucle tranquille autour de Liberty Island et s'apprêtait à emprunter l'East River. Plusieurs bateaux à voiles sillonnaient la baie, et Jesse aurait voulu être à bord de l'un d'eux au lieu de se débattre avec les chiffres des ventes du dernier trimestre. Encore une heure de dur labeur, et il rentrerait à la maison pour la nuit. Il retrouverait Chris.

Ce dernier n'avait pas tort. Il n'aurait jamais dû lui mentir au sujet de ses préférences sexuelles. Et même s'il lui avait dit la vérité, à savoir qu'il avait caché sa véritable personnalité afin de ne pas décevoir son grand-père, il savait bien qu'il n'était encore pas tout à fait honnête. Il voulait connaître Chris davantage et découvrir si leur amitié pouvait évoluer en une relation plus romantique. Il ferait tout ce qui était en son pouvoir pour se réconcilier avec lui. Et si jamais, par hasard, Chris avait d'autres désirs…

Chaque chose en son temps. Il devait tout d'abord s'occuper de Wenda et de ses envies de prise de pouvoir. Il trouverait bien un moyen de séduire Chris. Tout n'était qu'une question de temps.

**JESSE** arriva à la maison vers neuf heures. Il passa la tête par la porte de la cuisine, où Marcie sortait quelques baguettes du four. Deux pains attendaient déjà sur une grille sur le plan de travail.

— Ah, Marcie, vous êtes une déesse et je me prosterne à vos pieds, dit-il en lui déposant un baiser sur la joue.

— Doucement, doucement, l'avertit-elle.

Jesse arracha un bout de baguette en souriant.

— Si vous m'abandonniez, j'en mourrais !

— Vous feriez mieux de ne pas traîner ici. Votre homme vous attend sur le patio.

— Vraiment ?

Il fourra un morceau de pain dans sa bouche et fit mine de s'évanouir.

— Je suppose que je ne peux pas en avoir davantage pour l'instant ?

— Dehors ! Allez, ouste !

Il se dirigea vers le patio en riant, laissant au passage sa veste et sa cravate sur une chaise. Il ouvrit les premiers boutons du col de sa chemise.

Dès qu'il pénétra sur le patio, Chris se leva, chevelure au vent dans la brise océane. Ses cheveux avaient poussé depuis son arrivée à Windmere, et Jesse les aimait bien ainsi.

— Bienvenue à la maison.

— Merci, dit Jesse en chassant de son esprit l'image, sans doute issue d'un univers parallèle, de Chris accourant pour l'embrasser.

Il prit une chaise.

La table était recouverte d'une nappe provençale qui, avec les plats peints à la main et le bouquet de tournesols et de fleurs sauvages bleues, lui rappelait la France. Des lanternes en papier coloré étaient suspendues au-dessus d'eux, et une bouteille de champagne attendait son heure dans un seau de glace.

— En quel honneur ?

Les yeux verts de Chris pétillèrent de plaisir lorsqu'il prit la bouteille.

— J'ai mis la touche finale à la première version d'*À l'abordage du passé*, annonça-t-il. Je l'enverrai dès demain à tous mes relecteurs – y compris toi.

— Bravo ! J'ai hâte de le lire.

— Tu en as pour un moment, dit Chris avec coquetterie tout en plaçant une serviette sur le bouchon de la bouteille, qui s'ouvrit avec un bruit sec. Presque deux cent cinquante mille mots, c'est-à-dire le double de la série des Valhron.

— Félicitations, dit Jesse en levant son verre.

— Merci, dit Chris en trinquant. Je n'y serais pas arrivé sans ton aide.

— Tu l'aurais terminé quelles que soient les circonstances, j'en suis sûr.

Chris secoua la tête.

— Cela faisait trois ans que ce livre avançait tant bien que mal, mais je n'avais jamais le temps de m'y plonger.

— Chris, je…

— Grâce à toi, j'ai eu tout le temps dont j'avais besoin et un endroit au calme pour écrire.

— Je suis content. C'est bien que tu aies finalement changé d'avis.

— Je ne regrette pas de t'avoir épousé.

Jesse savait bien qu'il ne faisait allusion qu'aux avantages pratiques de leur accord, mais il ne put s'empêcher d'imaginer d'autres sentiments chez son interlocuteur.

— Excusez-moi de vous interrompre, dit Marcie en déposant les assiettes devant eux. Je me suis occupée du reste, ajouta-t-elle en faisant un clin d'œil à Chris.

— Merci beaucoup.

— C'est quoi ce « reste » ? interrogea Jesse une fois Marcie disparue dans sa cuisine.

Chris ne répondit pas, préoccupé par sa cuisse de poulet, mais Jesse crut le voir sourire.

— Alors, le travail ? enchaîna Chris.

— Bien, tout va bien.

Jesse continuait d'étudier Chris tout en mangeant sa purée de pommes de terre.

— Mais je préfère ne plus y penser ce soir.

— Bien.

Pas de doute, Chris arborait un sourire mystérieux.

— La routine. Nous avons reçu une commande d'un producteur hollywoodien pour un yacht, et nous sommes sur le point de livrer un pétrolier à un acheteur asiatique. Alors, poursuivit-il en prenant une gorgée de vin, que vas-tu faire maintenant que tu as terminé ton chef-d'œuvre ?

— Je te rappelle qu'il n'est pas tout à fait fini, répliqua Chris d'un air enjoué.

Jesse ne l'avait jamais vu aussi heureux.

— Mais j'ai déjà une idée pour une autre série.

— Steampunk ?

— Fantasy urbaine et voyage dans le temps.

— Oh, et puis-je connaître l'intrigue ?

— Pas encore, elle n'est d'ailleurs pas très claire dans mon esprit. Mais tu seras le premier à la connaître.

— Je retiens.

Jesse se sentit soudain plein d'espoir à l'idée qu'il serait le premier à découvrir le prochain projet de Chris. *Que dois-je donc faire pour te montrer comme nous serions bien ensemble, Chris ?*

— J'essaierai de ne pas te harceler de questions.

La suite du repas se déroula dans un silence qui n'était troublé que par le bruit des vagues sur les rochers et les coassements de quelques grenouilles. La lueur des lanternes semblait s'intensifier au fur et à mesure que le ciel s'assombrissait, jusqu'à devenir d'un noir d'encre. Jesse se demanda si Chris percevait à quel point ce cadre était romantique.

— J'ai vu Charlène aujourd'hui, dit Chris qui posa ses couverts sur la table et s'appuya sur le dossier de sa chaise. Elle m'a dit que tu l'avais engagée pour organiser la fête de la semaine prochaine.

— Elle n'était pas ravie de n'avoir qu'une semaine, mais elle s'en sortira à merveille, comme toujours.

— Elle m'a dit que je devais m'acheter un nouveau costume pour l'occasion, dit Chris d'un air dépité.

— Je suis sûr que Val serait ravie de t'aider à le choisir. J'ai vu qu'elle et Terry avaient répondu : ils seront présents à la fête.

— Le shopping est une véritable torture pour moi.

— Pourtant, tu n'avais pas l'air si malheureux lorsque nous avons choisi ton costume pour le mariage, remarqua Jesse.

Chris faisait la moue pour essayer d'échapper à cette corvée, et il était absolument craquant.

— Ça m'a plu parce que nous étions tous les deux.

— C'est vrai ?

Il avait pensé que Chris serait plus à l'aise avec Val, et cet aveu le fit sourire.

— Je devrais pouvoir déplacer quelques rendez-vous si tu…

— Non, Val sera ravie. Elle n'arrête pas de me dire que je suis le zèbre à carreaux de la communauté gay parce que je déteste faire les magasins. En plus, ajouta-t-il avec un petit sourire en coin, je pourrai te faire la surprise…

— J'ai hâte de voir ça.

— À propos de surprise…

Chris se leva et prit la main de Jesse.

— Ferme les yeux.

— Ai-je des raisons de m'inquiéter ? plaisanta Jesse tandis que Chris lui faisait traverser la pelouse jusqu'à l'autre côté de la maison.

— Peut-être. Nous ne sommes pas loin des falaises.

— Je place ma vie entre tes mains moites.

Chris éclata de rire.

— Mes mains ne sont pas moites. Ce sont les tiennes !

— Je n'ai jamais les mains moites, rétorqua Jesse en imaginant le sourire espiègle de Chris, mais il se retint d'ouvrir les yeux pour vérifier.

— D'accord, elles ne sont peut-être pas moites. Mais n'en fais pas trop tout de même, on n'est pas au théâtre.

— J'étais président du Club Shakespeare à l'université, confessa Jesse.

— Geek des pieds à la tête…

— Je plaide coupable. On arrive bientôt ?

— Oui, dit Chris en lui serrant la main. Ne bouge pas, d'accord ? Et n'ouvre pas les yeux.

— Bien, chef.

Jesse percevait l'odeur d'un feu de bois, et le rayonnement de la chaleur lui réchauffait les joues. Au côté sud de la maison, derrière l'abri de jardin, se trouvait un cercle de pierres où l'on pouvait faire du feu, et à en juger par le crissement des graviers sous leurs pieds là où ils s'étaient arrêtés…

— Vas-y, ouvre les yeux maintenant !

Comme il l'avait deviné, un feu brûlait dans le cercle de pierres. Les étincelles s'envolaient dans le noir avant de disparaître.

— J'adorais faire des feux ici, raconta-t-il, soudain envahi par la chaleur des souvenirs.

— Il se peut que Marcie m'en ait parlé, en effet, dit Chris d'un ton amusé.

Il tenait deux brochettes dans la main droite et un panier dans la main gauche.

— Du chocolat Hershey, des Chamallows et des crackers.

— Je n'aurais jamais cru qu'elle s'en souviendrait…

— Je lui ai demandé ce que tu aimais tout particulièrement quand tu étais petit, et c'est ce qui lui est tout de suite venu à l'esprit.

La sensation de chaleur que Jesse ressentait en son cœur ne venait guère des flammes.

— Merci. Je ne sais pas quoi dire.

— Il n'y a rien à dire, répondit Chris en lui tendant une brochette et le sac de Chamallows. C'est l'heure du dessert.

Ils s'installèrent sur des chaises pliantes à côté du feu et commencèrent à faire griller les Chamallows.

— Tu es censé faire un sandwich, expliqua Jesse à Chris qui engouffrait son deuxième Chamallow.

— Je garde les sandwichs pour plus tard. Je n'ai jamais été très patient.

Il attrapa la masse brûlée accrochée à sa brochette et la fourra dans sa bouche, puis présenta fièrement ses doigts collants à Jesse.

Celui-ci fit un sourire théâtral avant de retirer délicatement de sa brochette deux Chamallows dorés à point pour les poser sur un cracker avec deux carrés de chocolat.

— Voilà, parfait, dit-il en offrant avec orgueil sa création à son compagnon. Tu m'en diras des nouvelles.

Chris mordit dans le s'more.

— Pas mal. Il y a juste cette partie noire qui…

Il n'eut pas l'occasion de terminer sa phrase, car un Chamallow lancé par Jesse l'atteignit sur le nez.

— Il tire, et il marque !

— Tu vas le regretter à un point, tu n'imagines même pas, dit Chris en se levant pour essuyer ses mains collantes sur les joues de Jesse.

— Ah tu veux jouer à ça ?

Jesse pinça les lèvres et attrapa une poignée de Chamallows qu'il écrabouilla entre ses mains.

— Quel coup nous préparez-vous, M. Donovan ? demanda Chris en reculant.

— On fuit la bataille ?

— Certainement pas, affirma Chris en se postant les mains sur les hanches avec un air de défi.

Jesse fourra tous les Chamallows dans la chemise de Chris par l'ouverture du col.

— Je suis heureux que l'un de nous sache se comporter en adulte.

Jesse se mit à rire, bientôt suivi de Chris, et tous deux se ruèrent sur le paquet de Chamallows qu'ils finirent par déchirer en deux. Ils se bombardèrent de friandises, et des morceaux de Chamallows atterrissaient aussi bien dans le feu que sur la pelouse. Finalement, il n'y eut plus rien à jeter, et les deux hommes s'effondrèrent sur le sol, riant jusqu'à n'en plus pouvoir.

— Marcie va nous tuer, finit par dire Chris.

— Je crois que j'ai besoin d'une douche, dit Jesse en se débarrassant d'un morceau gluant collé dans ses cheveux.

— J'aime bien ton nouveau look. Très raffiné, commenta Chris en tendant le bras pour décoller à son tour un morceau des cheveux de Jesse.

Son bras effleura la joue de Jesse, qui réprima un soupir. Chris était tout près de lui, un point de suie noire sur son nez adorable… *Ressaisis-toi !* Il prit une grande inspiration et se leva.

— À la douche, dit-il en commençant à ramasser les Chamallows éparpillés sur la pelouse. Mais d'abord, nous devons ranger tout ce désordre.

Chris hocha la tête.

— Merci, dit Jesse sur le chemin de la maison quelques minutes plus tard. C'était une soirée inoubliable.

— Oui, acquiesça Chris. Inoubliable.

## Chapitre Vingt-Cinq

**LE** fameux samedi soir arriva rapidement. Les deux hommes avaient passé la matinée à la plage : Jesse à lire le manuscrit tout juste achevé, et Chris à somnoler tranquillement sur une couverture à ses côtés.

— J'ai quelque chose pour toi, lui dit Jesse lorsqu'ils furent de retour à la maison. Je me suis dit que ce serait mieux de te le donner maintenant plutôt que d'attendre l'arrivée des invités.

Il se dirigea vers un bureau ancien qui se trouvait dans un coin de la pièce.

— C'est un cadeau de mariage.

— Jesse… Il ne fallait pas.

Jesse souriait, mais une ombre semblait ne pas quitter son regard.

— Je tenais à ce qu'il te revienne.

Et il tendit à Chris un petit paquet blanc sobrement entouré d'un ruban. Chris le prit, défit le nœud et le papier. Il reconnut l'ouvrage instantanément : les sonnets de Shakespeare. Le recueil que lui lisait Jesse quand il était malade.

— Jesse…

Voir à quel point Jesse était nerveux renforçait la gêne de Chris.

— C'est… merci.

Le sourire de Jesse s'élargit et il sembla soulagé.

— Il fallait que je te le donne.

Chris posa le livre et prit son ami dans ses bras. Il savait bien que ce n'était probablement pas une bonne idée, mais il avait aussi le sentiment que c'était ce qu'il avait à faire. Le soupir sonore que poussa Jesse le fit frissonner. C'était si bon de le tenir contre lui… Chris s'écarta. Ce n'était pas juste. Jesse se cantonnait à sa part du marché, et Chris n'avait pas à le pousser dans ses retranchements.

— Je vais faire une petite sieste, dit Jesse avant que Chris ait le temps d'ajouter quoi que ce soit. On se retrouve vers dix-sept heures ? On peut descendre ensemble si tu veux.

— D'accord. Repose-toi bien.

Jesse se retira dans sa chambre et ferma la porte doucement. Chris resta un moment à fixer l'endroit où il s'était tenu, puis il prit le livre et alla dans sa chambre à lui, où il finit après un long moment d'hésitation par le poser sur la table de chevet.


**QUELQUES** minutes avant cinq heures, Chris retrouva Jesse dans le salon de leurs appartements.

— Waouh ! Nouveau costume ? lança ce dernier avec un sourire taquin. Val a bon goût.

Chris haussa les sourcils en riant.

— Tu sais très bien que c'est un nouveau costume. Et je te signale que c'est moi qui l'ai choisi en personne, même si Val était là pour me fournir toutes les informations nécessaires concernant la dernière mode.

Il avait acheté le costume à Manhattan en compagnie de Val, mais c'était bien lui qui avait déniché le bon numéro chez Barneys. Et il se sentait très élégant dans l'ensemble bleu marine en laine italienne qui se révélait bien plus doux et confortable qu'il ne l'aurait cru.

Val lui avait dit que lorsqu'il portait ce costume, ses yeux verts prenaient *la teinte de l'océan lorsque le soleil s'y perd*, et à part l'ourlet qu'il avait fallu y faire, il semblait taillé sur mesure.

— On dirait un mannequin, lui avait-elle dit lorsqu'il l'avait essayé sur une chemise menthe et une cravate à motif cachemire. Les femmes de la soirée ne verront que toi.

Il leva les yeux au ciel et Val lui lança un regard entendu.

— Qu'est-ce que tu attends, Chris ? Ne me dis que tu veux simplement faire bonne impression auprès de ses amis. Tu as beau tenir l'éternel discours *Il ne s'agit que d'affaires*, je vois bien qu'il te fait complètement craquer.

Le costume avait coûté une petite fortune, mais il en valait sans doute la peine. Après tout, il serait l'objet de tous les regards pendant la fête. Sans compter que lire la satisfaction sur le visage de Jesse vaudrait bien chaque penny déboursé. Mais lorsque Jesse le détailla des pieds à la tête sans réussir à masquer son désir,

Chris comprit que Val avait raison. Jesse avait tenu sa promesse, et c'était au tour de Chris d'avoir d'autres attentes par rapport à leur arrangement.

*Mauvaise idée.*

— Tu es splendide, Chris.

— Tu n'es pas trop minable non plus.

Bel euphémisme. Jesse était si beau que Chris allait avoir du mal à rester concentré sur les invités.

— Est-ce une boucle d'oreille ? demanda-t-il.

— Elle te plaît ?

— Oui, super.

Chris écarta les cheveux de Jesse afin de mieux apprécier, et ce dernier frémit à son contact.

— Pardon. J'aurais dû te demander si ça ne te dérangeait pas que je regarde.

— Je t'ai dit que je ne te ferais plus d'avances, mais je ne vais pas te mentir et te dire que tu ne m'attires plus. Tu es splendide ce soir. Même si je te trouve beau tous les jours.

— Merci.

Chris prit une profonde inspiration et se répéta qu'il était mieux pour tous les deux que les choses en restent là. Jesse sourit et pour la première fois depuis longtemps, Chris s'autorisa à observer ses fossettes. *Irrésistible.*

— Et si nous y allions ? proposa Jesse en lui offrant sa main.

Leurs doigts s'entrelacèrent et Chris se sentit attiré vers lui, comme à chaque contact physique. Il devina la même sensation chez Jesse, mais lorsqu'il se tourna vers lui, il était impassible. Chris devait se sortir ces idées de la tête. Si Val lisait si facilement en lui, il ne pouvait pas espérer tromper Jesse bien longtemps.

*Et alors ? Vous êtes deux adultes consentants,
non ?* Certes, mais si leur relation tournait mal, ils
auraient encore devant eux toute une année de vie
commune. Une très, très longue année.

LA propriété était parée de blanc et d'argent. De
minuscules lampes illuminaient l'entrée comme autant
d'étoiles, et lorsque Jesse et Chris descendirent ensemble
le grand escalier qui donnait dans le hall d'entrée, Chris
vit que toutes les rambardes étaient décorées de même.
Des bougies avaient été allumées dans toutes les pièces
du rez-de-chaussée, si bien que presque aucun éclairage
supplémentaire n'était nécessaire. Des plantes de la
véranda avaient été disposées un peu partout dans la
maison, et des compositions de lys blancs, roses et
freesias trônaient sur les manteaux de cheminées et
au centre des tables. Marcie avait engagé des serveurs
supplémentaires pour l'occasion, et bien loin d'être
écrasée par le défi monumental de nourrir trois cents
personnes, elle débordait d'enthousiasme. La dernière
fête donnée à Windmere remontait à bien longtemps, et
Marcie était sans aucun doute dans son élément.

— Nous prendrons les cocktails dans la véranda,
expliqua-t-elle, puis le dîner dans la salle de bal, avant
de céder la place à la piste de danse.

— C'est magnifique, chuchota Chris à l'oreille de
Jesse tandis qu'ils progressaient parmi les murmures
des invités.

Jesse lui serra la main un peu plus fort, et de petites
rides de plaisir apparurent au coin de ses yeux.

Les invités commençaient à remplir la véranda,
où un quatuor à cordes jouait du Mozart. Jesse faucha

deux flûtes à champagne sur le plateau d'un serveur qui passait et en donna une à Chris.

— J'espère que tu ne m'en voudras pas, dit-il à Chris après lui avoir présenté quelques connaissances, mais j'ai une surprise pour toi.

— Pour moi ?

— Je vais te montrer.

Il le guida jusqu'à un petit renfoncement où les arbres qui partout ailleurs touchaient le plafond se courbaient légèrement pour créer une arche de verdure.

— Tu m'attends ici ?

— D'accord.

Jesse disparut dans la cuisine. Depuis son recoin au milieu des arbres, Chris pouvait observer le grouillement des invités. La plupart d'entre eux portaient des tenues luxueuses, mais certains étaient habillés de façon plus ordinaire, et Chris supposa qu'il s'agissait de gens de la ville avec qui Jesse avait grandi.

— Chris ? appela une voix derrière lui.

Chris se retourna et resta figé.

— Maman ? Mais comment… ?

La mère de Chris portait une ravissante robe vert pâle qui s'accordait parfaitement avec ses yeux. Ses cheveux bruns étaient relevés en un chignon et sa frange nettement coupée encadrait son visage ovale. Elle portait de simples boucles d'oreille en argent que Chris lui avait offertes lors du Noël précédent.

— Tu es splendide, Maman.

Elle se jeta dans les bras de son fils qui la serra contre lui pendant un long moment, car il avait toujours du mal à croire qu'elle était bien là.

— Ton charmant époux m'a invitée, dit-elle une fois qu'ils se furent écartés. Tu n'es pas fâché, j'espère ?

— Si je suis fâché ?

Chris la prit de nouveau dans ses bras.

— C'est la meilleure idée de la soirée !

Les yeux de sa mère se remplirent de larmes, puis elle se ressaisit et s'écarta de nouveau afin de pouvoir mieux l'observer.

— Le mariage te va bien, dit-elle avec un sourire radieux.

Puis elle se pencha pour ajouter en chuchotant :

— Et ton mari est plutôt bel homme.

Chris lança un coup d'œil en direction de Jesse, qui les observait depuis la porte de la cuisine.

— Merci, répondit-il.

Jesse paraissait soulagé. Il les rejoignit, et Chris lui prit la main.

— Je suis logée dans le Cottage du Saule, raconta Marjorie tout excitée. C'est ravissant. Marcie m'a fait envoyer un snack à mon arrivée, puis quelqu'un est venu avec plusieurs robes, et Mallory m'a coiffée et maquillée. J'étais comme une princesse, ajouta-t-elle en rougissant.

— Combien de temps restes-tu ? demanda Chris, les yeux embués.

— Jusqu'à lundi matin seulement. Jesse m'a proposé de rester plus longtemps, mais je n'ai pas pu avoir davantage de congés.

— M. Donovan, interrompit James, je vous prie de m'excuser, mais Mme Charlène dit que c'est l'heure du toast.

Chris offrit son bras à sa mère, et tous deux suivirent Jesse jusqu'au centre de la pièce où les conversations s'interrompaient déjà au tintement d'un couteau sur un verre. Jesse attendit le silence complet, puis il prit la main de Chris.

— Merci à tous d'être venus, commença-t-il. Pour ceux d'entre vous qui ne le connaissent pas encore, je vous souhaite de rencontrer ce soir Chris, mon merveilleux époux.

Il se tourna vers Chris avec une telle expression de bonheur sur le visage que ce dernier se demanda si elle était vraiment feinte.

— Je ne vais pas vous ennuyer avec d'interminables discours. Nous voulons tout simplement que vous vous amusiez et que vous passiez une agréable soirée.

Jesse devint plus grave tout à coup.

— La seule chose qui manque à cette soirée, c'est mon grand-père.

Jesse se tourna vers la gauche, vers Wenda qui se tenait au milieu d'un groupe d'invités que Chris ne connaissait pas. Elle sembla hésiter une fraction de seconde avant de lever son verre.

— Mais l'esprit de mon grand-père est parmi nous.

Jesse leva son verre.

— À mon grand-père. Et à Chris. Les deux hommes de ma vie.

Quand tous les invités eurent levé leur verre, Jesse se pencha vers Chris.

— Veux-tu dire quelque chose ? lui demanda-t-il.

— Non, tu as tout dit. C'était parfait.

Si parfait que s'il avait décidé de porter un toast, Chris n'aurait peut-être pas réussi à le faire sans verser quelques larmes. Il ne comprenait pas pourquoi les paroles de Jesse, clairement destinées à Wenda, l'avaient atteint à ce point. Peut-être la présence de sa mère et sa joie de le voir si heureux avaient-elles déclenché toutes ces émotions en lui. Il se força à sourire à Wenda, but le fond de sa coupe de champagne et s'en resservit une dès qu'un serveur passa à proximité.

**LORSQUE** Chris entra dans la salle de bal en compagnie de Jesse, le groupe jouait un air de Benny Goodman qu'il connaissait de la collection de son grand-père, et une dizaine de couples se dirigèrent vers la piste de danse. Marjorie et Wenda étaient assises à une table près de la piste et discutaient autour d'un verre comme de vieilles amies.

— Ne t'inquiète pas pour ma mère, dit Chris à Jesse. Elle se débrouille très bien toute seule.

Il se garda bien d'ajouter que Wenda et sa mère se ressemblaient bien plus qu'il n'y paraissait.

Jesse présenta Chris à Peggy, qui avait un magasin en ville et se répandit en compliments sur Jesse, décrivant en long et en large comment il avait l'habitude de venir acheter des bonbons dans sa boutique quand il était petit. Une main vint taper sur l'épaule de Jesse, et Chris se retrouva seul avec Peggy, qui lui raconta que le grand-père et le petit-fils avaient pour coutume d'organiser chaque été un grand pique-nique à base de palourdes dans leur jardin.

— Les petites filles se faisaient toutes belles pour Jesse. Mais il n'avait pas l'air très intéressé, ajouta-t-elle après-coup.

Chris parvint à échapper à l'histoire suivante et se faufila jusque Wenda et sa mère. Il chercha Jesse du regard, et finit par l'apercevoir en pleine danse avec une jolie blonde qui lui était vaguement familière. Elle portait une robe sans bretelles qui dévoilait une partie non négligeable de son anatomie, y compris une impressionnante paire d'interminables jambes, et s'agrippait à Jesse comme s'ils étaient de vieux amis… voire davantage.

— Ne sont-ils pas mignons tous les deux ? lança une voix derrière lui.

— Que… comment ?

Chris se retourna et vit une blonde d'une cinquantaine d'années aux cheveux impeccablement ondulés, qui portait un tailleur pantalon fuchsia. Elle semblait sortie d'un film des années 50, et ressemblait de façon frappante à la jeune femme qui dansait avec Jesse.

— Clara Kensington, annonça-t-elle en regardant Chris d'un air amusé.

*Moira Kensington.* Chris se rappela où il avait vu la jeune femme : sur les innombrables photos qu'il avait trouvées sur Google. L'héritière de l'empire Kensington. Celle-là même sur qui il avait parié avec Val au sujet de son éventuel mariage avec Jesse.

— Ravi de vous rencontrer, Clara, lui dit Chris en lui tendant une main qu'elle ne serra pas.

— J'ai entendu des rumeurs, dit-elle le regard rivé tel un laser sur le couple qui dansait. Il paraîtrait que le testament de son grand-père exigeait qu'il se marie.

Elle soupira en secouant la tête.

— Une fois ce détail réglé, il comprendra qu'il désire un véritable mariage.

Chris sentit son estomac se nouer. Elle avait raison, en tout cas en ce qui concernait leur mariage.

— Je sais que j'ai beaucoup de chance d'avoir épousé Jesse, dit-il d'une voix aussi blanche que le sourire dont il la gratifia.

Il n'avait pas besoin qu'elle lui rappelle qui attendrait dans les coulisses une fois l'année écoulée. À la fin du morceau, Moira ne sembla pas disposée à chercher un autre partenaire. Il fallait bien accorder à Jesse qu'au début de la chanson suivante, il fit tous les efforts possibles pour se débarrasser d'elle. Chris commençait à en avoir assez de toute cette comédie. Il prit une grande inspiration et marcha vers eux d'un pas déterminé, puis glissa un bras autour de la taille de Jesse.

— Désolé de vous interrompre, dit-il à Moira qui le toisa d'un air irrité, mais c'est notre chanson.

Jesse haussa les épaules et commença à faire tourner Chris.

— J'ignorais que *Rock Around the Clock* était notre chanson, chuchota-t-il.

— Pas de doute là-dessus pourtant, répliqua Chris. Et vous dansez diablement bien, M. Donovan.

— Merci. Et merci aussi d'être venu me secourir.

Jesse semblait sincèrement soulagé.

— Moira sait se montrer implacable parfois.

Chris se mit à rire.

— Implacable ?

— Oui, je rafraîchis mon vocabulaire. C'est pour le bien de mon romancier de mari, lui lança Jesse tandis que Chris plongeait sous son bras pour effectuer un saisissant tour sur lui-même. Tu n'es pas mauvais danseur non plus, soit dit en passant.

— Je prends cela comme un compliment. Mais je pense qu'il te faudra trouver encore un autre terme pour qualifier la mère. *Insupportable*, peut-être ?

— Je suis vraiment désolé. J'espérais que Clara saurait se tenir.

— J'ai sans doute eu droit à un bel échantillon de ce dont elle est capable, dit Chris en faisant virevolter son partenaire.

Tous les autres danseurs avaient déserté la piste. Moira avait rejoint sa mère et leur lançait des regards noirs. *Tant mieux pour elle.*

La foule applaudit lorsque la musique cessa, tandis que les jeunes mariés reprenaient leur souffle.

— Je rêve ou Wenda nous applaudit ? demanda Jesse les yeux écarquillés.

En effet, Wenda et Marjorie les applaudissaient toutes les deux. Chris croisa le regard de la première, et elle lui sourit. Pas un léger sourire de courtoisie, mais un sourire sincère et généreux qui lui fit chaud au cœur, d'autant plus qu'il savait qu'il n'en était pas l'unique destinataire, même si Jesse n'en aurait pas dit autant.

— Elle nous applaudit, tu ne rêves pas.

Chris regarda en direction de Moira et Clara. Cette dernière plissa les paupières et prononça des paroles qui firent grimacer sa fille. Chris était presque désolé pour Moira, mais la mère commença à s'avancer vers eux, l'air mauvais. *Pas ce soir.* La soirée était trop belle pour la gâcher, et Jesse en était le roi.

Chris attira son mari vers lui et l'embrassa. Jesse s'abandonna entièrement. Il prit le visage de Chris entre ses mains, et celui-ci soupira. Son intention avait été d'ajouter un élément au spectacle, le clou d'une soirée chorégraphiée expressément pour mettre fin aux rumeurs ; mais le contact des doigts de Jesse sur sa joue et la montée de désir qui le frappa tel un ouragan lui firent bientôt oublier qu'ils se trouvaient au beau milieu d'une salle de bal sous les yeux d'une centaine de personnes.

Son corps ne tarda pas à réagir. Il sentit son sexe se durcir malgré les rappels de son cerveau qui lui criait que c'était un jeu dangereux. Mais leurs langues s'entrelaçaient, son pouls s'accélérait, et Chris savait qu'il avait perdu la partie. Cela faisait moins de deux mois qu'ils étaient ensemble, et il n'avait déjà plus aucune maîtrise de lui-même. Il voulait Jesse coûte que coûte, et n'était plus capable de réfléchir plus loin.

Ils s'écartèrent l'un de l'autre, Jesse suffoqua un instant, et la musique reprit, plus lente cette fois-ci.

— Une autre danse ?

Chris l'attira contre lui et posa la tête dans le creux de son épaule. Mauvaise idée. L'eau de Cologne épicée que portait Jesse l'enivra. Ils progressaient lentement sur la piste, bientôt rejoints par d'autres couples. Chris se laissa aller dans la chaleur confortable du corps de Jesse, ne pensant à rien d'autre.

Il l'embrassa prestement à la fin du morceau, puis se dirigea droit sur le serveur le plus proche pour prendre deux coupes de champagne. Lorsqu'il se retourna, il vit Jesse en grande conversation dans un coin de la pièce. Il but d'un trait la moitié de sa coupe et se dirigea vers Jesse afin de lui donner l'autre, mais Clara Kensington vint soudainement lui barrer la route.

— J'ai un mot à vous dire, M. Valentine.

Elle avait les sourcils froncés et les joues rouges. Lui parler était la dernière chose dont Chris avait envie.

— Bien sûr, dit-il d'un ton affable.

— J'ignore ce que vous lui avez fait, susurra-t-elle d'une voix pleine de mépris, mais votre petit jeu ne va plus durer longtemps.

— Ce n'est pas un jeu, Mme Kensington, et vous vous mêlez de ce qui ne vous regarde pas.

— Y a-t-il un problème ? demanda une voix derrière Chris.

— Maman ? Ne t'en mêle pas, tout va bien.

Marjorie posa la main sur le bras de son fils.

— Ne t'inquiète pas, mon chéri, lui dit-elle avant de se tourner vers Clara, tout sourire.

Chris connaissait cette expression. C'était celle qu'elle avait arborée lorsqu'elle avait pris sa défense contre le principal du collège qui voulait le renvoyer pour avoir frappé un garçon qui s'attaquait à un camarade.

— Votre mère ? demanda Clara en laissant échapper un léger grognement qui rappela à Chris l'ébrouement d'un cheval.

— Aux dernières nouvelles, dit Marjorie en s'approchant de Clara, cette soirée est donnée en l'honneur du mariage de mon fils et de Jesse. Si vous êtes ici ce soir…

Elle fit une pause pour ménager ses effets.

— … c'est parce que ces deux hommes extraordinaires vous ont invitée. Et je ne vous permettrai pas de colporter des rumeurs infâmes au sujet de l'un d'entre eux.

— Dire du mal de Jesse ? Je ne ferais jamais une chose pareille, répliqua Clara en toisant Marjorie.

— Clara, intervint Jesse en prenant la main de Chris, qui sursauta, si vous prononcez des paroles désobligeantes à l'égard de mon mari, je considérerai que vous dites du mal de moi par la même occasion. Je crois qu'il est temps que vous nous quittiez.

Il embrassa Chris sur la joue et lança un sourire à Marjorie.

— Que je vous quitte ? Moi ? Mais…

— S'il vous plaît, Clara, ne me forcez pas à demander à un membre du personnel de vous raccompagner.

Jesse serra la main de son mari et gratifia Clara d'un sourire manifestement forcé que Chris n'aurait pas souhaité à son pire ennemi. Elle souffla bruyamment, puis tourna sur elle-même et renversa presque Moira, qui se tenait derrière elle complètement estomaquée. Elle resta sans voix et suivit sa mère qui quittait la pièce.

— Bien joué, complimenta Chris une fois certain que les deux femmes ne pouvaient plus l'entendre. Je vous félicite tous les deux !

## Chapitre Vingt-Six

**JESSE** retira ses chaussures aussitôt qu'ils passèrent la porte de leurs appartements.

— Je ne sens plus mes pieds. Tu ne m'avais pas dit que tu dansais si bien.

— Tu ne me l'avais jamais demandé, rétorqua Chris en retirant sa cravate, qu'il jeta sur la chaise la plus proche.

Puis il défit le premier bouton de sa chemise et respira un grand coup.

— Tu n'es pas fan des cravates, on dirait ?

— Non, je les laisse aux hommes d'affaires, histoire que nous autres idiots ayons l'air encore plus négligés, dit Chris en continuant à déboutonner sa chemise.

— Je me suis bien amusé ce soir.

— Tout est plus gai avec un verre d'alcool ! plaisanta Chris, plutôt gêné d'admettre que lui aussi avait passé une merveilleuse soirée.

Il regrettait de ne pas avoir bu davantage, car les deux verres de champagne qu'il avait descendus ne justifiaient en rien l'état second dans lequel il se trouvait.

Jesse se laissa tomber dans un fauteuil, les jambes ballantes par-dessus l'un des accoudoirs et la tête renversée en arrière, de sorte à garder Chris dans son champ de vision.

— Tu as vu que Mme Grayson n'arrêtait pas de chuchoter à l'oreille de son mari quand tu me tenais la main ?

— Et pourquoi crois-tu que je t'aie pris la main ? Tu voulais qu'on joue le jeu à fond, non ?

— Comme tu es cruel ! Et moi qui croyais que tu m'avais embrassé parce que j'étais irrésistible, dit Jesse tandis qu'une mèche rebelle lui dégringolait devant les yeux.

— Ça, c'est ce que tu crois, répliqua Chris en se levant pour aller remettre en place la mèche indisciplinée.

Jesse lui attrapa le poignet d'un air taquin et leva les yeux vers lui.

— Avoue : tu t'es bien amusé toi aussi.

— J'ai passé une excellente soirée, et ma mère aussi. Merci, merci pour cette surprise, ajouta-t-il, visiblement ému.

— J'espérais te l'entendre dire. Je t'avoue que j'ai craint que tu m'en veuilles de l'avoir invitée.

— Je ne l'ai jamais vue aussi radieuse.

— J'en suis ravi.

Le regard de Jesse trahissait son désir, même s'il arborait l'expression plaisante que Chris lui avait déjà vue des centaines de fois. Une expression à la fois patiente et sereine. Maîtrisée. Le masque de Jesse. Chris se demanda ce qui se trouvait au-delà, tout en craignant de le découvrir.

— On dirait que ma mère a apprécié la compagnie de Wenda.

Chris avait besoin de se concentrer sur un autre sujet que les lèvres pulpeuses de Jesse et leur goût délicieux. Sa détermination était bien fragile mais il s'efforçait de tenir bon.

— Je pense que tu as un effet bénéfique sur elle.

— Sur Wenda ?

Chris s'éloigna de Jesse et finit de déboutonner sa chemise.

— Pourquoi dis-tu cela ?

— Elle ne m'a pas lancé un seul regard glaçant de toute la soirée, et je l'ai même surprise en train de sourire... Tu dois avoir un don.

— Il ne s'agit pas de don. Je crois qu'elle se sent seule, alors je lui parle, et elle me répond.

Chris se souvint de ce qu'elle lui avait dit à propos de ses tentatives pour parler à Jesse lors de son arrivée à Windmere.

— Tu devrais essayer un de ces jours.

— Je préfère te parler à toi.

— Je vais me coucher, dit Chris, de nouveau gêné par les paroles de Jesse. La journée a été longue.

Il devait partir, c'était maintenant ou jamais. Jesse se dégagea du fauteuil en roulant sur lui-même et sortit sa chemise de son pantalon.

— Au moins, demain, c'est dimanche. Je compte bien dormir aussi tard que possible.

— Pas de rendez-vous téléphonique avec des clients à l'autre bout du monde ? le taquina Chris qui céda à ses désirs et tira sur la cravate de Jesse afin de l'attirer vers lui.

Pourquoi résister ? Il n'avait jamais désiré quiconque autant que Jesse.

— Pas un seul, répondit Jesse, soudain extrêmement sérieux.

Il sembla hésitant.

— Je crois que nous ferions mieux d'aller dormir. J'ai juré qu'il n'y avait rien de personnel dans notre relation, mais à te voir à moitié dénudé, je me rends compte que tu es… comestible, et j'atteins mes limites.

— Et moi, je crois que tu es suffisamment attirant pour que je daigne t'embrasser, dit Chris en l'attirant un peu plus près.

— Chris, avertit Jesse.

Chris savait bien qu'il commettait une erreur, mais le champagne lui faisait perdre ses moyens – ou peut-être était-ce la proximité de Jesse ? Il l'aimait beaucoup. Vraiment, vraiment beaucoup – plus que n'importe quel homme avec qui il était sorti. Qu'y avait-il de mal à le désirer, si Jesse le désirait lui aussi ?

— Si c'est moi qui t'embrasse en premier, tu ne romps pas ta promesse, susurra Chris, les lèvres si près de celles de son partenaire qu'il sentait son souffle sur sa peau.

Il lâcha sa cravate, mais Jesse ne bougea pas.

— Toute la soirée, j'ai eu envie de t'embrasser.

Et il se pencha et posa ses lèvres sur celles de Jesse. Lentement, doucement, il introduisit sa langue dans sa bouche et savoura le goût familier mêlé aux discrètes saveurs du vin.

Le sexe de Chris réagit instantanément au gémissement qu'émit Jesse, et une fraction de seconde plus tard, Chris enfouissait ses mains dans la chevelure de Jesse tandis que celui-ci lui agrippait fermement les fesses. Une pensée fugace – *Voilà qui change tout* – traversa l'esprit de Chris et s'évapora dès que Jesse entreprit de lui enlever sa chemise. Il n'avait plus rien d'autre en tête que son intense désir pour cet homme. Il l'avait désiré dès la première seconde. Il voulait sentir Jesse en lui.

— Au lit, murmura Chris entre deux baisers.

— Mince, Chris, tu es sûr ?

— Si je suis sûr que je préfère le faire sous la couette ? Ça oui ! Par contre, si tu me demandes si je suis sûr de quoi que ce soit d'autre…

Jesse n'hésita qu'une seconde avant de prendre Chris par la main et de l'emmener dans sa chambre.

Dans la faible lumière qui provenait de l'extérieur, sa chambre ressemblait en tous points à celle de Chris, sobre et confortable. La seule différence notable était l'imposant lit à baldaquin sculpté dans un bois rouge que Chris n'identifia pas. Le baldaquin en soie verte retombait sur les côtés et créait un cocon douillet.

— Waouh, commenta Chris.

— Peut-être un peu excessif ? suggéra Jesse avant de déposer des baisers légers comme des plumes juste sous l'oreille droite de son partenaire.

Chris frissonna.

— C'est magnifique. On se croirait dans un conte de fées classé X, parvint-il à articuler d'une voix rauque pendant que Jesse fourrait sa langue dans son oreille.

— Il appartenait à mon arrière-grand-père, dit Jesse lorsqu'il émergea pour reprendre son souffle. J'adorais y jouer, et mon grand-père me l'a donné lorsque je me suis installé dans cette partie de la maison. Bien que je doute qu'il en ait perçu le côté porno.

— Trop classe pour du porno, dit Chris, juste classé X.

— Bien, bien…

Jesse mordilla le lobe de l'oreille de Chris jusqu'à le faire gémir.

— Je crois que tu vas devoir me faire une démonstration pour que je saisisse bien la différence.

Chris défit la cravate de Jesse et la laissa tomber sur le sol, puis déboutonna sa chemise avant de l'embrasser de nouveau. Jesse s'attaqua à la ceinture de Chris sans cesser de l'embrasser. Chris se mit à rire et saisit l'opportunité pour glisser quelques doigts dans le pantalon de Jesse et sentir sa peau douce à la naissance de ses fesses.

— Chris, murmura Jesse en se penchant afin de lui laisser plus d'aisance dans ses mouvements.

Chris empoigna ses fesses et les serra si fort que Jesse émit un sifflement.

— Je peux y aller plus doucement si tu préfères.

— Certainement pas, reçut-il pour toute réponse dans un faible grognement.

Chris baissa le pantalon de Jesse, désormais complètement nu, hormis la chemise qui lui pendait encore au bout des bras. Il voulait voir son corps, l'explorer, le toucher, le lécher. Il le guida jusqu'à ce que ses mollets touchent le matelas, puis le poussa sur le lit moelleux. Jesse se débarrassa de sa chemise tandis que Chris se penchait sur lui et dessinait du bout de la langue une ligne descendant de sa pomme d'Adam pour s'arrêter juste entre ses mamelons, sans les toucher.

Il leva les yeux, et les deux hommes restèrent un instant immobiles, chacun plongé dans le regard de l'autre. Chris respira profondément afin d'essayer d'apaiser les battements de son cœur. Il était tout juste assez ivre pour ne pas hésiter tout en ayant conscience des conséquences de ses actes, mais il parvint à balayer ses craintes comme un tas de plumes. L'alcool lui rendait un fier service.

Le léger duvet qui recouvrait le torse de Jesse lui chatouillait les joues tandis qu'il explorait du bout de la langue toute l'étendue de sa peau douce, pour refaire une pause au niveau de son nombril. Il leva les yeux vers ceux de Jesse, et malgré les sensations incroyables que lui procurait son corps, il comprit que c'était son regard qui l'immergeait plus profondément dans cette région de lui-même où le corps et le cœur se mêlent inextricablement. En ce lieu, chaque sensation gagnait en intensité et chaque mouvement prenait une autre signification. Chris connaissait bien cet endroit, non pas parce qu'il l'avait exploré en lui-même, mais parce que sans même le savoir, il l'avait souvent décrit dans ses livres.

Chris se concentra sur le relief de l'abdomen de Jesse, sur la peau douce qui recouvrait les muscles tendus, puis il prit ses mamelons entre ses doigts, les pinça, doucement tout d'abord, puis de plus en plus fort, jusqu'à lui arracher des gémissements. Chris se lécha les lèvres, mais au lieu d'explorer le membre en érection tant convoité, il se déplaça vers le côté pour venir lécher l'intérieur du coude gauche de Jesse.

— Ce n'est pas juste, se plaignit ce dernier tandis que Chris lui suçait les doigts.

— Qu'est-ce qui n'est pas juste ? demanda Chris en réprimant un sourire.

— Je devrais avoir le droit de profiter de la vue.

— Ah bon ? dit Chris avant de se relever pour se poster près du lit et ouvrir sa braguette.

Il se tourna dos à Jesse et baissa son pantalon.

— Pas mal, mais je pense que sans le boxer ce serait encore mieux.

— Tu crois ? le taquina-t-il tout en se touchant les fesses, ce qui affola totalement Jesse.

— Chris ! C'est pas vrai… Tu veux me tuer ?

— Jamais de la vie, répondit-il en continuant à se masser les fesses, puis il commença à retirer son boxer, repliant d'abord l'élastique puis faisant descendre le tissu tout doucement jusqu'à sentir l'air frais sur sa peau.

— Cela valait le coup d'attendre.

Chris se retourna, le membre tendu et ravi de sentir le regard de Jesse sur chaque partie de son corps. Mais s'il croyait que Jesse allait rester bien sagement immobile à profiter du spectacle, il avait tort. En une seconde, il se retrouva debout à ses côtés ; il effleura de ses doigts magiques la peau nue de Chris et se mit à lui mordiller l'épaule jusqu'à ce qu'il gémisse de plaisir.

— Demi-tour.

Chris lui répondit par un baiser. Il prit son temps et enroula ses doigts autour des fesses musclées de son partenaire, les glissant parfois entre elles, bien au chaud, approchant sans l'atteindre l'orifice caché. Il avait longtemps désiré sentir Jesse en lui, mais tout à coup, il voulut le pénétrer, si Jesse en avait envie lui aussi. Mais il voulait autre chose avant cela. Il avait à de nombreuses reprises rêvé de faire jouir Jesse en le suçant et l'entendre crier son nom au moment de l'orgasme. Et il savait déjà que la réalité surpasserait ses fantasmes.

Il mordilla sa lèvre inférieure, puis se mit à genoux devant lui. Le souffle haché de Jesse était tout ce qu'il avait besoin d'entendre. Il passa la main derrière ses bourses et commença à le caresser tout en le suçant.

— Oh, Chris, grogna Jesse lorsque celui-ci le prit dans sa bouche si profondément qu'il lutta pour ne pas étouffer. Je ne sais pas si je vais pouvoir tenir si tu... oh, mince !

Chris s'interrompit juste le temps de lui glisser quelques mots.

— Alors je n'aurai qu'à te faire jouir une deuxième fois.

Jesse acquiesça et Chris se remit à le sucer encore plus fort. Puis il passa la main entre ses fesses et se mit à taquiner l'entrée de son anus avec son index.

— Chris, oh Chris.

Jesse renversa la tête en arrière, haletant.

*Allez, mon chéri. Jouis pour moi.*

— Oh, c'est pas vrai. Je peux pas... je peux pas... Oh, Chris !

Chris esquissa un sourire autour du membre palpitant de Jesse et avala tout ce que celui-ci avait à lui offrir, sans jamais relâcher ses fesses.

— C'était bon ? lui demanda-t-il lorsqu'il reprit enfin son souffle.

Jesse l'aida à se relever en riant, puis les deux hommes s'affalèrent sur le lit.

— Encore mieux que ça, répondit-il à Chris qui chevauchait ses cuisses en le dévorant des yeux. J'ai les jambes en compote.

— Nous allons les laisser se reposer. Je peux faire le travail pour deux.

— D'accord, si tu vois les choses ainsi... De quoi as-tu envie ?

Vaste question.

— J'ai une petite dizaine d'idées en tête, mais si tu es partant, je crois que j'aimerais te pénétrer.

— Oh oui !

— Les préservatifs ?

— L'endroit habituel, répondit Jesse en indiquant la table de chevet, où Chris trouva une boîte de préservatifs et du lubrifiant. Cela fait bien longtemps qu'ils ne sont pas sortis de là.

— Tant mieux. J'ai une bonne excuse pour passer des heures à m'amuser avec ton corps. Retourne-toi.

Jesse obéit. Chaque détail de son corps élancé étendu sur le lit était mis en valeur par la faible lueur de la lampe de chevet. Chris prit tout son temps pour en caresser chaque parcelle. Un imperceptible duvet clair lui recouvrait la peau, invisible mais terriblement doux au toucher. Chris lui caressa les épaules, les pétrit jusqu'à ce que Jesse soupire et que tous les muscles de son corps se détendent.

Lorsqu'il atteignit finalement le bas de son dos et les deux globes rebondis, Chris se mit à mordre et à presser.

— Oh oui. Continue, s'il te plaît, supplia Jesse.

Chris s'exécuta et continua à travailler les muscles puissants qui finirent eux aussi par se détendre. Encore quelques minutes d'exploration, et Chris attrapa la bouteille de lubrifiant et s'en enduisit les doigts.

— Prêt ? demanda-t-il d'un ton coquin tout en faisant glisser un doigt humide jusqu'en bas de sa colonne vertébrale et entre ses fesses.

— Tu plaisantes ?

Jesse souleva légèrement les fesses pour aller à la rencontre du doigt de Chris, qui continuait à dessiner des cercles là où il était le plus sensible, sans jamais le pénétrer.

— Chris, veux-tu vraiment me rendre fou ? lança Jesse en guise d'avertissement.

Chris se contenta de sourire et enfonça juste le bout de son doigt en lui, puis il se pencha et embrassa sa taille tout en se frayant un chemin plus en profondeur. Là encore, Jesse se tendit et leva les fesses à sa rencontre.

— Je croyais que tu voulais que j'y aille en douceur.

— C'est ça, oui ! On garde la douceur pour une autre fois.

Chris tenta de le détendre délicatement pour introduire un deuxième doigt. Il poussa et étira, prenant toujours soin d'être bien lubrifié. Il n'avait aucune intention d'attendre une fois que Jesse serait prêt. À chacun de ses mouvements, Jesse gémissait, haletait, de plus en plus fort. Un troisième doigt, davantage de pression, un soupçon de lubrifiant pour faire passer le tout, et Chris donna ses ordres.

— Mets-toi sur le dos. Je veux voir ton visage quand je serai en toi.

Il enfila le préservatif et appuya les jambes de son partenaire sur ses épaules.

— Tout va bien ?

— Impeccable. Et maintenant, pénètre-moi avant que je ne perde complètement la tête, grommela Jesse.

Chris rit et poussa doucement à l'entrée de Jesse. Il sentit la tension se relâcher en lui tandis qu'il le pénétrait de plus en plus profondément et s'installait au fond de lui. Jesse lui fit un léger signe de tête, et Chris commença à remuer d'avant en arrière sans jamais quitter des yeux le visage de son amant, afin de s'assurer qu'il ne lui faisait pas mal.

— Cela fait trop longtemps, dit Jesse dans un sifflement.

— Veux-tu que j'arrête ?

— Non, continue. Ça brûle, mais c'est tellement bon.

Jesse haleta encore un moment, puis sa respiration se stabilisa.

— Voilà. C'est bon. Oui, gémit-il tandis que Chris se courbait de telle sorte que son ventre venait frotter contre le gland de Jesse.

Chris se retira, puis s'introduisit de nouveau. Cette fois-ci, le corps de Jesse s'ouvrit à lui et il le pénétra sans difficulté. Il se pencha sur Jesse, les jambes de ce dernier compressées entre leurs deux corps, les yeux dans les yeux. Quelque chose dans le regard de Jesse effrayait Chris, mais le plaisir prit rapidement le pas sur la crainte lorsqu'un voile passa sur ses pupilles tandis que Chris allait et venait en lui.

— Plus fort, cria Jesse.

La température montait entre les deux amants. Jesse s'agrippa aux bras de Chris comme s'il risquait de tomber s'il le lâchait.

— S'il te plaît, Chris. J'ai envie… plus fort.

Chris se laissa aller, pris dans le rythme régulier de leurs corps en sueur qui se percutaient. Le lit grinçait à chacun de leurs mouvements, et les grognements et gémissements de Jesse venaient s'ajouter à ce bruit excitant.

— Jesse, tu es absolument incroyable.

Jesse glissa une main entre eux et commença à se caresser tandis que Chris continuait à le marteler. Ce dernier commençait à percevoir en vision périphérique des éclairs argentés qui annonçaient, avec le chatouillement qui s'intensifiait à la base de sa colonne vertébrale, l'orgasme.

— Vas-y, mon chéri, murmura Jesse, les lèvres collées à l'oreille de Chris. Montre-moi comment tu jouis.

Les vibrations des chuchotements de Jesse furent l'élément déclencheur. Chris cria en jouissant, sans interrompre son va-et-vient, jusqu'à sentir le sperme chaud de Jesse se répandre entre eux. Ce n'est qu'à ce moment-là qu'il roula sur le dos aux côtés de Jesse, finalement vaincu par la fatigue de la soirée et par l'alcool.

Jesse lui prit la main, la porta à sa bouche et l'embrassa. Chris en eut la chair de poule, tant ce geste était à la fois tendre et puissant. Il réprima l'once de crainte qui réapparaissait en arrière-plan de ses pensées et fit taire la petite voix qui lui disait qu'il s'était mis dans de beaux draps. Il ne voulait rien entendre. Pas ce soir. Il avait pris tellement de plaisir avec Jesse. Il se sentait trop bien.

## Chapitre Vingt-Sept

AU réveil, Jesse sentit le torse chaud de Chris contre son dos. La lumière du soleil du matin éclairait la pièce.

— Bonjour, rayon de soleil, dit-il en se retournant vers Chris pour l'embrasser.

Il n'avait donc pas rêvé.

— Suis pas du matin, grommela Chris en se cachant la tête sous l'oreiller, que Jesse souleva aussitôt.

Il rit en voyant le regard suspicieux que lui lança Chris.

— Je vais te faire du café.

— Je croyais que tu faisais la grasse matinée.

— Il est presque midi, dit Jesse en embrassant son amant.

— Oh non…

Chris roula sur lui-même et s'enroula autour de Jesse, son érection du matin pressée sur la cuisse de son partenaire.

— Ma mère doit se demander où nous sommes.

Jesse lui pinça les fesses.

— Marcie va prendre soin d'elle.

Il suçota le lobe de l'oreille de Chris, qui soupira.

— Nous avons d'autres choses à faire pour l'instant.

— Ah bon ? s'étonna Chris en bâillant. Et quoi ?

Jesse se glissa sous les couvertures et leva les yeux vers Chris pour voir s'il souriait.

— Ce genre de choses, répliqua-t-il avant de plonger dans les profondeurs des couvertures et d'engloutir le membre en érection de Chris.

— Ah oui... gémit Chris. J'avais oublié.

Jesse sourit, ravi.


— **JE** suis désolée que Clara se soit mal comportée avec vous hier soir, s'excusa Jesse une heure plus tard alors qu'ils prenaient le petit déjeuner tous les trois avec la mère de Chris au cottage. J'espérais qu'elle s'apercevrait que Moira et moi n'étions pas du tout faits l'un pour l'autre, mais j'aurais dû m'en douter et ne pas m'attendre à ce qu'elle se conduise comme une adulte responsable.

Et ce n'était pas une erreur mineure : il avait apporté de l'eau au moulin de Wenda.

— Vous n'avez pas à vous excuser, dit Marjorie en remuant son café. C'était à elle de se comporter convenablement. Il ne s'agit ni de vous ni de Chris. Elle en a après votre argent.

— Maman... l'avertit Chris.

— Wenda m'a dit que les Kensington avaient des problèmes financiers, poursuivit-elle sans se laisser démonter, et que Clara avait lancé des rumeurs au sujet de votre couple – des rumeurs que je n'oserais pas répéter d'ailleurs.

— Wenda vous a dit cela ?

Pourquoi aurait-elle parlé de ces rumeurs avec Marjorie ? À moins qu'elle n'ait voulu indirectement mettre Jesse au courant, par l'intermédiaire de Chris.

— Clara a tenté de l'entraîner dans une sorte de campagne anti-Chris, mais Wenda lui a dit ses quatre vérités, raconta-t-elle, rayonnante.

— Une campagne anti-Chris ? Je suis flatté, rétorqua le principal intéressé.

Jesse respira calmement afin de tenter de se détendre.

— Et que vous a encore révélé Wenda ? demanda-t-il quand il eut maîtrisé sa colère.

— Qu'elle avait dit à Clara que Chris était quelqu'un de bien et que si elle s'obstinait, elle lui rendrait la vie impossible.

Jesse s'étouffa presque avec son café.

— Tout va bien ? demanda Chris.

Jesse acquiesça.

— Très bien.

Tout cela n'avait aucun sens. Pourquoi Wenda défendait-elle Chris alors qu'elle contestait l'interprétation du testament ? Peut-être tout simplement parce qu'elle appréciait le jeune homme, mais estimait que c'était à elle que l'entreprise revenait. *Tu vas devenir fou à force de te triturer l'esprit.*

Marjorie jeta un coup d'œil à sa montre.

— Oups ! s'exclama-t-elle en bondissant sur ses pieds. Je n'ai pas vu le temps passer. Wenda m'emmène en ville pour l'après-midi, et il est presque quatorze heures.

— Nous verrons-nous au dîner ? s'enquit Jesse.

— Bien sûr.

Elle embrassa son fils au sommet du crâne.

— Mon vol n'est que demain matin.

— Super, dit Chris en l'enlaçant. Je suis vraiment content que tu sois venue.

Elle sourit, puis s'approcha de Jesse.

— Ne vous avisez pas de le laisser tomber, lui chuchota-t-elle à l'oreille.

— Jamais ! répondit Jesse à voix haute.

Marjorie les salua et prit le chemin de la maison principale.

— Que t'a-t-elle dit ? demanda Chris.

— Oh, rien d'important…


**JESSE** croisa Wenda en début de soirée : elle montait dans sa chambre, il descendait rejoindre Chris dans son bureau.

— Avez-vous passé un bon après-midi avec Marjorie ?

— Excellent, répondit Wenda, surprise.

Ils avaient l'habitude de se croiser sans échanger davantage qu'un discret signe de tête.

— Nous avons passé un bon moment.

— Tant mieux.

Jesse savait que la meilleure chose à faire était de poursuivre son chemin, mais il ne put s'empêcher de rester.

— Écoute, Wenda, commença-t-il maladroitement. Je voulais te remercier.

— Me remercier ? répéta-t-elle en fronçant les sourcils. De quoi ?

— J'ai appris par Marjorie ce que tu as dit à Clara Kensington.

Il gloussa d'un air gêné avant de poursuivre.

— Elle m'a raconté que Clara avait essayé de t'embrigader dans une campagne anti-Chris et que tu y avais mis le holà.

— Et cela te surprend ?

Encore cet air de défi, mais il n'allait pas jouer le jeu cette fois-ci.

— Oui et non.

— C'est-à-dire ?

— Je ne suis pas étonné que tu aies suffisamment de considération pour Chris pour prendre sa défense, expliqua-t-il, car quoi que tu penses de moi, Chris est quelqu'un de bien.

— C'est vrai. Mais… ?

— Défendre Chris implique que contrairement à ce que tu as dit au juge, tu ne considères pas notre mariage comme une arnaque.

— Je ne suis pas sûre de suivre ton raisonnement, répliqua-t-elle, manifestement amusée. Mais même si je crois que votre mariage est bel et bien une arnaque, en quoi cela m'empêche-t-il de vouloir le bonheur de Chris – ou même le tien ?

Jesse réfléchit quelques secondes.

— Cela se tient.

— Je t'aurais défendu de la même façon, ajouta-t-elle en haussant les épaules.

Et elle reprit son ascension sans ajouter une parole, laissant Jesse interloqué. Que pouvait-il répondre à cela ?

— Je… merci, fut tout ce qu'il trouva.

Il n'était pas certain qu'elle l'ait entendu, mais espérait sincèrement que c'était le cas.

On ne s'ennuyait jamais avec Wenda... Jesse secoua la tête et continua à descendre l'escalier en se demandant s'il parviendrait un jour à la comprendre. Probablement pas. Et pourtant, il commençait à percevoir certains aspects de sa personnalité qui avaient dû plaire à son grand-père. C'était déjà un progrès.

## *Chapitre Vingt-Huit*

**LE** matin suivant, Chris et Jesse se levèrent tôt pour prendre le petit déjeuner avec Marjorie avant qu'elle ne parte pour l'aéroport.

— Prêt pour le grand départ ? demanda Jesse à Chris quand la limousine eut disparu au bout de l'allée.

— Je suppose que tu ne comptes toujours pas me dire où nous allons ?

— Ne fais pas l'enfant, répondit Jesse en le tirant par la manche pour l'emmener à l'étage. Au fond de toi, tu n'as pas vraiment envie de savoir.

— C'est vrai, j'avoue. J'adore les surprises.

— Voilà qui est plus raisonnable.

Jesse grimpa les marches deux par deux en souriant.

— Allons faire nos bagages, et en route ! Plus tôt nous partons, plus tôt s'achèvera ce suspense insoutenable.

— Mon Dieu, aidez-moi, implora Chris en montant dans le sillage de Jesse, qui était tellement mignon dans son jean moulant et arborait un sourire digne de Peter Pan. Je suis foutu…

Comme Randall emmenait Marjorie à l'aéroport, ce fut Jesse qui conduisit la MG Midget MkI rouge cerise, une favorite de son grand-père. Il expliqua, tandis que la voiture se dirigeait tranquillement vers la ville, que son grand-père l'avait restaurée avec un ami.

Chris n'était pas insensible au charme de la vieille décapotable aux lignes classiques. Le soleil sur les épaules et les cheveux au vent, ils se seraient crus dans un parc d'attractions.

Ils traversèrent la ville et empruntèrent une petite route sans aucun panneau indicateur à huit cents mètres au nord. Étroite et bordée d'arbres, la voie étroite rappelait Windmere.

— Nous sommes dans une propriété de Windview, avoua Jesse un peu plus tard lorsque la route déboucha sur un parking pavé.

La puissante odeur de l'océan appelait Chris comme le chant d'une sirène. Il eut à peine conscience de Jesse qui lui lançait son petit sac de voyage avant d'emprunter un chemin qui semblait déboucher dans l'étendue d'eau. Lorsque celui-ci tourna légèrement vers la gauche, Chris s'arrêta net pour contempler la vue.

— Ce sont les embarcadères privés de l'entreprise, expliqua Jesse en attrapant Chris par la taille pour l'embrasser. Qu'en dis-tu ?

— Waouh.

Chris pointa du doigt l'énorme bateau amarré devant eux, un yacht impeccable qui semblait sorti d'un James Bond avec ses fenêtres teintées, son jacuzzi à l'arrière et un bateau pneumatique hissé sur le pont supérieur.

— Il t'appartient ?

— Il appartient à Windview, mais j'ai déjà navigué à son bord plusieurs fois.

— Il fait combien, vingt-cinq mètres ?

— C'est un Windview 30, notre meilleur modèle, bien que nous ayons parfois des commandes spéciales pour de plus grands bateaux.

— Waouh, répéta Chris. Trente mètres ? Nous partons donc en croisière pour notre mini lune de miel ?

Jesse acquiesça.

— Tu me fais confiance ?

— Tu veux dire, pour manœuvrer cet engin ?

Jesse éclata de rire et secoua la tête.

— Oh non, je ne m'y risquerais pas. Nous avons un équipage, capitaine compris. Je voulais dire, tu me fais confiance pour l'organisation de notre lune de miel ?

— Qu'est-ce que tu mijotes, Donovan ? demanda Chris en fronçant les sourcils.

Jesse dissimula à peine un sourire espiègle.

— Pourquoi crois-tu que je prépare un mauvais coup ?

— Je connais cette expression, répliqua Chris manifestement peu convaincu. On part pour l'Antarctique ? L'Australie ? Ne crois pas m'avoir simplement parce que tu m'as dit de prendre le nécessaire pour un week-end, et je te préviens, il est hors de question que tu me refasses ma garde-robe.

— Vraiment ?

— Jesse…

— OK, OK, mais c'est drôle de te faire marcher.

Il passa un bras autour des épaules de Chris et le fit pivoter sur lui-même. Ils se retrouvèrent face à une embarcation plus petite elle aussi amarrée à l'embarcadère.

— Je voulais t'emmener dans un endroit exotique, c'est vrai. Mais étant donné la situation entre Wenda et moi, ce n'était pas envisageable, je ne peux pas m'absenter longtemps. Donc, voici *mon* bateau, annonça-t-il en désignant le ravissant catamaran d'une douzaine de mètres de long au moins.

— Un Windview lui aussi ?

— Je n'ai pas encore trouvé de design qui me plaise suffisamment pour me lancer dans la conception de catamarans. Il s'agit d'un Léopard 13.

Jesse détendit les amarres. Le bateau vint taper contre l'embarcadère et Jesse sauta à bord.

— Tu viens ? dit-il en tendant la main à Chris.

Chris le rejoignit à bord et fit avec lui le tour du bateau pour ouvrir les écoutilles.

— C'est un bateau magnifique. Comment s'appelle-t-il ?

— *Pays Zen.* Un cadeau de mon grand-père pour mes vingt-cinq ans, raconta Jesse en caressant amoureusement la coque. Il y a trois cabines, j'ai transformé la quatrième en bureau. Je ne le sors pas aussi souvent que je le voudrais.

— Quelle est notre destination ?

— Fishers Island. Mes parents y avaient un cottage que mon grand-père a revendu après leur mort, mais nous y allions souvent quand j'étais petit.

Jesse semblait avoir totalement changé d'attitude. Il avait les épaules et les mâchoires détendues. Il avait l'air… heureux.

**ILS** accostèrent tard dans l'après-midi dans une petite marina près de l'embarcadère des ferrys et rejoignirent la ville sur deux vélos pliants que Jesse avait cachés sur le bateau.

— Cet endroit me rappelle Martha's Vineyard, remarqua Chris lorsqu'ils s'arrêtèrent pour acheter des sandwichs qu'ils allaient manger sur la plage.

— Cela fait des années que je rêve de prendre plusieurs semaines de congés pour aller explorer Nantucket et les îles environnantes. Nous en parlions toujours avec mon grand-père, mais nous ne l'avons jamais fait.

Chris se demanda si c'était à cause de Wenda mais jugea bon de ne pas aborder le sujet. Cela faisait du bien de voir Jesse aussi détendu, et sa belle-grand-mère faisait partie des sujets qui ne manquaient pas de le crisper.

— J'y suis allé plusieurs fois en ferry, raconta Chris, mais juste sur la journée.

Ils pédalèrent sur une route peu fréquentée jusqu'à atteindre une immense étendue de sable. Ils mirent pied à terre, retirèrent leurs chaussures et marchèrent jusqu'au bord de l'eau. Jesse sortit une couverture de son sac et l'étendit sur le sol. Il donna un sandwich et une bière à Chris, fit sauter la capsule de sa bouteille et but une grande gorgée.

— Bienvenue au paradis : bonne bouffe, bière fraîche, vue splendide et bonne compagnie.

Chris acquiesça en riant.

— C'est après une sortie à la mer avec ma mère que j'ai commencé à écrire. J'étais en sixième. La professeur d'anglais nous avait demandé de décrire l'endroit où nous aimerions vivre. Ma mère a conservé ce devoir, mon premier A+. J'ai envoyé un exemplaire de mon premier manuscrit à Mme White.

— Et qu'en a-t-elle dit ? demanda Jesse en repoussant une mèche de cheveux.

Décidément, le style venteux lui allait plutôt bien.

— Qu'elle espérait qu'il serait publié et qu'elle en voudrait un exemplaire dédicacé.

— Son vœu sera peut-être bientôt exaucé, dit Jesse en appuyant sa jambe sur celle de Chris.

— J'espère que oui, répondit Chris en se rappelant qu'il devait recontacter Rhonda à leur retour.

Jesse posa sa bière et son sandwich et se pencha vers Chris pour lui voler un baiser. Chris sentit ressurgir en lui la chaleur entêtante qui avait envahi ses membres et sa poitrine la nuit précédente. Il prit Jesse dans ses bras et l'embrassa. Il avait le goût de la bière et du corned-beef, et Chris ne put s'empêcher de rire lorsque leurs lèvres se séparèrent.

— Qu'y a-t-il de si drôle ?

— Tu as un goût de sandwich, ça me donne faim.

— Faim… de nourriture ?

Chris lui répondit par un autre baiser qui le plaqua sur la couverture.

— Si nous étions seuls sur la plage, lui chuchota-t-il à l'oreille, je te dévorerais tout cru.

Le rire rauque de Jesse déclencha en Chris des sensations presque douloureuses.

— Tout vient à point à qui sait attendre.

Chris mordilla le lobe de l'oreille de Jesse et lui fit des petits bisous dans le cou. Une vague de frissons parcourut ce dernier et sembla se transmettre au corps de Chris.

— Je n'ai jamais fait preuve d'autant de patience.

Chris finit par s'installer pour une sieste dans les bras de son compagnon, mais la séance de badigeonnage de crème solaire que lui fit endurer Jesse atteignit des summums d'érotisme.

— *AVEZ-VOUS* vu Jesse ? demanda Chris à Marcie.

*Il avait passé l'après-midi à le chercher et était très inquiet.*

— *Nous étions censés nous retrouver dans la cabane, mais je ne le trouve pas.*

— *Il est peut-être à New York.*

*Le décor se transforma brusquement et il se retrouva en maillot de bain au siège de Windview.*

— *Aucun problème, lui dit Clara. Vous pouvez nager dans la salle de conférence si vous le souhaitez.*

— *Je n'ai aucune intention de nager. Je cherche Jesse. Savez-vous où il est ?*

*Elle haussa les épaules.*

— *Il n'était pas censé venir au bureau aujourd'hui.*

*Chris courut jusqu'à l'ascenseur, mais le couloir devint soudain l'entrée de Windmere. Il regarda tout autour de lui et vit Wenda assise sur la dernière marche de l'escalier, vêtue d'une robe noire et d'équipements de plongée. Il ne comprenait pas bien pourquoi, mais était certain que quelque chose clochait. Peut-être une sortie en mer était-elle prévue pour eux tous plus tard dans la journée.*

— *Jesse ne peut pas te parler pour l'instant, dit-elle en secouant la tête tristement. Il ne pourra plus jamais te parler. Tu arrives trop tard.*

*Chris sentit son estomac se nouer et des larmes jaillir au coin de ses yeux.*

*— Non, il n'est pas... Ce n'est pas possible... Je ne lui ai pas encore dit. Je dois lui dire que je...*

*Un rire franc et familier retentit tout à coup à l'étage, bientôt rejoint par une voix de femme.*

*— Jesse, disait-elle, tu sais bien que nous devons attendre notre lune de miel.*

*— Je ne suis pas très patient, répondit Jesse tandis qu'ils descendaient l'escalier main dans la main.*

*Jesse portait un smoking et la jeune femme une robe en satin blanc ornée d'une interminable traîne.*

*— Jesse ? l'interpella Chris. Tu n'étais pas censé l'épouser.*

*Jesse le regarda en souriant.*

*— Et pourquoi pas ? Ne la trouves-tu pas parfaite pour moi ?*

*— Elle... Non... Elle n'est pas...*

*— Tu te trompes, reprit Jesse en riant. Elle m'aime, et elle est plus belle que toi.*

*— Mais tu m'as épousé ! Tu ne peux pas te marier avec elle maintenant !*

*— Tu ne voulais pas m'épouser, alors je l'ai prise à ta place.*

*Jesse se tourna vers la jeune femme et la souleva dans ses bras. Sa longue traîne commença à s'enrouler autour de la tête de Chris qui devait lutter pour s'extraire du tissu.*

*— Non, Jesse ! Je t'en supplie ! Tu te trompes : je veux t'épouser ! Tu ne m'as pas compris. Je veux vraiment t'épouser. Je t'aim...*

— **JESSE,** murmura Chris dans son sommeil en écartant la couverture de son visage.

— Chut…

Jesse s'approcha et remit la couverture en place. Chris roula sur le côté et se recroquevilla tout contre lui. Jesse prit une profonde inspiration et lui embrassa les cheveux en souriant. Chris marmonna des paroles inintelligibles et se remit à ronfler discrètement.

Jesse le regarda dormir. Depuis qu'ils avaient fait l'amour, il ne pensait qu'à lui. *Faux. Tu penses à lui depuis cette soirée où tu l'as rencontré au café littéraire.* Certes, mais le contenu de ses pensées avait évolué. Les vagues fantasmes s'étaient mués en rêveries sexuelles.

Faire l'amour avec Chris avait été une révélation avec laquelle aucune de ses expériences précédentes ne pouvait rivaliser. Même si Moira et lui n'avaient jamais eu de rapports sexuels, il avait pressenti lors des rares fois où ils s'étaient physiquement rapprochés la possibilité d'explorer en profondeur le corps et l'âme d'une autre personne. Mais le corps de Moira, bien que parfait, ne l'avait jamais satisfait. Il avait pourtant souvent souhaité la désirer, car tout aurait été plus simple : il aurait rendu son grand-père heureux et peut-être comblé le manque qu'il ressentait.

Il repensa à Moira et comprit tout à coup l'énorme erreur qu'il avait commise en s'accrochant à l'espoir que leur relation fonctionne. Ils en avaient tous les deux souffert, et il espérait avoir un jour l'occasion de s'en excuser.

Il balaya toutes ces pensées culpabilisantes et se concentra sur Chris. La priorité, c'était de se racheter vis-à-vis de lui.

**JESSE** souriait tout seul en préparant leur dîner quelques heures plus tard. Il avait toujours cru Marcie lorsqu'elle disait que le meilleur moyen de conquérir un homme était de l'attraper par l'estomac, et ce soir-là était une occasion idéale pour tester son hypothèse.

— Non mais je rêve ! s'exclama Chris en sortant de sa cabine pour venir passer la tête par-dessus l'épaule de Jesse. En plus, il fait la cuisine !

Jesse réprima un sourire et remua les échalotes.

— T'a-t-on déjà dit que tu étais doué pour déconcentrer les gens ?

— Oui, très souvent, mais pas toujours pour les raisons auxquelles tu penses.

— Ah bon ?

— Je n'étais pas un petit garçon sage.

— L'ouragan Chris.

Jesse n'était pas du tout surpris de l'apprendre.

— J'ai eu de pires surnoms.

Jesse frissonna quand Chris l'embrassa dans le cou, juste sous l'oreille.

— Arrière ! ordonna Jesse en lui donnant un gentil coup de coude dans l'estomac, avant de verser la sauce sur le poisson. Veux-tu être un amour et ouvrir la bouteille de vin ?

— Je suis sur l'affaire.

Les deux hommes s'installèrent dans le cockpit où ils avaient dressé la table pour le dîner. Jesse posa le poisson sur un dessous-de-plat vert et bleu vif qu'il avait déniché le jour même dans l'une des galeries d'art de l'île.

Le soleil avait déjà disparu à l'horizon, et les premières étoiles étaient visibles. Une brise fraîche chassait la chaleur du jour, et les flammes de plusieurs bougies vacillaient dans des verres.

— Quelle nuit magnifique, dit Chris en ouvrant la bouteille.

— On ne peut pas rêver mieux, répondit Jesse en servant le poisson. J'ai beaucoup voyagé, mais je ne dirai jamais non à un week-end sur l'eau.

— Quel est l'endroit le plus éloigné où tu sois allé en bateau ?

— À la fin de mes études, je suis parti deux mois et j'ai navigué jusqu'aux Caraïbes, raconta-t-il en prenant une gorgée de vin, les yeux rivés sur les quelques lumières qui brillaient au loin sur l'océan d'un noir d'encre.

— Tout seul ?

— Oui. C'est un bateau qui se manœuvre facilement seul.

Il se garda de mentionner qu'il aurait apprécié un peu de compagnie pendant le voyage.

— Waouh. Je ne crois pas que j'aurais le courage de partir seul si loin, commenta Chris en avalant un morceau de poisson, les yeux écarquillés.

— C'est bon ?

— Délicieux.

— Tant mieux.

Jesse continua à mâcher son poisson d'un air pensif.

— C'est très intimidant de se retrouver seul en pleine mer. On apprend à se sentir humble.

— J'imagine. Tu ne peux compter que sur toi-même.

Jesse haussa les épaules.

— Je m'estime très chanceux d'avoir tout ce que j'ai.

Ils dînèrent dans un silence détendu. La lune, presque pleine, projetait une lueur argentée sur l'étendue d'eau et les autres bateaux stationnés dans le port. Chris ouvrit une deuxième bouteille de vin et remplit les verres, puis vint s'asseoir près de Jesse.

— Cela ne te dérange pas ? demanda-t-il après quelques minutes.

— Que tu t'asseyes près de moi ?

— Ce voyage était censé faire taire les rumeurs, rien de plus, lui rappela Chris en souriant.

— Je suis content qu'il soit davantage, avoua Jesse malgré ses doutes.

Tous deux se penchèrent l'un vers l'autre en même temps. Le baiser qu'ils échangèrent commença par une légère pression des lèvres, puis gagna en intensité lorsqu'ils se serrèrent l'un contre l'autre. Jesse ferma les yeux et chassa en même temps toutes les pensées inopportunes, ses doutes et ses incertitudes, pour se concentrer uniquement sur le corps de Chris.

Chris mesurait quelques centimètres de moins que Jesse, et les bras de ce dernier semblaient un endroit conçu pour lui. Il se renversa en arrière et Jesse retint tendrement sa tête en continuant d'explorer les saveurs chaudes de sa bouche.

Le sexe de Chris frôla la hanche de Jesse lorsqu'il se pencha vers lui. Jesse sentait en lui un désir violent rivaliser avec son envie de lui faire l'amour tendrement. *Prends ton temps. Fais durer.* Il reprit son souffle et abandonna la bouche de Chris pour lui déposer de légers baisers sur la gorge.

— Jesse, murmura Chris en renversant la tête en arrière.

Jesse le mordilla et le lécha jusqu'à ce qu'il se lève.

— Veux-tu rentrer ? lui demanda Jesse.

— À moins que tu ne veuilles te donner en spectacle devant toute la marina, lui souffla Chris à l'oreille en le prenant dans ses bras.

— Non, je te veux pour moi tout seul.

Jesse l'attira contre lui, l'embrassa avec force et passa un doigt sur ses lèvres. Il recula jusqu'aux portes coulissantes qu'il ouvrit en grand avec le pied, puis entraîna son amant à l'intérieur et l'embrassa encore en refermant les portes.

Ils n'avaient avancé que de quelques dizaines de centimètres lorsque Jesse agrippa la chemise de Chris et la fit passer par-dessus sa tête avant de la jeter sur le canapé.

— Ça se réchauffe, commenta Chris.

— J'aime bien la chaleur, rétorqua Jesse en se débarrassant de sa propre chemise.

— OK, je te suis.

— Tu devrais faire un sort à ton short, dit-il en s'appuyant nonchalamment sur le plan de travail près de l'évier.

Chris déboutonna son short et le baissa en attrapant son boxer au passage.

— C'est mieux comme ça ?

Jesse émit un grognement d'approbation, mais quelque chose sur le plan de travail attira son attention.

— Mince, j'ai oublié le dessert.

— Je croyais que c'était moi, le dessert.

Jesse considéra la mousse au chocolat qu'ils avaient achetée. Il retira le couvercle du récipient en plastique, trempa un doigt dans le dessert et le lécha. Chris frissonna.

— Tu en veux ?

Jesse y trempa son doigt une seconde fois et le tendit à Chris, qui le lécha jusqu'à ce qu'il soit tout propre.

— Oh là là, c'est chaud, commenta Chris.

Jesse attrapa le récipient et désigna l'escalier qui descendait jusqu'à leur cabine.

— Je crois que cela conviendra, dit-il avant d'ouvrir la porte et de laisser passer Chris devant lui dans l'étroit couloir.

— Que cela conviendra pour quoi ? demanda Chris qui, vu son regard amusé, savait parfaitement à quoi s'attendre.

Il empila plusieurs oreillers sur le lit et s'installa en s'assurant que Jesse l'observait. Et Jesse n'en perdait pas une miette. Il posa la mousse sur le rebord du lit, puis agrippa les bras de Chris et les leva au-dessus de sa tête.

— Je crois que nous allons devoir corriger ton attitude.

— Je t'en prie, rétorqua Chris le sourire aux lèvres tandis que Jesse le retenait prisonnier.

Il aurait pu se dégager aisément, mais au lieu de cela il se tortillait sur la couverture moelleuse comme s'il se creusait une place dans le sable. À la pensée de Chris nu sur le sable, Jesse sentit son membre pousser plus fort sur le tissu de son short. Il avait peut-être présumé de ses forces en gardant ses propres vêtements.

Jesse trempa un doigt dans la mousse et peignit les lèvres de Chris avant de pénétrer dans sa bouche. Chris suça son doigt avec avidité, puis se lécha les lèvres. Jesse recouvrit ses propres lèvres de mousse d'un air satisfait, puis se pencha en avant pour permettre à Chris de le nettoyer.

Ensuite, en se mordant la lèvre inférieure, il recouvrit de chocolat les mamelons de Chris. Il entreprit de les nettoyer en dessinant des cercles paresseux qui faisaient vriller son amant sous ses coups de langue.

— S'il te plaît, susurra Chris lorsque Jesse lui présenta le récipient en faisant mine de se demander quel endroit de son anatomie il allait désormais choisir.

Jesse émit un petit rire et prit une poignée de mousse dont il badigeonna le sexe de son partenaire.

— C'est mieux ? demanda-t-il sans attendre la réponse.

La combinaison du chocolat et du membre en érection fit gémir Jesse de plaisir. Il nettoya consciencieusement la queue de son compagnon en s'attardant malicieusement sur l'extrémité et les parties les plus sensibles.

— Oh, Jesse... Ta bouche...

Après avoir récolté tout le chocolat, Jesse se releva et contempla Chris.

— Que pourrais-je bien faire maintenant ? s'interrogea-t-il à voix haute en remarquant avec satisfaction que le sexe de Chris venait taper contre son ventre.

— Tant que tu finis par me pénétrer, dit Chris d'une voix rauque, je suis partant pour tout.

Jesse rit et descendit du lit. Il se débarrassa rapidement du reste de ses vêtements et se caressa devant Chris. Il comprit que son petit spectacle avait l'effet désiré lorsque Chris se leva pour venir le plaquer contre le mur de la cabine.

— Allumeur, siffla-t-il à l'oreille de Jesse.

— C'est celui qui le dit qui l'est.

Et Jesse le poussa de sorte à inverser leur position. Il passa les doigts dans les cheveux soyeux de Chris et introduisit sa langue dans sa bouche tout en s'appuyant sur son entrejambe.

Leurs corps, luisants de sueur malgré l'air conditionné, se pressèrent l'un contre l'autre, leurs membres s'entremêlèrent.

— J'en ai envie maintenant, dit Chris. Comme ça.

— Waouh.

— C'est l'idée.

Chris attrapa un préservatif, le lubrifiant, et fourra le tout dans la main de Jesse.

— Subtil, susurra celui-ci entre deux mordillements, puis il saisit le sexe de Chris à pleine main.

— Ah, mon Dieu.

— C'est bien ce que je pensais.

Jesse se mit à caresser le membre de Chris qui criait en rythme. Il se laissait totalement aller : Jesse l'emmenait là où il le souhaitait.

Jesse lui écarta les jambes avec le pied tandis que Chris s'appuyait toujours sur la cloison. Il introduisit un doigt lubrifié dans son anus, et Chris haleta et écarta les jambes plus largement encore, l'encourageant à continuer. Avant longtemps, Chris se mit à gémir et à le supplier de le prendre. Jesse ne se fit pas prier. Il introduisit son sexe dans l'étroit passage, le plus profondément possible, en un seul mouvement, les mains fermement agrippées aux épaules de Chris, ce dernier plaqué contre le mur.

— C'est ça, murmura Chris tout en allant à la rencontre des mouvements de Jesse. Vas-y. Plus fort. Oui…

— Qu'est-ce que tu es sexy quand tu parles, lui dit Jesse tout contre sa joue en poussant une nouvelle fois au plus profond de lui. Peut-être même plus que quand tu lis.

Chris laissa échapper un éclat de rire et se pencha en arrière afin de montrer à Jesse le grand sourire qui lui fendait le visage.

— C'est la marque… d'un grand… écrivain, dit-il d'une voix haletante tandis que Jesse saisissait son membre et pompait à chaque va-et-vient de son corps.

— Cela doit être ce qui m'a séduit en toi.

Jesse avait prononcé ces mots sans réfléchir, et il ne s'imagina pas un instant que Chris puisse les prendre au sérieux. Car Chris l'avait séduit, et bien plus qu'il ne pouvait le croire.

Des gouttes de sueur perlaient entre les omoplates de Chris. Jesse contemplait son propre membre entrer et sortir du cul parfait de son amant.

— Je vais jouir, lâcha-t-il d'une voix qui révélait bien qu'il était à bout.

— Vas-y. Crie mon nom et jouis.

— Chris. Oh, Chris. C'est si bon, si bon !

Jesse fut transpercé par un orgasme long et tenace. Presque en même temps, Chris lui éjacula dans la main, la maculant de liquide chaud et visqueux. Jesse ralentit peu à peu le rythme de ses mouvements et serra Chris de toutes ses forces par-derrière.

Il retint des larmes qu'heureusement Chris ne pouvait pas voir. Leur première nuit ensemble avait été mémorable, mais cette fois-ci était encore plus saisissante. Il s'était complètement abandonné, et cette sensation l'avait à la fois terrifié et enhardi. Ils étaient dans une situation sacrément compliquée, mais il s'en fichait. Il fit pivoter Chris sur lui-même et l'embrassa avec une passion qu'étonnamment, il ressentit aussi de la part de son compagnon. Chris s'accrochait à lui comme s'il était son dernier rempart contre le néant.

*Je t'aime, Chris.* Il ne pouvait pas prononcer ces mots. Ils auraient fait fuir son amant, l'auraient effrayé. Mais cette certitude était ancrée en lui, tout comme il avait su pendant des mois qu'il le désirait. Ce petit jeu pouvait lui briser le cœur, mais cela en valait la peine, même si Chris le quittait à la fin de l'année. Il trouverait bien un moyen de recoller les morceaux s'il le fallait. Rien d'autre ne comptait que l'instant présent. C'était tout ce qu'il avait pour le moment.

# Chapitre Vingt-Neuf

*Six semaines plus tard*

**CHRIS** fit signe au revoir à Jesse depuis la porte d'entrée, bien conscient de la ressemblance avec une femme au foyer qui verrait son époux partir au travail. Ils commençaient vraiment à ressembler à un vieux couple. Chris s'imagina accueillir Jesse le soir avec un tablier à froufrous, et le tableau le fit sourire.

*Comme si !* Il fit une halte à la cuisine, planta une bise sur la joue de Marcie et se servit une troisième tasse de café avant de prendre le chemin de son bureau.

Il s'installa dans son fauteuil et alluma l'ordinateur le sourire aux lèvres. Il n'avait aucune intention de rester marié une fois l'année écoulée, mais il devait bien reconnaître que le mariage avait du bon. Ses pensées s'évadèrent par la fenêtre à travers laquelle il aperçut deux mouettes en train de picorer dans l'herbe.

*Concentre-toi !*

Il devait se remettre au boulot. Son nouveau roman avançait régulièrement maintenant qu'il pouvait y consacrer toutes ses journées, mais certains jours étaient plus productifs que d'autres.

Il jeta un œil à ses mails. Il répondrait à Val et à sa mère après avoir avancé dans son écriture. Une centaine de mails inintéressants encombrait sa boîte, mais quand il arriva au bout de la liste, il aperçut le nom de Rhonda à côté de l'objet *Appelez-moi.*

Il ouvrit le message qui contenait une pièce jointe nommée *Contrat.* Il double-cliqua sur l'icône en tremblant. Le document s'ouvrit et il le lut en diagonale. Son regard s'arrêta sur la ligne intitulée *Avance.* 75 000 dollars. Bien plus que ce qui était généralement accordé pour un premier livre, et environ trois fois son salaire annuel au café, même une fois retirés les quinze pour cent de commission de Rhonda.

Il relut le contrat attentivement et s'aperçut qu'il avait mal compris. L'avance était de 75 000 dollars *par livre.* Incroyable. Même en ôtant les impôts et ce qu'il devait à Rhonda, il lui restait une somme considérable. Suffisamment d'argent pour pouvoir continuer à écrire sans travailler à côté.

*Et sans avoir besoin de l'argent de Jesse.* Bien sûr, le million de dollars qu'il lui devait allait lui permettre de tenir bien plus longtemps que les avances sur les livres, mais avec les droits d'auteur qui allaient s'y ajouter, s'ils s'attendaient à ce que les livres se vendent si bien…

Il s'appuya sur le dossier de sa chaise et prit une grande inspiration afin de calmer les battements de son cœur. Il attrapa son portable et s'apprêta à appeler Jesse, mais s'interrompit brusquement. Pourquoi appellerait-il Jesse en premier ? *Tu commences à croire à tes propres mensonges.* Certes, Jesse était son ami. Bon, d'accord, un peu plus qu'un ami. Mais cela ne justifiait pas qu'il l'interrompe en plein milieu de sa journée de travail. Il serait bien temps de lui annoncer la nouvelle quand il rentrerait le soir.

*Et que se passera-t-il ? Et s'il se sent coupable de t'avoir pris au piège alors que tu n'as plus besoin de son argent ?* Chris balaya cette pensée. Il devait plutôt appeler Rhonda et discuter avec elle des termes du contrat.

Il but quelques gorgées de son café froid et tenta de reprendre ses esprits. C'était une bonne nouvelle. Excellente, même. Alors, pourquoi n'avait-il aucune envie de se réjouir ?

— **ON** s'ennuie depuis qu'on est rentré de sa lune de miel ?

La voix de Wenda tira Chris de sa rêverie. Il était assis à la table de la véranda, picorait de temps à autre une miette de son sandwich, regardait les feuilles s'envoler dans le vent... ou regardait dans le vide.

— Ce n'était pas une lune de miel, corrigea-t-il en lui lançant un regard furieux.

— On est un peu susceptible ce matin ?

Elle soutint son regard et se versa un verre d'eau pétillante qu'elle dégusta tranquillement.

— Excusez-moi, dit-il en reprenant son calme.

— Des soucis ?

— Vous êtes bien curieuse... Et pour info, je serais ravi de repartir pour un tour en bateau.

— Jesse m'a dit que vous étiez allés à Fishers Island.

— Il vous a dit cela ?

Ça alors, Jesse avait donc parlé à Wenda ?

— Je sais ce que vous pensez, dit-elle le sourire aux lèvres en prenant un sandwich.

— Vraiment ? Et qu'est-ce donc ?

— Vous avez du mal à croire que Jesse m'ait dit autre chose que *Bonjour*.

Il retint un petit rire.

— Ce n'est pas faux.

— En vérité, nous ne sommes pas allés beaucoup plus loin. Je lui ai demandé où vous étiez allés, et il m'a répondu que vous étiez allés à Fishers Island en bateau.

Chris ne réagit pas.

— Quelque chose vous dérange ? poursuivit-elle.

— Non, ça va.

— Sûr ?

— Wenda, je ne suis juste pas d'humeur à discuter de ça, c'est tout.

Il n'était pas du tout en colère contre elle pourtant. Il s'agaçait plutôt lui-même, sans bien savoir pourquoi.

— D'accord, pas de problème.

Elle continua à mâcher son sandwich un moment en silence.

— Comment va l'écriture ?

— À merveille.

— Tout va bien alors...

— Oui.

— Mon œil.

Chris la regarda, interloqué.

— Pardon ?

— Ça ne va pas du tout, et vous avez clairement besoin d'en parler, dit-elle d'une voix plus douce.

— Et c'est à *vous* que je devrais en parler ? ironisa-t-il d'un ton sec.

— Pourquoi pas ?

— Parce que vous contestez le testament et que vous avez presque déclaré que notre mariage était un mensonge.

— Je l'ai même explicitement dit, rétorqua-t-elle, pas le moins du monde déstabilisée.

— Je suis fatigué, Wenda, dit-il en se levant.

Il savait bien qu'il aurait du mal à se concentrer sur son écriture, mais c'était toujours mieux que de rester là à se battre avec elle.

— Vous l'aimez, n'est-ce pas ? lui demanda-t-elle brusquement quand il atteignit la porte.

Chris continua son chemin et ne s'arrêta que devant la porte de sa suite. Il attrapa le bouton de porte et resta comme figé. Pour qui se prenait-elle, à se mêler de ses sentiments ? Il était tombé dans le piège : il aurait dû lui dire directement qu'il aimait Jesse. Il était censé l'aimer, l'avoir épousé par amour. Alors, pourquoi avait-il hésité ?

La question était peut-être tout simplement : pourquoi était-il en colère ?

Et il connaissait la réponse. La nouvelle du contrat aurait dû le faire bondir de joie. Cela faisait des années qu'il rêvait d'une telle opportunité, et ce qu'on lui offrait, pour être honnête, dépassait même ses espérances. *Si tu es en colère, c'est parce que tu as peur d'affronter la réaction de Jesse.*

Il ouvrit la porte et pénétra dans la chambre. Une pluie battante s'abattait sur les fenêtres. Il s'appuya contre la vitre et contempla la tempête qui obscurcissait le large.

*Tu dois lui parler. Tu dois lui dire la vérité.*

**QUAND** Jesse l'appela à presque neuf heures du soir, Chris pensa qu'il était sur le chemin du retour.

— Salut, Jesse. La journée a été longue ?

— Je ne vais pas pouvoir rentrer ce soir, annonça-t-il d'une voix épuisée. Un typhon a provoqué un glissement de terrain à proximité de notre chantier naval en Corée, et j'attends le compte-rendu de notre équipe sur place qui doit évaluer les dégâts.

— C'est affreux ! Y a-t-il eu des blessés ?

— Apparemment, tout le monde est sain et sauf. Nous avons eu de la chance.

— Ne t'inquiète pas, fais ce que tu as à faire. Je me débrouillerai très bien tout seul.

— Tu as l'air fatigué. Tout va bien ?

— J'allais te dire la même chose, mais vu les circonstances, je comprends mieux.

— Je vais bien. Dure journée, mais je tiens le coup. Quand j'aurai eu des nouvelles de Corée, j'irai me reposer à l'appartement avec le manuscrit d'*À l'abordage du passé*.

Il marqua une pause.

— Cela me fait vraiment plaisir que tu me fasses suffisamment confiance pour me le faire lire. Je sais déjà que je vais l'adorer.

— Tu es censé avoir un regard critique, le taquina Chris.

— Et ce sera le cas, c'est promis. Mais cela ne m'empêchera pas de l'aimer.

Chris tenta d'ignorer le sentiment de plénitude que lui procuraient les paroles de Jesse. *Tu serais heureux d'entendre cela de la bouche de n'importe qui.* Ce qui n'était pas tout à fait vrai, et il en était conscient. L'avis de Jesse comptait plus que tout.

— Merci.

— Chris ?

— Oui ?

— Euh... Merci, lui dit Jesse d'une voix qui semblait extrêmement lointaine.

— De quoi ?

— De m'accorder cette chance.

Il eut comme l'impression qu'il ne parlait pas uniquement du manuscrit, mais chassa bien vite cette pensée de son esprit.

— Bonne nuit, Chris.

— Bonne nuit.

**JESSE** ne rentra dans le Connecticut que tard le lendemain. Chris avait eu vingt-quatre heures pour réfléchir à ce qu'il allait lui dire au sujet du contrat, et pourtant il hésitait toujours.

— Tu m'as manqué, lui dit Jesse en enlaçant Chris qui était assis à son bureau et relisait son texte.

— Jesse, soupira Chris en se laissant aller sur la poitrine de son amant presque malgré lui. Quoi de neuf ?

— Au sujet de la tempête ?

Chris hocha la tête.

— Il y a quelques dégâts sur le chantier naval, mais l'assurance devrait tout prendre en charge. L'essentiel est qu'il n'y ait ni morts ni blessés.

— Tant mieux.

— Je vais me coucher, dit Jesse en bâillant. Je n'ai dormi que quelques heures ces derniers jours, et j'ai l'impression que je pourrais dormir une semaine.

— Jesse, je… commença Chris.

— Oui ?

— Je suis content que tu sois rentré.

Ce n'était pas le bon moment pour lui parler du contrat. Pas encore. Il attendrait quelques jours, quand Jesse serait bien reposé.

— Moi aussi, je suis content d'être à la maison.

## *Chapitre Trente*

*Deux mois plus tard*

**LA** fin de l'été arriva à toute allure. Les cigales s'étaient installées dans les arbres et remplissaient les nuits de leurs chansons. Chris et Jesse partaient en mer presque tous les week-ends, et bien que Jesse parte travailler tous les jours à Manhattan, il parvenait à rentrer presque tous les soirs pour le dîner sur le patio. Ils discutaient souvent tous les deux du dernier chapitre que Chris venait d'écrire, et Jesse se révéla d'excellent conseil.

— J'ai beaucoup aimé la scène où Charlie affronte sa mère, lui avait dit Jesse le soir précédent tandis qu'ils discutaient après le repas. C'est très réaliste.

— Tant mieux. J'avais peur d'être trop mélodramatique, dit Chris qui commençait seulement à se détendre depuis qu'il avait livré ce dernier chapitre à Jesse. Et que penses-tu de la réaction de Vanessa ?

— Très bien, mais je pense que tu peux aller plus loin. Même sans nous livrer ce qui se passe dans sa tête, je pense qu'il faut qu'elle soit plus présente. Force le trait afin de faire réagir Charlie. Il doit se rendre compte que malgré l'amour qu'elle lui porte, elle ne le comprend pas du tout. C'est son fils, mais il reste un étranger pour elle.

— Excellente idée. Cela te dérange si j'y travaille un peu ce soir ?

— Pas du tout, dit Jesse en attrapant son verre.

Puis il sembla se rappeler quelque chose.

— Au fait, je voulais te demander : as-tu eu des nouvelles de Rhonda au sujet des Chroniques de Valhron ? Y a-t-il des éditeurs intéressés ?

— Pas encore, répondit Chris sans intention de mentir, mais il ne pouvait se résoudre à l'annoncer à Jesse si brusquement.

— Chris ?

— Oui ?

— Quelque chose te tracasse ?

— Non. Excuse-moi, je pensais à ce que tu viens de me dire au sujet de la mère de Charlie.

— Retourne à ton ordinateur, lui dit Jesse en riant. Je passerai te voir plus tard.

Mais Chris s'endormit sur son ordinateur tandis qu'il ressassait les suggestions de Jesse jusqu'à obtenir la scène parfaite.

— Je me sens un peu seul dans mon lit, lui dit Jesse après l'avoir réveillé par un baiser à trois heures du matin. Tu as le clavier entier imprimé sur la joue.

Ils montèrent tous les deux et firent l'amour jusqu'à l'aube, puis s'endormirent pour ne s'éveiller qu'à midi.

— Tu ne vas pas au bureau ? demanda Chris en venant se blottir derrière Jesse.

— Pas question, répondit-il en se retournant pour l'embrasser.

Marcie sourit en les voyant descendre pour le petit déjeuner.

— Je suis content que tu restes dans les parages, avoua Chris lorsqu'ils eurent terminé leur repas. J'hésitais encore entre aller courir et passer le reste de la journée à la plage, et ce sera plus drôle à deux.

— J'ai une téléconférence à quatorze heures.

Jesse se pencha pour déposer un baiser sur les lèvres de Chris.

— J'aurai probablement fini quand tu rentreras de ton jogging.

— Impeccable, dit Chris en commençant à s'éloigner de la table avant de changer d'avis et de forcer Jesse à se lever pour lui donner un vrai baiser.

— Ça me plaît, commenta ce dernier.

— Et il y en a d'autres en stock, dit Chris en se mordant la lèvre inférieure. Ils seront livrés à la plage.

— Tu es dur en affaires.

— Tout à fait.

Il fit demi-tour pour quitter la pièce.

— On se retrouve dehors, lança-t-il en partant.

Quelques minutes à peine après trois heures trente, Chris arriva sur le patio pour attendre Jesse. L'air sentait bon l'océan et l'herbe fraîchement coupée, et Chris était détendu et souriant. Jesse avait raison : passer l'été à la propriété, c'était le bonheur. Il imaginait déjà l'automne, puis l'hiver… Ce devait être un lieu merveilleux en toute saison.

Chris s'installa dans une chaise longue et ferma les yeux pour profiter de la brise fraîche. Cela faisait-il vraiment cinq mois qu'il habitait à Windmere ? Encore six mois, et il devrait partir. Quitter Jesse.

Il avait enfin fini de corriger *À l'abordage du passé* et d'insérer les modifications suggérées par Val et Jesse. Maintenant que la publication du premier volume des Chroniques de Valhron était prévue pour le début de l'année suivante, il espérait que la maison Carter accepterait de publier *À l'abordage* dans leur collection de littérature contemporaine, *Nouveaux Horizons*. Après avoir lu le livre, Jesse l'avait harcelé pendant trois jours pour qu'il l'envoie à son ami Bethany Locke, qui avait répondu qu'elle adorerait le présenter à son éditeur.

Chris s'assoupit au son des vagues. Ce fut la voix de Jesse qui le réveilla ; elle lui parvenait depuis la fenêtre ouverte de son bureau.

— … annulé la clause tout entière ? disait Jesse, manifestement interloqué. Il a annulé la clause… contraire à la politique publique ? … sais bien qu'elle peut faire appel. Non… Je comprends bien que c'est inhabituel et que la décision peut être contestée, mais c'est une excellente nouvelle, John… D'accord. Tiens-moi au courant.

Chris se redressa sur sa chaise. Le juge avait tranché en faveur de Jesse ? Mais s'il avait considéré la clause comme nulle, cela ne voulait pas seulement dire qu'il n'importait pas que Jesse ait épousé un homme, mais aussi… *qu'il n'avait plus du tout besoin d'être marié.*

— **CHANGEMENT** de plan, lui annonça Jesse lorsqu'il le retrouva une demi-heure plus tard. Il y a du nouveau et je dois passer au bureau, expliqua-t-il en se penchant vers Chris pour l'embrasser. Je vais sans doute rentrer tard. Veux-tu m'attendre pour dîner ?

— Bien sûr, répondit Chris sans lever les yeux.

— Et si nous partions en mer ce week-end ? Il va faire beau. On pourrait aller au Long Island Sound, ou retourner à Fishers Island.

— Bonne idée.

— Ça va ? demanda Jesse à Chris en lui massant les épaules.

— Très bien. Pourquoi me poses-tu la question ?

— Tu n'as pas l'air en forme, c'est tout, répondit-il en fronçant les sourcils.

— Je suis un peu fatigué, mentit Chris. J'ai couru plus longtemps que ce que j'avais prévu. Je vais faire une petite sieste.

— Ne tombe pas encore malade, d'accord ? dit Jesse en l'embrassant sur le crâne.

— Je vais essayer.

— Bien.

Et il sortit. Chris resta là à regarder l'océan sans vraiment le voir. Jesse voulait sans doute obtenir davantage d'informations sur la décision du juge avant de l'en avertir. Il lui en parlerait probablement à son retour le soir même.

Et que se passerait-il alors ? Chris n'avait jamais eu l'intention de se marier, et il n'allait certainement pas le rester, si ?


— **LA** place est libre ?

— Je… Oui. Bien sûr que oui.

Chris observa Wenda qui se tenait devant lui.

— Je vous ai encore surpris, n'est-ce pas ? demanda-t-elle en riant.

— Je crois que vous aimez bien ça, répliqua-t-il en désignant la chaise vide.

Wenda mangeait rarement entre les repas, aussi avait-il espéré avoir la véranda pour lui tout seul.

— C'est bien possible.

Elle déplia une serviette sur ses genoux tout en se pinçant les lèvres pour ne pas sourire.

— Jesse vous a-t-il annoncé la grande nouvelle ? demanda-t-elle à Chris qui lui versait du thé glacé.

Il lui lança son meilleur regard Je-ne-suis-pas-du-tout-intéressé-mais-je-vous-en-prie-dites-moi-tout.

— Quelle nouvelle ?

Elle l'examina un instant, puis attrapa un sandwich.

— Le juge a tranché en ma défaveur.

— Oh, concernant le testament.

— Alors, vous étiez au courant ! lâcha-t-elle d'un air triomphant.

Il garda le silence.

— Il ne vous a rien dit ?

— Je n'ai pas envie d'en parler.

— Vous vous sentez blessé.

— Wenda, s'il vous plaît, je…

— Pourquoi ne pas lui avouer que vous l'aimez ?

Elle continua à grignoter son sandwich, manifestement plus intéressée par sa réponse que par la nourriture.

— Je ne me sens pas de taille aujourd'hui, Wenda.

Les plaisanteries et tout ce petit jeu qui consistait à ne rien lâcher et à toujours surpasser l'autre ne l'amusaient plus. Il était épuisé et, c'était vrai, blessé. Et quel bien cela pouvait-il lui faire de parler de cela avec elle ? Elle était capable de retourner ses propres paroles contre lui un jour ou l'autre.

— Je croyais que nous étions amis.

— Nous sommes amis, mais nous ne parviendrons pas à nous mettre d'accord sur certains points.

— Comme votre mariage avec Jesse ?

Elle haussa les épaules.

— J'aime bien votre maman.

Il la toisa du regard sans savoir comment réagir.

— Vous pensez que je passe du coq à l'âne, mais si je mentionne votre mère, c'est parce que nous avons beaucoup parlé de votre couple toutes les deux.

Elle arborait le demi-sourire qui signifiait qu'elle avait réussi à le surprendre. Chris haussa les épaules et mangea un cornichon, davantage pour se donner une contenance que parce qu'il avait faim.

— Ne vous inquiétez pas, poursuivit-elle. Marjorie n'a pas été indiscrète, mais elle m'a dit qu'elle était très heureuse que vous vous soyez marié. Elle m'a raconté que son mariage avec votre père avait mal tourné et qu'elle craignait que vous refusiez de vous marier pour cette raison.

— C'est gentil.

Rien de surprenant dans tout cela. Et de toute façon, il ne se serait jamais marié sans cette histoire de testament. Wenda éclata de rire.

— Vous êtes vraiment au trente-sixième dessous, hein ?

— Il faut que j'y aille, dit Chris en se levant. J'ai des corrections à faire.

C'était faux, mais elle n'en saurait rien.

— Je ne vais pas faire appel.

— Vous... Quoi ?

— J'ai dit que je ne ferais pas appel.

— Et pourquoi ?

Elle haussa les épaules et secoua la tête.

— Je n'ai jamais été très intéressée par l'entreprise.

— Vous n'avez jamais été très intéressée… ? Mais alors, qu'est-ce qui vous a pris de vous attaquer à Jesse de cette façon ?

Certes, il était déprimé et mal dans ses baskets, mais cela ne l'empêcha pas d'être très en colère tout à coup. Elle lâchait l'affaire. Tout ça pour ça…

— Jesse vous dirait que mon seul but était de l'embêter, dit-elle sur le ton de la plaisanterie, même si Chris sentit qu'il y avait du vrai derrière son attitude dédaigneuse.

— Je vois, alors qu'en fait vous n'aviez à cœur que son bien-être. Elle est bien bonne.

— Mais vous non plus vous n'avez que faire de son bien-être, conclut-elle en s'appuyant sur le dossier de sa chaise et en croisant les jambes, apparemment très contente d'elle-même.

— Je vous souhaite une excellente après-midi, Wenda, dit-il en se dirigeant vers la porte.

Il voulait couper court à la conversation.

— À vous aussi, Chris.

## *Chapitre Trente et un*

**LORSQUE** Jesse rentra du bureau peu avant dix heures, ils dînèrent tous les deux sur le patio.

— Bonne journée d'écriture ? demanda-t-il à Chris après avoir pris quelques gorgées de vin.

— Ça va.

Chris ne souriait pas. Il avait déjà l'air fatigué le matin, et son état semblait avoir empiré.

— Tu es sûr que tu n'es pas malade ?

Le souvenir du soir où il était rentré pour trouver Chris presque évanoui dans son lit était encore frais dans l'esprit de Jesse, et il savait qu'il oubliait parfois de se ménager.

— Je vais bien.

— D'accord.

— Et au bureau ? demanda Chris après quelques minutes de silence.

— Rien à signaler. Beaucoup de réunions.

Jesse n'avait pas été aussi efficace qu'il l'aurait voulu. Il avait passé presque tout son temps au téléphone avec ses avocats, à discuter des conséquences de la décision du juge. Il s'inquiétait des retombées sur sa relation avec Chris. Allait-il déguerpir dès qu'il en aurait l'occasion ?

Le peu qu'il savait au sujet du mariage des parents de Chris était de mauvais augure, et Chris n'avait jamais caché sa méfiance vis-à-vis de cette institution. Et pourtant, leur relation avait évolué dans le bon sens, et Jesse croyait — non, il *savait* que la situation actuelle convenait à Chris. Il ne s'attendait pas à ce que Chris lui jure son amour éternel, mais…

— Jesse ?

— Oui ?

— À quoi penses-tu ? Tu as des soucis ? lui demanda Chris tout en observant avec attention la carotte qu'il avait plantée au bout de sa fourchette – avec *trop* d'attention.

— Moi ? Non, mentit-il. Juste de la fatigue. Raison de plus pour prendre le large ce week-end.

— Oui, répondit Chris avant de se remettre à mâcher, le regard perdu sur la pelouse qui s'étendait jusqu'à la falaise.

— Mais si tu préfères, on peut aussi faire une sortie en mer sur la journée.

Peut-être Chris ne voulait-il pas interrompre son écriture tout un week-end.

— Je voulais te demander, dit Chris l'air de rien en jouant avec ses carottes dans son assiette, as-tu eu des nouvelles du tribunal concernant le testament ?

Jesse prit son verre et but une grande gorgée de vin, qui ne suffit pas à dénouer le nœud qui lui serrait l'estomac. Il avait besoin de réfléchir à la meilleure façon de lui annoncer la nouvelle. Il devait le convaincre que la décision du juge ne changeait rien, et qu'il devait coûte que coûte rester à Windmere.

— Pas que je sache.

Il vida son verre et s'en versa un autre. Il en informerait Chris, bien sûr, mais il envisageait d'en parler d'abord à sa mère, qui aurait peut-être des suggestions à lui faire pour l'aider à le faire rester. *Tu pourrais lui demander de rester, tu sais.*

— Ah, d'accord.

— Quoi qu'il en soit, tu auras le million, s'entendit dire Jesse.

Chris se raidit subitement.

— Crois-tu que c'est ce qui m'inquiète ?

— Je… N-non.

Jesse but un peu de vin. Voilà qu'il bégayait maintenant.

— B-bien sûr que n-non. Mais je…

— J'ai signé un contrat, tu te souviens ?

— B-bien sûr.

*Mince.* S'il voulait rassurer Chris, c'était réussi. Il allait juste parvenir à le faire sortir de ses gonds.

— Tu peux rester aussi longtemps que tu le souhaites, tu sais. Même après qu-qu'un an…

— Je me trouverai un endroit. Je veux dire, avec un million, je devrais quand même réussir à me dégoter un endroit rien qu'à moi, non ?

Jesse grimaça en percevant le sarcasme dans sa voix.

— Chris, je ne voulais pas sous-entendre que…

— Je suis fatigué, interrompit Chris en se levant.

— Mais, mais tu n'as rien mangé.

— Prends ton temps, répondit-il en haussant les épaules. Je crois que je vais dormir dans ma chambre ce soir, ajouta-t-il en rentrant dans la maison. Comme ça, tu ne me réveilleras pas quand tu viendras te coucher. Bonne nuit.

— Bonne nuit.

Jesse le regarda disparaître. Il eut froid tout à coup, et se demanda si Chris avait pris connaissance de la décision du juge d'une manière ou d'une autre. Wenda lui en avait-elle parlé ?

Il posa sa serviette sur la table et rentra dans la maison.

— C'est déjà terminé ? demanda Marcie lorsqu'il passa la tête par la porte de la cuisine.

— Oui.

— M. Valentine a dit qu'il montait se coucher, dit-elle en fronçant les sourcils. J'espère qu'il n'est pas encore en train de tomber malade.

— Je l'espère aussi.

Jesse se passa la main dans les cheveux en essayant de rassembler ses esprits.

— Avez-vous vu Wenda ce soir ? finit-il par demander.

— Mme Donovan a dîné dans sa chambre.

— Très bien, merci.

— J'espère que tout va bien, ajouta-t-elle quand il quitta la pièce.

— Oui, tout va bien, répondit-il davantage pour s'en convaincre lui-même que pour la rassurer. Tout va bien.


— **QU'EST-CE** que tu manigances ? demanda Jesse à Wenda lorsqu'elle lui ouvrit la porte quelques minutes plus tard.

— Ça fait plaisir de te voir, Jesse. Tu veux entrer ? proposa-t-elle en l'invitant d'un geste à s'installer dans son salon.

Il s'avança d'un pas raide en serrant les dents.

— Puis-je t'offrir quelque chose à boire ?

— Rien, merci.

— Comme tu préfères, dit-elle en se versant un verre avant d'aller s'asseoir dans l'un des fauteuils à haut dossier qui se trouvaient près de la fenêtre. Assieds-toi, je t'en prie.

— Je préfère rester debout.

— Bon.

Elle continua à déguster sa boisson en attendant qu'il s'explique.

— Qu'as-tu dit à Chris ?

— Ce que je lui ai dit ? À quel sujet ?

Jesse expira lentement afin de maîtriser ses émotions.

— Au sujet de la décision du juge.

— Ah ! Ça...

— Oui. *Ça.*

Elle était horripilante ! Comme si elle n'avait pas deviné depuis le début de quoi il voulait lui parler...

— Ce n'est pas moi qui le lui ai appris, dit-elle en croisant les jambes. Il le savait déjà.

— Quoi ?

— Dois-je comprendre que ce n'est pas toi non plus qui lui en as parlé ?

Jesse se laissa aller et parut soudain tout abattu.

— Non.

Il n'osait pas avouer à Wenda qu'il avait fait bien pire en mentant ouvertement à Chris. *Pas étonnant qu'il ait voulu dormir dans sa chambre...*

Wenda soupira d'un air dramatique.

— Je ne comprendrai jamais les hommes. Je ne les ai jamais compris. La moitié du temps, je ne comprenais pas ton grand-père non plus d'ailleurs.

Jesse la toisa d'un air furieux et s'apprêta à sortir. Il n'avait pas besoin d'une autre dispute ce soir-là.

— Puisque tu ne lui en as pas parlé, ajouta-t-elle alors qu'il avait déjà la main sur le bouton de porte, tu ignores sans doute que je n'ai pas l'intention de faire appel.

Jesse se figea.

— Quoi ?

— Tu as bien entendu. Je ne ferai pas appel, bien que cela te déçoive probablement.

— Non, pas du tout, je…

— Ce n'est pas la peine de me mentir, Jesse, dit-elle en fronçant les sourcils. Peut-être crois-tu à tes propres mensonges, mais ce n'est pas mon cas. Si j'avais fait appel, tu aurais encore eu six mois pour tenter de te débattre, alors que maintenant, tu vas devoir prendre une décision, et te battre pour garder Chris.

## Chapitre Trente-Deux

**JESSE** avait eu envie de parler à Chris en sortant de chez Wenda, mais sa porte était fermée et la lumière éteinte. Il avait fini par passer la plus grande partie de la nuit les yeux rivés sur son réveil, ne dormant que quelques heures. C'était sa pénitence pour sa mauvaise conduite de la veille, mais il ne s'en sentait pas moins coupable pour autant. Il avait dissimulé la vérité, il avait menti à Chris. Il l'entendait désormais s'agiter dans sa chambre, et savait parfaitement ce qu'il lui restait à faire : arrêter la comédie, aller le voir et tout lui révéler. Il espérait qu'il n'était pas trop tard pour se faire pardonner.

Jesse se dirigea à pas feutrés vers la chambre de Chris, pieds nus et en pyjama. Il frappa à la porte.

— Entrez.

Jesse s'arrêta net en voyant Chris, la valise ouverte sur le lit, en train de faire ses bagages.

— Chris ?

Il fit volte-face, une pile de tee-shirts dans les bras.

— Salut.

— Qu'est-ce que tu fais ? demanda Jesse, bien conscient de la stupidité de sa question, mais son cerveau avait besoin de temps pour analyser ce qu'il voyait.

— Mes bagages, répondit Chris tout simplement avant de se remettre à sa tâche.

— Mais… tu t'en vas ? poursuivit Jesse en s'approchant de Chris afin qu'il n'ait d'autre choix que de le regarder.

— C'est ce que nous avions décidé, non ?

— Je suis désolé, dit Jesse en soupirant. J'aurais dû être honnête avec toi hier soir.

Chris haussa les épaules et repartit vers la commode, d'où il sortit trois ou quatre jeans qu'il posa sur le lit.

— Ce n'est pas très grave. Il n'y a rien de personnel dans tout cela.

— Chris, je sais que tu es en colère…

— Parce que tu m'as menti ? Oui, j'étais en colère hier soir, mais cela n'a pas d'importance. Le délai imparti est écoulé, et nous avons tous les deux ce que nous voulions, expliqua-t-il tout en continuant à plier ses vêtements. Tout le monde s'en sort bien.

— Ce n'est pas vraiment ce que tu penses.

Chris se retourna pour regarder Jesse dans les yeux et parla d'un ton sec et dur.

— Tu t'attendais à ce que je reste ?

— Non, mais je l'espérais.

— M'as-tu demandé de rester ? demanda Chris les mâchoires serrées sans s'arrêter de plier et de ranger.

— Non, reconnut Jesse. Je ne te l'ai pas demandé. J'avais peur qu'en…

— Tu avais peur que nous évoquions le futur ?

Chris alla chercher ses chaussures dans le placard.

— Tu n'aimes pas parler des choses importantes. Tu préfères ne faire que ce qui te chante. On te laisse agir à ta guise la plupart du temps, n'est-ce pas ? Et tu t'es dit que si tu me tenais à ta merci pour quelques mois encore, je déciderais peut-être à la fin de rester.

— C'est vrai.

Il avait eu l'occasion de réparer ses erreurs, et voilà qu'il gâchait tout une seconde fois. Non seulement il s'était tenu à distance de Chris, mais quand ce dernier avait essayé de mettre les choses à plat, il avait volontairement évité d'évoquer ce qui arriverait une fois qu'ils ne seraient plus liés par le contrat.

— Excuse-moi, mais j'ai des bagages à faire.

— Chris, s'il te plaît, ne me rejette pas.

Chris rit jaune.

— Moi, te rejeter ?

Jesse baissa les yeux et rassembla toutes ses forces pour tenter de se ressaisir.

— Je ne voulais pas que tu partes, reconnut-il.

Les paroles que prononça alors Chris furent comme un poignard planté dans le cœur de Jesse.

— Si tu m'avais demandé de rester, je serais peut-être resté. Je n'en sais rien. J'ai toujours été contre le mariage, mais je dois reconnaître que ces quelques mois ont été… agréables. Même plus qu'agréables. Et je ne parle pas uniquement du plan sexuel, s'empressa-t-il d'ajouter. Nous avons passé de bons moments ensemble.

— Tant mieux, bafouilla Jesse tout en luttant pour ne pas crier, pour ne pas se mettre à genoux et supplier Chris de reporter son départ et de réfléchir.

— Écoute, continua Chris en commençant à sourire, une indéniable tristesse dans le regard, je ne suis pas fait pour le mariage, je ne te l'ai jamais caché.

— Je sais, dit Jesse en se frottant la nuque, et je n'en attendais pas davantage de toi, mais au fil du temps…

— Je t'aime beaucoup, Jesse. On s'entend bien, non ? Nous pouvons rester bons amis.

— Nous sommes déjà plus que de simples amis.

— Nous pourrons nous voir à New York, suggéra Chris.

— Ce n'est pas ce que je veux, Chris, ce n'est pas suffisant. Je n'ai peut-être pas le droit de te demander cela après m'être conduit comme je l'ai fait, mais je ne trouverai pas le bonheur si l'on se contente de tirer un coup de temps en temps.

Il lui avait suffisamment menti. Il était temps de jouer franc jeu.

— Il y a toujours une part de malhonnêteté dans le mariage, répliqua Chris en se tournant vers le lit. Tu me mentiras encore.

— C'est possible. Tout ce que je peux te promettre, c'est de faire de mon mieux pour être sincère et me racheter si jamais je me conduis mal envers toi. C'est ce que je ferais à l'instant si je savais ce dont tu as besoin.

— Je n'ai besoin de rien. Je…

Jesse le fit taire en l'embrassant, mais Chris le repoussa aussitôt.

— Pas de ça, Jesse, l'avertit Chris.

— Pourquoi ?

— Parce que tu me fais perdre mon sang-froid et que j'ai besoin d'avoir les idées claires.

— Pourquoi ?

— Je te l'ai déjà dit : le mariage, ce n'est pas pour moi.

— Tu réfléchis trop. Je le sais bien, je suis pareil. J'analyse tout. Il faut peut-être que pour une fois, tu te laisses guider par tes sentiments.

— Il n'en est pas question, répondit Chris en secouant la tête.

— Pourquoi pas ? As-tu peur de reconnaître que je compte pour toi ?

— Bien sûr que tu comptes pour moi. Comme je te l'ai dit, je tiens à ce que nous soyons amis, et peut-être plus. Mais je ne vois pas pourquoi nous aurions besoin d'être mariés…

Cette fois-ci, Jesse prit Chris dans ses bras et le tint serré contre lui pour l'embrasser. Ce dernier semblait plus hésitant, puis il céda et enlaça Jesse à son tour.

— Je pars, Jesse, souffla Chris lorsque leurs lèvres se séparèrent. Et tes baisers ne me feront pas changer d'avis. J'ai fait tout ce que tu m'avais demandé. Nous avons signé un contrat, nous étions d'accord, et j'ai été assez stupide pour croire que nous pourrions être davantage que des amis.

— Nous pouvons…

— Non, l'interrompit Chris. Sur ce plan-là, c'est moi qui ai mal joué. J'ai eu envie de toi et j'ai agi sans réfléchir.

— Mais nous en avons eu envie tous les deux, Chris. Il ne s'agissait pas que de sexe, et tu le sais parfaitement. Nous ne sommes pas pressés, nous pouvons prendre le temps de parler pour que tu te sentes…

— Je pars. Tu as obtenu ce que tu souhaitais.

Il rit amèrement avant d'ajouter :

— Et tu peux garder ton million. Je n'en ai pas besoin.

— Mais il te faut cet argent…

— Je n'en veux pas. J'ai tout ce qu'il me faut sur mon compte en banque.

— Attends un peu.

Jesse fronça les sourcils en essayant de saisir cette nouvelle information.

— Que veux-tu dire par là ?

Chris garda le silence.

— Pourquoi ne me dis-tu rien ? insista Jesse.

— C'est sans importance, oublie.

— Tu… tu as ob-obtenu un contrat, c'est ça ? Tu as trouvé un éditeur pour ta trilogie et tu ne m'en as rien dit.

Chris se replongea dans sa valise.

— Chris ? D-d-dis-m-m-m, mince !

Jesse respira calmement. Il avait horreur de ne pas réussir à s'exprimer.

— Dis-moi tout, dit-il finalement avec lenteur et détermination.

— Oui, répondit Chris en le regardant dans les yeux, avant de retourner à sa valise.

— Quand ? Qu-quand as t-tu… quand as-tu su ?

Chris expira calmement entre ses lèvres pincées.

— Rhonda m'a appelé quand tu étais coincé en ville après l'histoire du typhon.

— Pourquoi ne m'as-tu rien dit ?

Jesse avait comme une douleur dans la poitrine. Il voulait fêter la nouvelle avec Chris. C'était peut-être idiot, mais il avait l'impression de partager un peu cette victoire.

— Je ne sais pas.

Jesse se retint de souligner que Chris s'était comporté avec lui exactement de la même façon que lui-même avec Chris. Il ne voulait pas le lui reprocher, mais il aurait souhaité lui montrer qu'il faisait une erreur en s'en allant.

— Je suis vraiment content pour toi. Je sais à quel point c'est important à tes yeux.

— Merci.

— Alors, tu as obtenu une avance importante ?

Cela aurait expliqué son silence.

— Euh… oui.

Jesse se laissa tomber lourdement sur le lit. Il avait besoin de voir le visage de Chris. Peut-être cela ne changerait-il rien, mais il avait besoin de voir la vérité en face.

— Dis-moi franchement : tu ne m'as rien dit parce que tu as eu peur que je me sente coupable de te retenir à cause de notre contrat ?

— Je n'en sais rien. Peut-être.

Mais le regard de Chris le trahissait. Jesse regarda la valise à moitié pleine. Tout était terminé. Ils s'étaient trompés l'un l'autre, ils s'étaient menti. Tous deux méritaient cette fin.

— Je suis désolé.

— Moi aussi.

— Tu restes ?

— Impossible.

La mâchoire de Chris se contracta tandis qu'il semblait réfléchir à un point bien précis. Puis il retira son alliance.

— Je comprends.

Jesse se leva et se dirigea vers la porte.

— Si jamais tu changes d'avis…

— Merci de te montrer si compréhensif, lui dit Chris en lui rendant la bague.

— Pas de problème.

Jesse hésita. L'alliance était encore chaude. Il décida d'oublier la prudence. Qu'avait-il à perdre ?

— Je ne sais pas ce que ça vaut, ajouta-t-il, mais je t'aime, Chris.

Chris ne répondit rien, et Jesse n'avait attendu aucune réponse.

— IL est parti, n'est-ce pas ? demanda Wenda à Jesse qui venait d'enfourcher un morceau de bacon puis de changer d'avis et de le reposer dans son assiette.

— Je ne veux pas en parler.

— Tu es encore tellement enfant après toutes ces années, dit-elle en lui versant une tasse de café. Bois ça.

Jesse but le café d'un trait, puis regarda fixement le fond de sa tasse.

— N'as-tu toujours pas compris que je ne suis pas ton ennemie ?

Wenda remplit la tasse de nouveau. Jesse soupira pesamment.

— Es-tu en train d'essayer d'être gentille avec moi ?

Sa remarque la fit rire.

— Je ne suis pas particulièrement chaleureuse, mais je ne me souviens pas avoir été volontairement *méchante* avec toi.

— En effet, dit-il en secouant la tête, les lèvres pincées. Tu as raison. C'est moi.

— Comment cela ?

— J'ai tiré des conclusions hâtives te concernant, et je me suis souvent trompé. Tu as toujours été gentille, même lorsque je te repoussais.

— Tu n'étais qu'un gamin, je le comprenais bien.

— Mais je ne suis plus un gamin, et je n'ai plus d'excuse. Sans Chris, nous n'aurions même pas cette conversation.

Il eut mal au ventre rien qu'à mentionner Chris.

— Certes, mais nous l'avons, et c'est l'essentiel.

Il se força à sourire et reprit une gorgée de café.

— Comment vas-tu t'y prendre pour le faire revenir ?

— Il ne reviendra pas. Je suis allé trop loin cette fois-ci. Je lui ai menti. Je lui ai dit que je n'avais aucune nouvelle du tribunal.

— Jesse, il tient à toi, dit-elle en se penchant vers lui. Et si tu veux mon avis, il se sert de cette histoire comme excuse.

— Qu'est-ce que ça change ?

— Tout. D'après Marjorie, son mariage avec le père de Chris était loin d'être satisfaisant, mais elle semblait avoir une bonne opinion de votre couple.

— C'est-à-dire ?

— Elle m'a dit que tu étais sans doute capable de faire changer Chris d'avis sur le mariage et l'amour en général.

— En effet, je me suis très bien débrouillé, tu ne trouves pas ?

— On fait toujours des erreurs dans un couple, Jesse, lui dit-elle avec un sourire en coin. Les erreurs et les disputes font partie du mariage.

— Mais cette fois-ci…

— Dis-moi franchement : Chris n'a-t-il jamais rien fait qui t'ait mis en colère ?

Il pensa immédiatement au contrat dont il ne lui avait pas parlé.

— Chris est quelqu'un de bien, se contenta-t-il de répondre.

— Je sais, là n'est pas la question. Il arrive aux gens bien de mal agir.

Jesse ne dit rien.

— Donc la réponse est *oui*. Il arrive à tout le monde de se tromper, pour de bonnes ou moins bonnes raisons. Ton grand-père et moi nous disputions souvent, dit-elle en souriant. Il était même absolument insupportable parfois, et je n'étais pas un ange non plus. Mais nous nous aimions. Mets-toi à la place de Chris. Son père s'est mal comporté avec sa mère. Il se sent trahi par toi, et il a l'impression de revivre ce qui est arrivé à sa mère. Donc, il fuit.

— Mais que dois-je faire ?

C'était la première fois qu'il lui demandait conseil, et il fut surpris de constater à quel point cela lui faisait du bien.

— Laisse-lui un peu de temps. Fais-lui savoir que tu ne l'oublies pas, et montre-lui que tu n'es pas comme son père.

— Facile à dire…

— Je n'ai jamais dit que ce serait simple, dit-elle en haussant les épaules. Les relations humaines ne le sont jamais. Chris a besoin de temps pour digérer tout ça et pour comprendre qu'il a besoin de toi, même avec tous tes ignobles défauts.

— Je te remercie.

— De quoi ?

— De beaucoup de choses. Et surtout de ton amitié, et de ton écoute.

— De rien.

Elle attrapa un journal et se plongea dans sa lecture.

— Et arrête de broyer du noir, ajouta-t-elle. Ça m'insupporte au plus haut point.

Jesse éclata de rire.

— Bien, chef !

## Chapitre Trente-Trois

*Deux mois plus tard*

— **CHRIS ?** Jesse a encore appelé, lui annonça Val lorsqu'il rentra de son jogging du matin.

— D'accord, merci.

Il jeta un œil à l'écran de son portable et constata que Jesse avait essayé de le joindre à ce numéro également.

— Il dit qu'il sait bien que tu ne veux pas lui parler mais que c'est important. Cela concerne un rendez-vous avec ses avocats cet après-midi.

— Il s'inquiète trop, dit Chris en passant la tête par la porte de la cuisine. Ses avocats ont viré l'argent sur mon compte ce matin.

Val se tourna vers lui, les mains pleines de mousse.

— Et tu l'évites ?

Évidemment qu'il l'évitait. Depuis qu'il avait quitté Windmere deux mois plus tôt, Jesse l'appelait au moins une fois par semaine, et bien qu'il n'ait jamais répondu, il ne se décourageait pas. *Je sais bien que tu es en colère et que tu refuses de me parler,* lui avait dit Jesse dans l'un de ses messages. *Je comprends, mais je veux juste que tu saches que tu me manques et que je t'aime.*

— Vous serez bientôt débarrassés de moi, répliqua Chris qui commençait à en avoir assez de s'entendre dire qu'il devrait laisser une seconde chance à Jesse. Je ne vais pas tarder à trouver un appartement.

Val marcha vers lui d'un pas décidé, les sourcils froncés, et lui envoya quelques bulles de produit vaisselle à la figure.

— Tu ne manques pas d'air, tu sais ? Crois-tu vraiment que Terry et moi avons envie de nous débarrasser de toi ?

Elle retourna à son évier en secouant la tête.

— Tu meurs d'envie de le retrouver, et tu te venges sur tes amis.

Vraiment ? C'était plausible…

— Désolé.

— Mouais. Rappelle-le. Parle-lui. Je suis certaine que vous pouvez recoller les morceaux.

— Je me suis comporté comme un crétin, hein ? dit-il en prenant Val par les épaules.

— C'est à peu près ça. Et je suppose que tu ne vas pas tenir compte de ce que je te dis ?

— Possible.

— As-tu déjà envisagé de rester avec nous ? Je sais que tu ne manques pas d'argent, mais tu serais peut-être content d'avoir de la compagnie. Si tu as besoin de plus d'espace, on peut chercher un trois-pièces.

— Merci, dit-il en lui plaquant un bisou sur la joue. Et je le pense vraiment.

— Vas-tu finir par tout me raconter ? En me donnant plus de détails que le refrain habituel, *Ce n'était qu'un contrat d'affaires*.

Chris prit une profonde inspiration.

— Nous nous sommes plantés tous les deux. Voilà, c'est terminé. Il veut sans doute que j'aille à ce rendez-vous chez son avocat pour finaliser le divorce.

— Il pourrait t'envoyer les papiers dans ce cas. Et pourquoi ne cesse-t-il pas de t'appeler ?

— Je n'en ai aucune idée.

Chris se doutait que Jesse avait abandonné l'idée de le faire revenir.

— Donc, tu l'évites parce que tu ne veux pas divorcer ? demanda-t-elle en lui lançant un regard intense par-dessus son épaule. Si tout est vraiment fini entre vous, pourquoi ne pas signer les papiers ?

— Euh… non… enfin…

Le regard interrogateur de Val ne le quittait pas.

— Val… tu te poses trop de questions.

Ce n'était pas pour cette raison qu'il évitait Jesse. Il ne voulait pas le voir, un point c'est tout.

— Ne pouvez-vous pas juste en parler ? Je ne comprends pas…

On sonna à la porte d'entrée.

— J'y vais, dit Chris, trop heureux d'échapper à cette conversation.

Il voulait juste oublier Jesse. Oublier à quel point sa présence lui manquait. Oublier qu'il lui avait avoué qu'il l'aimait.

Il ouvrit la porte et resta bouche bée.

— Wenda ? Mais comment… ?

— Comment je suis entrée dans l'immeuble ? demanda-t-elle en souriant. J'ai attendu que quelqu'un arrive et je lui ai dit que j'étais votre mère.

— Ma mère ? Parfait ! s'exclama Chris en riant.

— Cela me fait plaisir de vous voir, Chris. Puis-je entrer ?

— Euh… Je suis encore un peu suant.

Elle alla s'asseoir sur le canapé en riant.

— Chris, l'appela Val qui apparut dans le salon en train de s'essuyer les mains. Qui était à la… porte ? termina-t-elle en apercevant Wenda.

— Wenda Donovan, annonça-t-elle en tendant la main à Val.

Val lui serra la main.

— Vous êtes la belle-grand-mère de Jesse, je suppose ?

— En personne !

— Peut-être parviendrez-vous à faire entendre raison à cet idiot, dit-elle en fronçant les sourcils.

— Je vais prendre une douche, annonça Chris gaiement en ignorant les deux femmes.

— Nous nous mettrons en route dès que vous serez prêt, ajouta Wenda.

— En route ? Mais je ne vais nulle part !

— Nous sommes censés rencontrer l'avocat ce matin. Jesse ne vous a rien dit ?

— Je n'ai absolument rien à dire à cet avocat. Tout est en règle. Et si Jesse veut le divorce, il n'a qu'à le demander.

Sur ce, il tourna les talons et se dirigea vers la salle de bain.

— Le divorce ? Quel divorce ?

Chris se retourna en soupirant.

— Et pour quelle autre raison devrais-je voir un avocat ?

— Je n'ai pas entendu parler de divorce, dit Wenda. Même si cela ne me surprendrait pas de la part de ma tête de mule de petit-fils de vouloir divorcer de l'homme dont il prétend être amoureux.

— Jesse a dit qu'il aimait Chris ? répéta Val en regardant ce dernier d'un air soupçonneux. Tu étais au courant ?

— Il me l'a dit, oui, mais…

— De toute façon, poursuivit Wenda sans se laisser impressionner, le rendez-vous de ce matin est une tout autre affaire. Il s'agit du testament de mon défunt mari. En tant qu'époux de Jesse, vous, Christopher Valentine *Donovan*, devez être présent ; dans le cas contraire, nous ne pourrons entériner l'affaire. Et en ce qui me concerne, j'ai hâte de passer à la suite.

Chris soupira. Il renonça à préciser qu'il n'avait pas changé de nom en se mariant, estimant que l'effort n'en valait pas la peine.

— Très bien. Donnez-moi l'adresse. Je vous retrouverai sur place.

— Mon chauffeur attend en bas de l'immeuble. Nous avons tout notre temps.

Val faisait manifestement de son mieux pour se retenir de pouffer.

— Voulez-vous une tasse de thé, Wenda ?

— Avec grand plaisir.

— Préfères-tu te joindre à nous, Chris, ou aller prendre ta douche ? demanda Val.

— Nous ne jouons clairement pas dans la même équipe. Je choisis la douche. Sans hésitation.


**CHRIS** s'abstint de tout commentaire lorsqu'on les fit entrer, Wenda et lui, dans une petite salle de réunion. Il aurait préféré être n'importe où ailleurs, mais il était décidé à faire ce qu'il avait à faire même si cela impliquait de revoir Jesse. Il s'assit et essaya de se persuader qu'il n'avait pas à s'inquiéter. Il s'agissait juste de régler une vieille affaire et de reprendre sa vie d'avant.

Jesse entra dans la pièce peu après. Il adressa un signe de tête à Wenda puis se tourna vers Chris en souriant.

— Je suis vraiment heureux que tu sois venu.

— Wenda est très convaincante. Et elle a raison. Je dois finir ce que j'ai commencé.

Après tout, il ne s'agissait que d'un contrat à honorer. L'aveu de Jesse n'était qu'un dégât collatéral. Ils avaient tous les deux rempli leur objectif : Jesse avait le contrôle de la société, et Chris tout le temps qu'il voulait pour écrire.

— Je me disais qu'après le rendez-vous, nous pourrions peut-être aller déjeuner…

— Je suis désolé de vous avoir fait attendre, M. Valentine. Je me présente, Charles Rousseau, l'avocat de Jesse, dit-il en serrant la main de Chris.

— Je ne comprends pas bien la raison pour laquelle ma présence ici est nécessaire, répondit ce dernier. Je ne suis en rien concerné.

Il était soulagé de ne pas avoir eu à refuser l'invitation à déjeuner de Jesse. Ce genre de situation le mettait toujours mal à l'aise.

— Le testament exige qu'avant d'hériter en bonne et due forme de la société de son grand-père, M. Donovan et son conjoint lisent une lettre rédigée par feu M. Donovan, expliqua Charles.

— Une lettre ? s'exclama Jesse, surpris.

— Puisque le délai pour faire appel de la décision de la cour est écoulé, les conditions du testament sont estimées remplies. Ce qui a déclenché d'autres événements liés à l'héritage de M. Donovan.

Chris bondit sur ses pieds.

— Comment ? Mais nous avons rempli les conditions exigées par le testament ! protesta-t-il. Ce n'était donc pas fini ?

Il y avait donc encore autre chose à faire pour que Jesse puisse hériter ?

— La société revient à Jesse, insista-t-il. C'était ça, le marché.

— En effet, répondit Charles. Windview lui revient, sans aucun doute.

Chris sentit les battements de son cœur ralentir un peu.

— Mes excuses, dit-il. J'ai réagi un peu violemment.

Il se rassit sans oser affronter le regard de Jesse, mais Wenda croisa le sien et lui toucha la main.

— Écoutons ce qu'il a à nous dire, dit-elle d'une voix apaisante.

Chris acquiesça avec courtoisie.

— M. Donovan, votre grand-père m'a demandé de vous remettre ceci une fois remplies les conditions du testament.

Charles présenta à Jesse une enveloppe, que ce dernier prit d'une main tremblante.

— Je serai honoré de la lire pour vous, si vous préférez.

— Non, je vous remercie, dit Jesse d'une voix sourde. Je vais la lire moi-même.

Il glissa un doigt sous le sceau de cire et ouvrit délicatement le pli. Il hésita un instant avant d'en sortir le contenu, plusieurs pages manuscrites.

— Je serai dehors, si vous avez besoin de quoi que ce soit, dit Charles en s'éclipsant.

— Merci.

Jesse fixa la lettre pendant une minute environ, puis déplia les pages et se mit à lire d'une voix ferme.

*Mon cher Jesse,*

*Si tu lis cette lettre, c'est que tu as agi selon mes vœux et que tu t'es marié. Tu me prends sans doute pour un énergumène encore plus étrange dans la mort que dans la vie de t'imposer ce statut que tu n'aurais sans doute pas songé à rechercher par toi-même. Ayant eu moi-même le bonheur de connaître deux mariages heureux, j'espère que tu me pardonneras cette extravagance.*

*Ta grand-mère, Sarah, fut l'une des femmes les plus aimantes que j'ai jamais rencontrées. Je regrette vivement que tu ne l'aies pas connue, mais sache qu'elle m'a changé à jamais et m'a appris à aimer. À sa mort, une partie de moi est morte avec elle. Et lorsque mon fils bien-aimé l'a rejointe l'année suivante, je me suis cru incapable de continuer à vivre.*

*La présence d'un seul être a suffi à me retenir d'abandonner et de succomber à la douleur. C'était toi, Jesse. Tu m'as prouvé que l'amour est infini et qu'un cœur brisé peut aimer à nouveau.*

*Pendant dix ans, nous fûmes inséparables. Je t'ai vu grandir et devenir le charmant jeune homme que tu es. Je me réjouissais de ta curiosité, même si parfois tes questions m'épuisaient. Ma plus grande fierté fut que tu décides de marcher sur mes traces pour accompagner Windview dans le nouveau millénaire.*

*Je n'avais aucune intention de me remarier, mais lorsque j'ai rencontré Wenda, j'ai compris que l'on m'accordait un cadeau inestimable. J'ai compris ta douleur, et Wenda l'a comprise elle aussi. Malgré son désir d'être une mère pour toi – ce qui, je l'espère, arrivera un jour – elle n'a jamais voulu s'imposer à toi. Elle me disait qu'elle espérait qu'un jour vos chemins se croisent, mais que même si tu ne trouvais jamais pour elle une place dans ton cœur, elle t'aimerait toujours.*

Jesse cligna des yeux à plusieurs reprises, les dents serrées. Ses épaules étaient agitées de légers soubresauts tandis qu'il luttait pour maîtriser ses émotions. Une minute, puis une autre s'écoulèrent en silence. Puis Jesse reprit sa lecture.

*Finalement, je vous abandonne tous les deux bien trop tôt, mais j'espère que vous vous voyez tous les deux ainsi que je vous ai toujours considérés : comme une famille.*

Les joues de Wenda étaient inondées de larmes et elle se frottait les yeux. Chris lui prêta un mouchoir, et elle le remercia d'un signe de tête, trop émue pour parler. Jesse avait les yeux brillants mais ne pleurait pas, et Chris lui-même devait s'efforcer de respirer régulièrement et calmement afin de ne pas fondre en larmes.

*Jesse, tu penses peut-être que j'ai élaboré un coup monté dans l'espoir que tu trouves toi aussi l'amour d'une femme qui en vaut la peine. Tu te tromperais. Car si c'était le cas, tu serais en train de lire une autre lettre, écrite pour ce cas de figure, et non celle-ci.*

Jesse regarda Chris d'un air stupéfait, et Chris était tout aussi surpris.

*Plus que toute autre chose, je veux que tu sois heureux. Mais je n'ai pas la naïveté de croire que ce qui a fonctionné pour moi fonctionnera pour toi de la même façon. Et si tu lis cette lettre, c'est que mon petit manège a peut-être marché et que tu as suivi ton cœur.*

*Mon plus grand regret, mon cher Jesse, est de n'avoir jamais réussi à te parler ouvertement de certains sujets. Laisse-moi me rattraper dans cette lettre. Je t'aime, Jesse Donovan. Je suis fier de l'homme que tu es devenu, et j'ai une entière confiance en ta capacité à gérer Windview. Tu crois peut-être que tu ne mérites pas cet amour. Rien ne serait plus éloigné de la vérité. Et même si tu n'avais rien accompli du tout, je t'aimerais malgré tout comme un fils.*

La voix de Jesse se brisa en lisant ces derniers mots.

*Ma fierté ne s'étend pas jusqu'à m'empêcher de reconnaître que je n'ai pas un tempérament très affectueux. Mes faiblesses ne m'ont pas permis de te rassurer et de te faire comprendre que qui que tu aimes, tu seras toujours aimé. Wenda a toujours su ce que j'ai mis des années à comprendre. Les femmes que tu fréquentais ne t'intéressaient pas, et je me demande si l'une des raisons pour lesquelles tu les voyais était que tu voulais me faire plaisir. Je regrette de n'avoir pas mis un terme à tout cela en t'acceptant pour ce que tu es. J'espère que tu m'en excuseras.*

Jesse s'essuya le visage du dos de la main, la respiration haletante. Chris s'approcha et le prit par les épaules.

— Il savait, murmura Jesse.

— Oui.

— Peux-tu lire la suite s'il te plaît ? demanda Jesse en donnant la lettre à Chris.

— Je… je vais essayer.

Wenda sourit à Chris à travers un brouillard de larmes. Il pouvait le faire, et il allait le faire pour Jesse. En baissant les yeux sur la lettre, il vit que l'encre s'était diluée à certains endroits. Les larmes de Jesse.

*J'ai voulu que ton époux soit présent à la lecture de cette lettre, car je voulais que vous entendiez tous les deux ce que j'ai à vous dire,* poursuivit Chris. *Et si vous lisez cette lettre-ci, c'est que peut-être le mariage que je vous ai imposé est devenu un lien précieux à vos yeux. Je vous souhaite d'être aussi heureux que je l'ai été avec Wenda. Je souhaite à Jesse d'aimer et d'être aimé par un homme bon qui sera sa force dans les moments de faiblesse et saura remplir son cœur de joie. Je souhaite à Jesse de connaître le bonheur d'être père, comme je le fus pour son père et pour lui. Car être un père pour Jesse fut l'une des plus grandes joies de ma vie.*

*Porte-toi bien, Jesse. Prends soin de ceux que tu aimes et n'oublie pas de leur faire connaître tes sentiments. N'attends pas qu'il soit trop tard.*

Chris posa la lettre sur la table en soupirant. Tout à coup, les yeux de Jesse s'écarquillèrent comme s'il avait eu une révélation.

— Tu-tu étais au courant, dit-il à Wenda. Depuis le début tu étais au courant.

Wenda hocha la tête.

— Mais alors, la contestation du testament, tu l'as faite…

— Je l'ai faite pour que Chris et toi vous aperceviez que vous étiez faits l'un pour l'autre. Que malgré cette idée idiote d'Anthony d'utiliser son testament pour te marier, tu avais fait le bon choix en choisissant Chris.

Wenda souriait derrière ses larmes.

— Et si le tribunal avait tranché en ta faveur ? demanda Jesse.

— Je t'aurais laissé la société même si tu ne t'étais pas marié… répliqua Wenda.

Jesse se frotta le visage.

— Je suis vraiment le roi des idiots. Je me suis comporté comme un enfant gâté. J'étais tellement obnubilé par ma propre vie que je n'ai jamais compris que tu étais là pour moi.

— Tu n'étais qu'un gamin, dit-elle d'une voix étonnamment douce. J'aurais fait la même chose à ta place.

— Je suis désolé, dit-il en s'approchant d'elle. J'ai réagi d'une façon puérile, et même après sa mort, je ne t'ai jamais laissé la moindre chance. Tu faisais le premier pas, et à chaque fois je te repoussais.

Wenda se leva et posa la main sur son épaule.

— Nous étions tous les deux malheureux, et j'ai compris que tu n'étais pas prêt.

— Suis-je pardonné ?

— Évidemment, c'est déjà fait.

— Merci, dit Jesse en la prenant dans ses bras.

Et Chris, qui observait la scène, avait depuis longtemps cédé à son envie de pleurer.

— J'ai besoin de quelques minutes pour me ressaisir, dit-elle en se dirigeant vers la porte.

Chris comprit qu'elle les laissait seuls et lui en fut extrêmement reconnaissant. Aucun ne parla pendant un long moment.

— Ton grand-père a raison, finit par reconnaître Chris.

— Que veux-tu dire ? demanda Jesse les yeux secs mais le visage encore baigné de larmes.

— Il ne faut pas hésiter.

Chris s'approcha de Jesse et posa ses lèvres sur les siennes, le prit dans ses bras et le serra de toutes ses forces. C'était si bon… Leurs corps semblaient s'ajuster parfaitement, et Chris se sentait bien au chaud et en sécurité dans les bras de l'homme qu'il aimait.

Il était à sa place. Pendant des mois il avait essayé de se convaincre que toutes ces sensations n'étaient que le fruit de son imagination. Il était très doué pour se mentir à lui-même. Mais son corps n'était pas dupe – ni son cœur.

— Quand tu m'as dit que tu m'aimais, poursuivit Chris, j'ai pris peur. J'étais terrifié – et je le suis toujours. J'ai toujours considéré le mariage comme une erreur que l'on finit par regretter. Ce fut la cause du malheur de ma mère pendant des années, et quand j'ai compris que tu m'avais menti, cela m'a conforté dans cette idée. Pourtant, je m'étais conduit exactement de la même façon avec toi : je t'avais menti car j'avais peur que tu me mettes à la porte.

— Je n'aurais jamais…

— Je savais bien au fond de moi que tu ne le ferais pas, mais j'avais peur, et j'ai fait ce qui me paraissait le mieux sur le moment.

— Mais ce n'est pas une fatalité, la vie de couple peut se dérouler différemment, remarqua Jesse.

— C'est vrai.

— Pardon ?

Chris inspira profondément et déglutit avant de se lancer.

— Je t'aime, Jesse. Je crois que je t'aimais déjà avant la cérémonie. Et c'est depuis que nous sommes séparés que je comprends à quel point tu comptes pour moi.

— Tu m'aimes.

Chris acquiesça en silence.

— Ça alors.

Le visage de Jesse s'illumina peu à peu.

— Tu m'aimes aussi.

— Je t'aime aussi, répéta Chris en prenant la main de Jesse. Je ne veux pas divorcer – pas si tu veux encore de moi.

— Ce vieux grincheux, cria presque Jesse. Il a fait son entremetteur. Non mais je rêve ! Et il a réussi. Oui, il a réussi !

— Oui !

Jesse partit d'un rire contagieux si bien que lorsque l'on frappa à la porte, ils riaient tous les deux si fort qu'ils s'étaient remis à pleurer.

— Ai-je raté quelque chose ? demanda Wenda, l'air méfiant.

— Ce vieux râleur a eu le dernier mot, dit Jesse. Et tu sais quoi ? J'en suis absolument ravi !

— Et que se passe-t-il maintenant ? interrogea Wenda en les regardant tous deux tour à tour.

— On rentre à la maison, répondit Chris, bien conscient de la mièvrerie de sa réponse, mais qu'importe !

— J'ai quelque chose à faire avant, intervint Jesse.

— Et quoi donc ? demanda Chris.

— Embrasser mon mari.

## Chapitre Trente-Quatre

*Saint-Thomas, Îles Vierges des États-Unis, six mois plus tard*

— **C'EST** bon, tu peux y aller ! cria Jesse à Chris depuis le cockpit.

Ce dernier amarra le bateau et sauta à quai. Un homme vêtu d'un short blanc et d'une chemise turquoise trottina vers lui.

— Jonathan Barber, se présenta-t-il tandis que Jesse lui lançait une autre amarre. Mme Donovan m'a engagé afin de surveiller et piloter le bateau pour vous cette semaine.

— Enchanté, Jonathan, lui répondit Chris, et merci pour votre aide.

— C'est un plaisir.

— Chris ! Jesse !

Marjorie leur faisait signe en se dirigeant vers la rampe de mise à l'eau en compagnie de Wenda. Les deux femmes venaient de la piscine. En arrière-plan, la colline en toile de fond, Chris vit la maison qu'ils avaient louée, fraîchement peinte en vert et turquoise.

Chris fit signe à sa mère pendant que Jesse descendait à son tour du bateau et donnait quelques instructions à Jonathan.

— Vous êtes arrivés sains et saufs.

— Jesse est un excellent capitaine, maman. Tu n'avais aucune raison de t'inquiéter.

Chris la prit dans ses bras puis se tourna vers Wenda, sans savoir que faire ; mais celle-ci n'hésita pas une seconde et embrassa Chris chaleureusement avant de réserver le même sort à Jesse. Chris surprit l'air étonné de ce dernier et lui lança un regard espiègle.

— Comment s'est passé le vol ? demanda Jesse à Marjorie.

— Je ne pensais pas qu'un avion privé pouvait être aussi confortable, dit-elle, rayonnante. Mais vraiment, Jesse, j'aurais tout aussi bien pu…

— Pour certaines occasions, il ne faut pas regarder à la dépense, dit Wenda en faisant un clin d'œil à Chris. Et la lune de miel de mon petit-fils fait partie de ces occasions spéciales. Tout s'est bien passé sur le bateau ?

— J'étais un peu angoissé à l'idée de naviguer jusqu'aux Caraïbes, mais nous avons passé un excellent moment.

— Pas de mal de mer ? Pas de fièvre ?

— Ma chère, les lunes de miel sont faites pour ça, remarqua Marjorie avec un sourire taquin.

— Maman…

— Marjorie, vous le faites rougir, dit Jesse en pressant la main de Chris.

— Vous êtes sûres de ne pas vouloir faire le voyage retour avec nous ? proposa Chris aux deux femmes qui riaient encore.

— Nous aurons tout le temps de sortir en bateau cette semaine, répondit Wenda. En attendant, je propose que nous allions boire un verre au bord de la piscine.

Jonathan finit d'amarrer le bateau puis les rejoint avec les deux valises.

— Je vais les poser dans la maison, expliqua-t-il. Il me semble que Francine vous a préparé une collation au bord de la piscine, et elle a prévu un dîner spécial pour ce soir.

— Magnifique ! s'écria Jesse. Allons-y !

— Vous dînez avec nous ce soir ? demanda Chris aux deux femmes tandis qu'ils empruntaient le petit chemin qui montait vers la maison.

— Pas ce soir, répondit Wenda en lançant un regard complice à Marjorie. Ce soir, c'est votre repas de lune de miel. Francine est en pleine préparation.

— Nous avons trouvé un club de salsa en ville, expliqua Marjorie. Un ami de Jonathan donne des cours.

— Tu vas apprendre la salsa ? s'étonna Chris.

— Est-ce un problème ?

— Seulement si tu ne m'apprends pas les pas ensuite. Connaissant Jesse, je suis sûr qu'il est déjà expert en la matière.

— Je me débrouille, confirma-t-il en attirant Chris contre lui pour le faire tourner sur lui-même.

— Vantard, se moqua Wenda. Bon, et ces cocktails ?

— Allons-y, répondit Marjorie. Rejoignez-nous tous les deux quand vous vous serez installés. La piña colada de Francine est à tomber par terre.

— J'ai hâte ! lança Chris en regardant les deux femmes se diriger vers la piscine.

— Ce sont de grandes copines, commenta Jesse en riant.

— Aux dernières nouvelles, elles prépareraient un voyage en Europe pour l'automne. Il ne me reste plus qu'à trouver un moyen de convaincre ma mère de venir s'installer avec nous.

— Je te l'ai déjà dit, répondit Jesse en le faisant tournoyer encore une fois, il lui faut une bonne raison de déménager. Je lui ai déjà proposé à deux reprises de s'installer dans le cottage, mais elle ne veut pas en entendre parler.

— J'y travaille. Elle n'arrête pas de me dire qu'elle a besoin de se sentir utile, et je n'arrête pas de lui dire qu'elle n'a pas besoin de travailler.

— Reparlons-en à notre retour. J'ai peut-être une idée.

— Ce serait super.

Et cette fois-ci, ce fut Chris qui fit tournoyer Jesse, en le prenant complètement par surprise.


CE soir-là, Chris traversa la pelouse jusqu'à la piscine alors que les dernières lueurs du soleil disparaissaient à l'horizon. Il fit une pause pour profiter du spectacle qui s'offrait à lui. Jesse se tenait près d'une table ronde recouverte d'une nappe de lin blanc et ornée en son centre d'une composition de fleurs tropicales. De petites bougies flottaient sur la piscine, chacune enchâssée dans un petit bouquet qui faisait écho à la composition de la table. Des guirlandes électriques venaient compléter l'éclairage, et une bouteille de champagne prenait le frais dans un seau.

— À notre mariage, dit Jesse à Chris avant de l'embrasser tendrement.

— À notre mariage.

Jesse tira une chaise de sous la table et fit signe à Chris de s'asseoir. Il s'exécuta et attendit que Jesse le rejoigne, mais ce dernier restait debout.

— Quelque chose ne va pas ?

— Tout va bien, au contraire. Tout est pour le mieux.

— Pourquoi restes-tu debout et me laisses-tu assis tout seul ?

Jesse lui sourit.

— Parce que j'avais prévu de faire ça après le dîner, mais je viens juste de changer d'avis.

— De faire quoi ?

— Ça.

Jesse sortit un objet de sa poche et s'agenouilla devant Chris.

— Jesse, mais que…

— Veux-tu, Christopher James Valentine, me prendre, Jesse Chase Donovan, pour époux, m'aimer et me chérir jusqu'à ce que la mort nous sépare ?

Jesse avait le regard sombre et rempli d'émotion.

— Oui, murmura Chris, je le veux.

Jesse lui prit la main paume vers le haut, et posa délicatement quelque chose à l'intérieur. Chris contempla l'alliance, le bel anneau de platine orné d'un unique diamant encastré qu'il avait rendu à Jesse quand il croyait leur mariage fini. En la prenant entre ses doigts, il remarqua à l'intérieur une inscription qui n'y était pas auparavant : *Le mariage en premier.*

Chris se remémora la comptine de son enfance : *L'amour en premier, le mariage en deuxième, le bébé en troisième qu'on met dans la poussette...*

Il rendit l'anneau à Jesse et lui présenta sa main. C'est le visage radieux que Jesse lui passa la bague à l'annulaire gauche.

— Je n'ai pas d'alliance pour toi, regretta Chris.

Jesse farfouilla dans la poche de son pantalon et en sortit un deuxième anneau, identique à celui de Chris.

— J'ai gardé la mienne également, et j'y ai fait graver la même inscription.

Chris prit l'alliance et la fit glisser au doigt de son époux ; puis il lui prit les deux mains et le fit se lever.

— Veux-tu, Jesse Chase Donovan, me prendre, Christopher James Valentine, pour époux, m'aimer et me chérir jusqu'à ce que la mort nous sépare ?

— Je le veux.

Chris embrassa Jesse, le serra contre lui et soupira, comblé.

— Je t'aime, lui murmura-t-il à l'oreille.

— Je t'aime, répondit Jesse en le serrant plus fort encore.

Ils prirent place à table, et Jesse fit sauter le bouchon de la bouteille de champagne.

— Aux nombreuses années que nous passerons ensemble, dit Chris en levant son verre.

— Aux très nombreuses années, dit Jesse en trinquant. Et à la bonne raison qui fera emménager ta mère à Windmere.

— Que manigances-tu, Donovan ? demanda Chris en lui lançant un regard soupçonneux.

— Rien.

Réponse peu rassurante.

— Attends une minute. Tu as dit que tu avais une idée en tête pour faire venir ma mère.

Chris caressa son alliance. *L'amour en premier, le mariage en deuxième, le...*

Il leva les yeux et leurs regards se croisèrent. Jesse souriait d'un air malicieux.

# *Disponible de Dreamspinner Press*

**DREAMSPUN DESIRES**

#1

**Coup de foudre en haute couture** par M.J. O'Shea

Quand les lumières s'éteignent et que surgit la haute couture…

Sasha Sobieski a un job de rêve : il travaille dans la légendaire maison de couture américaine Harrison Kingsley. Malheureusement, le rêve vire au cauchemar lorsqu'il doit travailler pour le créateur en personne. Exigeant, froid et colérique, Harrison est également sans conteste l'homme le plus sexy que Sasha ait jamais vu.

Au sommet depuis des années, Harrison Kingsley sait ce qu'il veut, quand il le veut, et comment il le veut. Et que veut-il ? Son nouvel assistant. Impertinent et déterminé, Sasha lui fait perdre la tête. Le problème, c'est qu'Harrison ignore si c'est de rage ou… de désir.

*www.dreamspinner-fr.com*